在网下
Under the Net

［英］艾丽丝·默多克 著　贾文浩 译

北京燕山出版社

目录

译序 / 001

一 / 001
二 / 019
三 / 030
四 / 045
五 / 065
六 / 076
七 / 089
八 / 096
九 / 108
十 / 112
十一 / 121
十二 / 140
十三 / 155
十四 / 168

十五／182

十六／198

十七／204

十八／215

十九／240

二十／247

译　序

贾文浩

一九九八年,美国兰登书屋《当代文库》的编辑选出了二十世纪一百部优秀英文长篇小说。这份书单一公布,立刻引起了巨大反响。如今,这份书单俨然成为了作品文学地位和阅读价值的权威标签。入选书单的譬如《尤利西斯》《喧哗与骚动》《一九八四》《洛丽塔》等,不仅是世界文学史上辉煌的一页,也是读者书架上的必有书目。在这份长长的、辉煌的书单上,英国作家艾丽丝·默多克(1919—1999)的《在网下》赫然在列。相比其他的作品,中国读者对这部作品一直是只闻其名未见其身。

艾丽丝·默多克,被誉为"全英国最聪明的女人"。她出生在都柏林,幼年时随父母迁居伦敦。她的主业是哲学,曾在牛津大学和剑桥大学修读哲学,一九四八年开始在牛津大学教授哲学课程,直至一九六三年。作为一位伦理道德哲学家,她享有国际声誉,她的哲学著作《作为伦理学向导的形而上学》《萨特:浪漫的理性主义者》等具有广泛的国际影响。作为副业的文学创作,则为她赢得了更广泛、更持久、更荣耀的声誉。她被视为"二战"后英国文坛最具影响力的小说家之一,是继狄更斯之后英国文学史上少有的多产作家(一生写了二十六部小说、六个剧本、两本诗集和五部哲学著作)。在被誉为"最好看的英文小说"大奖"布克奖"评选史上,她是作品入选次数最多的作家,当然也是货真价实的大奖获得者。她曾有"举手投足间,左右当代英国思想潮流"的影响力。《在网下》出版于一九五四年,是艾丽丝·默多克的第一部长篇小说,也是她的成名作。

《在网下》的题献词是"献给雷蒙·格诺"。雷蒙·格诺(1903—1976)是法国小说家、诗人、剧作家、数学家,也是著名的国际写作社团"乌力波"的创始人之一,他还是诺贝尔文学奖得主帕特里克·莫迪亚诺的启蒙老师。第二次世界大战期间,艾丽丝·默多克作为联合国善后救济总署(UNRRA)的一员赴比利时、奥地利等地工作,期间结识了雷蒙·格诺和萨特(1905—1980)等人。他们的思想对艾丽丝早期哲学思想的形成和后来的创作产生了重要影响。艾丽丝不仅以题献认可和感谢了雷蒙·格诺对自己的影响,还在小说中看似无意实则有意地让雷蒙·格诺的成名作《我的朋友皮埃罗》露面(与《我的朋友皮埃罗》同时闪现的,还有塞缪尔·贝克特的第一部长篇小说《莫菲》。读过《在网下》,对照《莫菲》,其关联不言而喻)。

萨特和其作品虽然没有直接出现在小说中,但是小说主人公杰克简直就是存在主义的一个践行者、体现者。杰克是一位生活在伦敦,又时常混迹巴黎的文艺男。他怀揣作家的梦想,零零碎碎写过一些作品,出版过一部作品,大多数时间以翻译法国小说维生。他居无定所,辗转于女朋友、男朋友家,甚至一度以感冒新药实验中心为家。小说一开始,他和亦亲亦友的男友一起被女朋友扫地出门,接下来的时间里,他游荡于伦敦的酒吧、报亭、朋友家、"情敌"家、哑剧场、前女友的道具间、前女友妹妹家、电影制片厂、医院和巴黎的街头、酒吧、广场……他个性迥异于常人,偏执乖张,朝自己认定的目标一意孤行。他害怕孤独而又恐惧亲密关系。他并非"视金钱如粪土"之辈却也不愿屈尊受助,甚至毫不犹豫放弃了唾手可得的金钱。尽管耽于谈情说爱,但几次爱情都没结果;他朋友很多,却时断时续无法善终。他完全用自己的理解去看待生活,不屑于调整自己去适应,所以连遇困境,挫折不断。他的日子过得一团糟,刚爬出一个泥淖,又跌进另一个陷坑。可以说,杰克是这样一种人:才情四溢又无所事事,懒散不羁又不甘平庸,玩世不恭又有情有义,荒诞颓废又恪守原则。如果了解存在主义在"二战"后法国流行的背景和追捧人群,就不难看到萨特在这部作品中的影子。

与杰克相映成趣的另一个人物是真诚善良、才华横溢的雨果。杰克与他萍水相逢,发现他是自己见过的最特别的人,不禁对他心生敬意,而且被他儿童般的直率和对一切事物的兴趣深深感染。两人关系的发展,形成了故事的焦点。后来单纯的友情渐渐变得复杂,引出一连串妙趣横生直至惊心动魄的情节,甚至扯出了一个他爱她、她爱他,他爱她、她爱他的滑稽四角恋。雨果是完全不同于杰克的一类人,他是个聪明、成功的生意人。无论是经营家族企业礼花炮厂,还是转战电影业,都取得了不俗的业绩。同时他也是一个潜心思考艺术、生活和人的意识的思想者。杰克出版的唯一一部原创性作品《无言》,其实就是雨果的思想记录。

《在网下》书名所代表的哲学意味,就附着在杰克和雨果的关系上,体现在两人之间涉及生活、人生、思想等哲学范畴的谈话中。"网"的概念来自默多克的同行前辈维特根斯坦的语言哲学,即语言不能表述经验以外的东西。语言自诞生以来一直被使用,用语言编织的理论也无处不在,然而用来表述真实世界,却如同隔靴搔痒,事与愿违,形成一个个似是而非的矛盾。所谓"在网下",简单地说,就是我们处在一张语言构成的大网底下,网把人与真实世界及人的真实经验阻隔开来,我们都在这张网下爬行挣扎。两人谈话中雨果认为,人只要一开口说话,就背离了真实世界,换句话说,只要开口就是撒谎。"一切理论阐述都是思想的飞翔。我们必须跟从情况本身,这是无法言说得具体的。实际上,是我们从未足够接近,不管使多大劲在网下爬,都无济于事。"杰克后来把两人的谈话写成一本书,取名为《无言》,书名的用意在于表现语言哲学中的沉默概念,即遇到无法言说的经验感受,注定无法用意义固定的语言来表达,这时最好保持沉默。杰克虽受到雨果这种观念的启发,但他毕竟是个以语言为工具的作家,并不甘心屈服于"网"下,而去努力寻求挣脱"网"的藩篱之道,将不能言说的说出来。他背着雨果把两人的谈话记录下来,编写成书出版,哪怕此举可能损害两人的友谊,也在所不惜。这显示了杰克的精神信念,即努力接近真实世界和真实经验,而写作本身,就是对这一信念的实践和证明。"网"在小说中似乎还有一层更为宽泛的比喻意义,仿佛在映衬卢梭那句话:"人生而自由却无往不在枷锁之中。"比如书中两对男女的滑稽角逐,以及杰克不能自拔的执着寻觅,都仿佛被一张无形的罗网所笼罩,无论如何也摆脱不了它的终极限定。

他们两人的谈话就是一场马拉松式的智力游戏,犹如一场智慧探险之旅,杰克沉浸其中,贪婪享受,感觉黑暗中忽然开了一扇窗,眼前出现一个全新的世界。这场长久的探讨,引领着杰克的精神成长,让他体验到了一个真善美智的新境界。把抽象、艰涩、无趣的哲学话题糅进小说,并使之与情节浑然一体,毫不牵强,有声有色,回味悠长,这在靠故事立足的小说艺术中并不多见。由此也足见艾丽丝的文字驾驭能力非同一般。

有研究者指出,杰克不是作者喜欢的人物,但可能是她作品中读者最喜欢的一个人物。杰克的生活完全不是我们熟悉的"正常"类型,单是寄居别人家一事,就很离谱。他一直赖在女友玛琪家不走,还带个说不清关系的芬恩一起住。杰克与玛琪关系亲密,但并非真爱,玛琪忍无可忍将他扫地出门,无处可居之下,他又打起了前女友的主意,想去蹭住。前女友处未果,他又接受建议住进对他有好感、而他又不感兴趣的前女友妹妹家里。妹妹家住不下去,他和朋友在一家又一家酒吧流连,度过漫漫长夜。在爱情上,他有一厢情愿的浪漫,又绝对的自我中心主义,不在乎对方的内心感受。为人处世上,他热情而又傲慢,冲动而又固执,易变而又顽强,极其现实而又充满幻想,浮躁不安而又老练深沉,有寡廉鲜耻的一面也有率真可爱的一面。故事末尾,钟情于他的玛琪和萨蒂被他拒之千里之外,老情人安娜远走,雨果与他分道扬镳,忠心耿耿的芬恩离他而去,他这才幡然顿悟,思想意识发生了突变,认识到对方是一个和自己一样的存在,交往是公平的游戏,必须尊重对方的平等地位,大德至善来自对他人自由包括怪癖的尊重,只有充分给予他人自由,自己才能享有真正意义上的自由。杰克不是现实中的哪一类人的写照,也不是现实中人所期待的那种典范,他的荒诞、自由、自我和"坎坷"中,埋着一粒神奇的种子:于平淡无奇中吸引读者去思考;让读者真实感受,蓦然回首原来"你"就在这里;最让人怦然心动的是,做自己喜欢的事情吧——这是杰克最后的选择。

艾丽丝的作品以哲学意味浓厚著称,但并不是滔滔不绝讲大道理、摆出一副严肃高深的面孔。《在网下》故事情节并不复杂、曲折,人物不多,性格清澈见底,笔触细腻轻松,文风幽默诙谐,往往令人忍俊不禁。《在网下》加上主人公杰克,主要出场人物不过十人。这些人物在命意新奇、别开生面的故事结构中自然出现,每人每次出现都让人眼前一亮。譬如仅仅是陪衬的卖报老妪,着墨很少,寥寥几笔,读来却如见其人,令人为之信服、着迷。伴随着人物出场,新奇事物和独特环境也如画卷般展现开来,经常是绵绵工笔,偶或寥寥写意,画面清晰,气韵生动。让人惊喜的是,艾丽丝对伦敦与巴黎文化潮流和人文场景万花筒一样的精彩呈现:电影业、博彩业、社会主义、左派运动、英伦酒吧街、塞纳河畔风情,等等,信手拈来,侃侃而谈。伦敦泰晤士河水的涨落,巴黎塞纳河畔的喧嚣,两地的街道、楼宇、邮局、酒馆、医院、摄影棚、大教堂,移步换景,一一呈现。最精彩处,在小说后半部,杰克在法国国庆日的巴黎街头追寻安娜一段,亦真亦幻,如醉如狂,在翻译过程中如品珍馐,为之深深沉醉,过后仍历历在目,回味犹甘。

《在网下》是艾丽丝的成名作,也是她壮年时期的才情之作、人到中年的厚积薄发之作。后来她的创作虽丰、声誉也隆,但《在网下》的价值和光华还是最卓著的。

人生的幸福感,很大程度上取决于对事物的感知力,换句话说,是对各种俗常事物的惊讶能力。这是一种儿童与生俱来的能力,优秀的艺术家会终身保持。而普通人,随着年事渐长,这种能力会日渐退化,代之以僵硬的实用眼光,对周围一切习以为常、熟视无睹,以至于大美当前,无缘欣赏。文学的一个作用,就是唤醒常人渐趋萎缩的美感,使其不致因长久闲置而钙化,甚至坏死。《在网下》的这种激活效力十分显著,初读不觉为奇,读后不禁细思量、细咀嚼,方觉余韵悠长,回味不尽,仿佛被唤醒了沉睡已久的感知能力和思索能力。相信读者读后定会有"唤醒"之感,这也是这部作品经久不衰的魅力所在。

献 给
雷蒙·格诺

百年一梦逝水春秋；
逐猎终生反成困兽；
龙争虎斗一无所有；
恣情纵欲真爱难求。
看旧时代黄昏日落，
迎新纪元再续风流。

     德莱顿：《庆典诗剧》①

---

① 约翰·德莱顿(John Dryden,1631—1700),英国桂冠诗人,这里引的诗是他写的一篇短诗剧的末尾合唱部分。

一

我一看见芬恩在街角等我,心里马上明白,出事了。芬恩一般只在床上等我,或者倚门而立,闭目静候。我路上遇到了罢工,耽搁了行程。反正回英国这趟,我是挺讨厌的;等我一头扎进迷人的伦敦,忘掉自己曾经远离,才能止住这恶劣的心境。所以你能想象我在纽黑文死等了那么久,心情有多糟,眼巴巴盼着火车再跑起来,鼻孔里还留有法国气味儿。这次也不例外,我夹带的那瓶科尼亚克白兰地,还是被海关扣下了,到了傍晚时分,可以想见,我是多么地悔恨交加,苦不堪言。虽说沉思默想会让人放松,但我这性情,在英国的陌生城市里,根本办不到,即便没有心烦意乱地担心火车究竟走不走了,也办不到。最正常的时候,火车对神经也是个折磨。以前没火车的时候,谁会做这么多噩梦呢?考虑到这么多烂事加在一起,耗费了不知道多少时间,芬恩居然还在路上等我,这事可就有点稀奇了。

我一瞅见芬恩,脚步立停,把行李箱放在地上。里面装的全是法国书,沉甸甸的。我大叫一声:"嘿!"芬恩闻声缓缓转过来。他是个慢性子。芬恩这个人,我很难跟别人说明白。不能说他是我的仆人。他似乎更像是我的经纪人。有时候我养活他,有时候他养活我;看情况。不过有一样是清楚的,我俩不是平起平坐。他叫彼得·奥芬尼,这倒无所谓,我总叫他芬恩,算是我一个远房亲戚,换句话说,他自己总是这么宣称的,我从没想费神去验证一下。但别人总以为他是我的仆人,久而久之,我自己也就常有这感觉了,究竟这关系暗示了什么,很难说清。有时候,我寻思,大概是因为芬恩性格谦逊、为人低调,自然而然就处在了次要地位。我俩床不够用的时候,睡地板的总是芬恩,好像这是理所应当的。没错,我老对芬恩发号施令,不过是有原因的,芬恩自己没什么主见,不懂怎么利用自己的时间。我有些朋友觉得芬恩头脑有问题,但原因不在此;他倒是很有自知之明。

芬恩终于朝我走过来,我指了指行李箱,要他替我拿,但他没有拿起,而是一屁股坐在了一个行李箱上,望着我,眼神忧郁。我也坐在另一只行李箱上,两人一时无话。我很累,不想问他任何问题;反正他马上就会告诉我。他喜欢麻烦,不管是他自己的,还是别人的,都一视同仁地喜欢。他尤其喜欢的是,告诉人坏消息。芬恩相貌还算帅,不过身材瘦长,有点可怜,那张棱角分明的爱尔兰型的脸两侧,浅棕直发披落下来。他比我高一头(我是个矮个儿男),不过他背有点驼。见他一副惨兮兮的样子看着我,我不禁心一沉。

"什么情况?"我忍不住开口了。

"她把我们攮出来了。"芬恩说。

我没把他的话当回事,这不可能。

"听我说,"我对芬恩温和地说,"到底是怎么回事?"

"她把咱们扫地出门了,"芬恩说,"咱俩,现在,今天。"

芬恩是个小嘴乌鸦,但他从不撒谎,甚至从不夸张。这次一反常态。

"可是为什么?"我问道,"我们做什么了?"

"不是我们做了什么,是她要做什么,"芬恩说,"她要嫁人了。"

这下懵了。我故作镇静,心说,好啊,为什么不呢?我这人很宽容,心眼也好。不过转眼间我就担心起来,我们去哪儿?

"可是她从没跟我提起过。"我说。

"你从没问过。"芬恩说。

还真是。去年一年里,我对玛格达伦的私生活压根没兴趣。至于她出去跟别的男人订婚,我除了暗自庆幸,还能怎么样?

"那人是谁?"我问。

"是个搞赌注登记的。"芬恩说。

"有钱吗?"

"有钱,他有辆汽车。"芬恩说。这是芬恩的标准,当时我感觉也是我自己的标准。

"女人真闹心。"芬恩添了一句。被扫地出门,他跟我一样气急败坏。

我在那儿坐了会儿,感觉浑身不舒服,忽生妒忌,自尊心也伤了,又夹杂着无家可归的感觉,深入骨髓。在这个七月天的上午,阳光明媚,我们却在尘土飞扬的伯爵宫路坐在两只行李箱上,接下来去哪儿?这事常发生。每次我刚要把自己的小天地整理好,重新开始的时候,就会突然爆发什么事,把我扔回到原先的乱七八糟中,芬恩和我只好望风而逃,另觅栖身之所。我说的是我的小天地,不是我们的,因为我有时感觉,芬恩没有什么自己的内心世界。我这么说倒不是瞧不起他;有人有,有人没有。我把这情形跟他的真诚,视为一体。像我这么敏感的人,想得太多,回答总不会太直接。事情的各种关联,总是让我纠结。我把这跟他的一种倾向联系起来,他总是在你最不期待的时候,讲出最客观的道理,就像本来头痛,又劈面射来一股强光。这也难免,可能是芬恩缺少精神生活,也许正因此,他老跟着我到处跑,因为我的内心世界很复杂,迥异于常人。不管怎么说,我把芬恩看作是我的天地里一个住客,我倒不觉得他也有个自己的天地,把我安放在里面;反正这种安排我俩都感觉轻松。

离酒吧开门时间还有两个多小时,一想起马上就要见玛格达伦,我就受不了。她就想把我惹毛,大吵大闹,可我没精神跟她吵闹,再说我也不知道吵什么。那是需要构思的。再没有什么比确定自己失落了什么更失落的了。我需要点时间考虑一下我的处境。

"你想去里昂斯咖啡店喝一杯吗?"我对芬恩说,盼他答应。

"不想去,"芬恩说,"等你回来就把我等坏了,她又恨不得我见鬼去。这会儿去见她吧。"说罢闷头往前走。芬恩提到别人,从来都只用代词或宾格。我缓步跟在他身后,心里琢磨着我是谁。

玛格达伦住在伯爵宫路一所臃肿难看的房子里,周围那些房子看上去就令人恶心。那座房子的上半截归玛格达伦;我在那儿住了不止十八个月,芬恩也是。芬恩和我住在四层的阁楼,里面像迷宫,玛格达伦住三层,我也不能说彼此很少见面,刚开始倒还行。住久了,觉得就是我家。有时候,玛格达伦也交男朋友,我不在乎,不闻不问。毋宁说我乐见她交上男朋友,也好腾出更多时间干我的活儿,或者就赖在屋里,无所事事地沉思冥想,这是我在世上最喜欢的。而且我们在那儿住几乎不交房租,这又是一个好处。最让我恼火的事,莫过于交房租。

容我解释一下,玛格达伦是城里一个打字员,或者说在本故事前段是。不过这并不能概括她。她真正的职业是做她自己,在这上面,她投入了巨大的热情和才能。花费精力绝非无的放矢,标准来自女性杂志和电影。她有一种与生俱来的活力,喷涌而出,用之不竭,所以没法让自己不显山露水,尽管对那种老套的勾引,她也是时刻提防。她并不美：这个形容词我很少用。不过她倒是既好看，又迷人。她的漂亮在于五官端正，肤色柔美，好皮肤上总覆盖着浓妆，虽艳如桃李，滑如锦缎，但石膏像似的，毫无表情。她头发总是波浪卷，发型永远入时，染成了金色。女人认为美貌在于协调一致。她们打扮得跟别人不一样，只是因为缺时间，缺钱，缺手艺。影星们不缺这些，所以看上去都一个样，没例外。玛格达伦的迷人处在于她那双眼睛，和她举止表情的活力。脸上眼睛这部分，没有什么可以掩蔽，无论如何，能掩蔽它的东西，至今我还没发现。眼睛是灵魂的镜子，无法涂抹，不能贴金。玛格达伦的眼睛大而灰，杏仁状，晶莹闪烁如雨中卵石。她时不时会有大笔进项，不是靠在键盘上敲打，而是靠当一个摄影师的模特儿；她是人人心目中的美女。

我们到了，玛格达伦在洗澡。我们便进了她的起居室，里面有个电炉，堆着几只长筒尼龙袜，几条丝质内衣，一股擦面香粉味儿，感觉温暖舒适。芬恩两膝一松，瘫在皱巴巴的沙发上，她总不叫他这么坐她沙发。我走到浴室门前，大叫一声："玛琪①！"

溅水声骤停，她答应道："是你吗，杰克？"水箱发出刺耳的响声。

"是，还能有谁。听着，是怎么回事？"

"听不清你说啥，"玛格达伦说，"等一下。"

"是怎么回事？"我叫道，"你要嫁给一个捐客？没跟我商量，你不能这么干！"

我感觉我在浴室门外闹翻天了。我甚至还捶打门上的毛玻璃。

---

① 玛琪，玛格达伦的简称。

"一句也听不见。"玛琪说。这是假话,她在故意拖时间。"杰克,亲爱的,去烧壶水,过会儿喝咖啡。我一分钟就来。"

我刚在弄咖啡,玛格达伦便一阵旋风般从浴室出来,浑身冒着芳香的热气,径直走进了自己的梳妆间。芬恩连忙从沙发上站起来。我点着烟,候着。过了好一阵子,玛格达伦才姗姗而来,珠光宝气,光彩照人,在我面前站定。我不无惊讶地盯着她。面前的她,和以往判若两人。穿一件紧身绸裙,样式华贵,佩戴着漂亮的珠宝首饰。连她脸上的表情,似乎也改样了。我这才明白了芬恩告诉我的那些话。来这儿一路上,全想自己了,丝毫没考虑玛琪的反常,和她那雄心勃勃的计划。眼下面对的变化,是货真价实的。真没料到。玛琪厮混过的男人,要么是干实业的,乏味但有教养,要么是公务员,散漫但潇洒,最坏也是个捉刀代笔的文人,像我一样。我心里直纳闷,她判断力出什么故障了,连社会等级也不管,跟什么男人混上了,居然叫她穿这么一身。我慢慢移步,绕着她打量了一圈。

"你把我当啥了,阿尔伯特纪念碑?"玛格达伦说。

"不,这双眼睛不是。"我说,一边深深凝视她眼珠里的斑点。

猛然间,我身上掠过一股莫名的剧痛,不得不移开目光,我本该对这女孩更关心些。外貌上这种变化,一定经过了很久,我太麻木,竟没有觉察。像玛格达伦这样的女孩,不可能一夜生变。肯定是有人死缠烂打的结果。

玛琪看着我,目光异样。"怎么啦?"她问,"你病了?"

我掏出了心里话。"玛琪,我应该多多照顾你。"

"你压根没照顾过我呀,"玛琪说,"现在有人了。"

她的笑声像刀刃,但眼里露出困惑,于是我忽然闪过一个念头,哪怕已是亡羊补牢,也要赌一把,向她求婚。仿佛一道异光投射下来,回放了我俩的友谊,展现了新内容,我当机立断,一把抓住了我需要她这个本质。我深深吸了口气,可是,还循着我的老教条,激情当前,也不向女人表白。这习惯,一点好处也没给我带来过。让自己对别人负责,不是我的本性。摸清自己的方向,我都觉得很难。最危险的那一刻已然过去,信号消失了,玛格达伦眼睛里的闪光也消失了,她说:"给我倒杯咖啡。"我递给她一杯。

"听着,杰基①,"她说,"这事你明白。尽快把你东西拿走,要行的话,就今天。你的东西我都放你屋里了。"

她只能这样。我的东西各式各样,装饰着起居室,现在全没了踪影。我已经感觉不在这儿住了。

"我不明白是怎么回事,"我说,"很想听听。"

"好吧,你必须都拿走,"玛格达伦说,"你要愿意,我可以付出租车费。"此刻,她冷若冰霜。

"别那么狠心,玛琪。"我说。我又开始关心起自己来,感觉好多了。"我不能住楼上吗?我又不碍事。"但是我心里明白,这主意并不好。

"噢,杰克!"玛琪说。"你真傻!"她总算说了这么一句好听的话。我们都放松了些。

我俩交涉的时候,芬恩一直靠门站着,心不在焉地望着前面。他听还是没听,真不好说。

"让他走,"玛格达伦说,"他让我心里犯怵。"

"让他到哪儿去呢?"我问道。"我们俩能到哪儿呢?你知道我没钱。"

实际上不至于,假装一文不名,也是个权宜之计,谁知道啥时

---

① 杰基,杰克的昵称。

候这个护身符真派上用场,被信以为真了呢。

"你们是成年人,"玛格达伦说,"至少被认为是。你们的事你们自己做主。"

我和芬恩目光相遇,只见他眼神恍惚。"咱们怎么办?"我问他。

芬恩有时候有主意,他毕竟比我时间多,有工夫考虑。

"去戴夫家。"他说。

这主意我没啥可反对的,于是我说:"好吧!"接着又冲他大叫道:"拿上箱子!"因为他已经像离弦的箭一样跑掉了。有时候我感觉,他对玛格达伦没好感。他折回来,拎起一只箱子便没影了。

玛格达伦和我彼此紧盯,像两个拳击手,开打第二回合。

"听着,玛琪,"我说,"你不能把我就这么扔出去。"

"你就是这么来的。"玛琪说。

这倒不假。我叹了口气。

"过来。"我伸出双手对她说。她把手递到我手里,但僵巴巴、硬生生的,像把叉子,少顷,我松了手。

"别哭天抢地的,杰基。"玛琪说。

我当时根本没有哭天抢地。感觉虚弱,便躺在了沙发上。

"哎,哎!"我温和地说,"这么说,你要把我推出去了,就为让另一个男人来,那人是靠别人的恶习混饭吃的。"

"我们都是靠别人的恶习混饭吃的。"玛琪一副时下流行的玩世不恭神气,跟她本人很不协调。"我是,你是,你混饭吃的依凭比他更糟。"这是在指我有时候翻译的那类书。

"这位到底是谁?"我问她。

玛琪扫了我一眼,故意吊我胃口。"他的名字嘛,"她说,"斯塔菲尔德。你也许听说过他。"她眼里闪出得意而无耻的目光。

我绷紧面孔,露出一副毫无表情的样子。原来是斯塔菲尔德,萨缪尔·斯塔菲尔德,可敬的萨米①,戴钻戒的赌注登记人。芬恩说他是个搞赌注登记的,有点美化他了,不过他倒是在皮卡迪利大街附近有办公室,霓虹灯招牌上亮着他的名字。现在,斯塔菲尔德在那个行当里,凭着他的品位和钱,啥都做点儿:女装、夜总会、电影业、餐饮业。

"哦,"我说。我不打算对玛琪假装什么。"你在哪儿遇到他的?我是从社会学的角度问这个问题的。"

"我不明白这是啥意思,"玛琪说,"你真想知道,就跟你说吧,是在十一路巴士上遇到的。"这是明显的瞎话。我听了直摇头。

"你是干模特儿行当的,"我说,"你要想变身当个财富的符号,会耗尽你所有的时间。"我一边说一边突然想到,那种生活其实也不赖。

"杰克,请你搬出去!"玛格达伦说。

"不管怎么说,"我说,"你不准备跟可敬的萨姆②住这儿吧,对不?"

"我们需要这公寓,"玛格达伦说,"你现在就搬走。"

我感觉她的回答有点含糊。"你是说,你们要结婚吗?"责任感又回到我心头。毕竟,她没有父亲,我感觉自己兼有父亲的责任。这是我剩下的唯一救命稻草。想来很怪异,感觉斯塔菲尔德不会娶玛格达伦这样的女孩。玛琪可以穿毛皮大衣,与别的哪个衣架花瓶一样。但是她并不俗艳,不富有,也不出名。她就是个善良、健康的英国女孩,单纯可爱得像五月节。我以为,斯塔菲尔德的品位应该更富有异国情调,远比结婚浪漫。"对,"玛琪强调道,容颜

---

① 萨米,萨缪尔的简称。
② 萨姆,萨缪尔的别称。

依旧是奶油般清新。"你现在可以打包吗?"看得出来,她问心有愧,躲闪我的目光。

她伸手在书架上摸索,嘴里说:"我记得这儿有你几本书。"说着就取出了《莫菲》和《我的朋友皮埃罗》。

"给斯塔菲尔德伙伴腾地方,"我说,"他看书吗?顺便说,他知道有我这个人吗?"

"哦,知道,"玛格达伦回答得有点闪烁其词的意味,"不过我不想你俩见面。所以你必须马上卷铺盖走人。从明天开始,萨米就会老来这儿了。"

"有件事是一定的,"我说,"我没法一天之内搬走所有的东西。这次先拿些走,明天还得回来。"我讨厌被人催。"别忘了,"我口气生硬,"那个收音电唱两用机是我的。"我的思绪转悠到了劳埃德银行有限公司。

"是的,亲,"玛琪说,"不过你过了今天再来,要先打电话,接电话的是男人,挂断。"

"这让我恶心。"我说。

"是的,亲,"玛琪说,"要不要给你叫车?"

"不!"我高喊一声,抽身离去。

"要是你下次来萨米在,"玛格达伦仰头冲楼梯喊道,"他会扭断你的脖子。"

* * *

我用牛皮纸包好手稿,装进另外那只箱子里,出门步行离开。我需要思考,出租车里没法思考,只能盯着计价器看。我上了七十三路巴士,到廷卡姆太太那儿去。廷卡姆太太开着一家售报亭,在夏洛特街区的一个街拐角上,售报亭落满灰尘,又脏又乱,外面有块廉价的广告板,卖几种语言的报纸、几种女性杂志、《西部小说》、《科幻小说》《惊奇故事》,等等。这些东西乱七八糟堆在那里,我可是从没看见过有人在廷卡姆太太的报亭买过任何东西,冰激凌除外,她也卖冰激凌,还有《新闻晚报》。大部分图书,长年累月堆在那里,无人问津,被太阳晒褪了色,只偶尔遇到廷卡姆太太心血来潮,自己想看书了,才翻动一下。她倒是时不时会看看书,会挑些西部故事,年代久远书页都发黄了的那些,看不到一半就会说,以前看过的,搞忘了。到现在,她肯定是把自己的藏书通读过一遍,为数倒不多,添加得也慢。我偶尔见她看法文报纸,她可是说过不懂法文,说不定只是看看图片罢了。冰激凌柜旁边,有个小铁桌,配两把椅子,上方有个架子,放着红红绿绿的瓶装软饮料。我在这儿消磨过不少安静的时光。

廷卡姆太太的报亭还另有个特点,里面住满了猫。是个日益壮大的花猫家族,旺盛的子嗣,繁衍自一只体型巨大的太祖母猫,这些猫或坐在柜台上,或坐在空书架上,昏昏欲睡,若有所思,琥珀色的眼睛眯成一条缝,在阳光下紧闭,除了这道泉眼般的窄缝,浑身上下就是一团厚厚的皮毛。只要我在,有只猫常跳下来,在我膝头坐一会儿,不慌不忙,过一阵子,就跳下去,溜出街,沿各店门脸儿闲逛。不过报亭十码以外,我从没见过它们哪一个。廷卡姆太太端坐中央,抽着支烟。我认识的人里面,烟不离口的只有她了。她每次点烟,总是用前一支抽剩的烟屁股点。每一天第一支烟怎么点的,我一直不得而知,因为她家似乎没有一根火柴,我每次要火柴都没要到过。有一回我来,见她苦不堪言,原来是烟掉进咖啡杯里了,可她没有火点另一支。也许她整夜抽烟,或者家里有一支永不熄灭的烟。她脚下有个瓷盆,总塞满烟头,满得要盈出来了;身边柜台上,有个小无线收音机,总是开着,声音很低,几乎听不见,就是说,廷卡姆太太坐在那儿,吞云吐雾间,还有音乐对她喁喁低语,与她做伴,周围还有那些猫。

我进来照例还是坐在那张铁桌子旁边,从手边的书架上抱下一只猫,放在腿上。它像个拧紧发条的玩具,一声接一声,叫个不停。我冲廷卡姆太太开心一笑,是这天第一个由衷的笑。芬恩老说她是个怪老太婆,可她对我一直很好,谁对我好,我是不会忘掉的。

"哦,又回来了。"廷卡姆太太说,一边放下手里的《惊奇故事》,把收音机音量扭小,扭到刚刚听得见,当背景音乐听。

"是的,很不幸,"我说,"廷克太太①,可以来一杯什么吗?"

很久以来,我一直在廷卡姆太太这儿存放威士忌,每逢忧伤郁闷,就在伦敦中央的这块安静地段,人少的时候,喝一杯,解忧疗伤。这会儿酒店倒是都开着,但我需要廷卡姆太太报亭里的安宁,需要这份慰藉,喵喵的小猫,喁喁的音乐,廷卡姆太太的模样,像极了大地女神,面前供着香炉。这习惯刚开始的时候,每喝一次,我都会记下瓶里酒的位置,不过那是我跟廷卡姆太太熟识前的事了。她完全靠得住,好比自然规律。她也能给你忠告。一次,我偶尔听到她一个老顾客跟她急,因为问她什么都问不出来,老家伙急得大声叫嚷:"你有病吧!这么守口如瓶啊!"她就是这种性格。我还真有点怀疑,这恐怕就是廷卡姆太太成功的秘诀。她的报亭也是个"临时通信地址",秘密约会的人喜欢在这儿见面。我有时候也纳闷,廷卡姆太太对顾客的事,到底知道多少。我不在她这儿的时候,她肯定没这么天真烂漫,对自己眼皮底下的事,熟视无睹。我在她这儿的时候,她总是那么一副心宽体胖、无声无息的样子,眨

---

① 廷克太太,廷卡姆太太的简称。

巴着眼睛,活像她的猫,所以她这人我真琢磨不透。偶尔,我眼角的余光,会瞥见她脸上露出大智慧;但是,无论我转身定睛查看得多快,看到的依旧是那副笑盈盈的慈祥面容,多少带点儿心不在焉的关切。不管实际上是什么情况,有件事是肯定的,那就是没人会知道究竟。警察都早就不再询问她了。知道是白费工夫。她知道得多也好,少也罢,据我所知,她嘴里也吐不出一鳞半爪,哪怕有利可图她也不为所动,报亭周围巴掌大地盘上的人,她绝不会为跟他们套近乎说出点什么。一个守口如瓶的女人,乃是稀世珍宝。我对廷卡姆太太信得过。

她取出一只纸杯,倒上威士忌,从柜台上方递给我。我从没见过她自己喝什么东西。

"这次没带白兰地来吗,亲?"她问道。

"没,被浑蛋海关扣下了,"我说,一边咽下一口威士忌,一边又补了一句,"让他们见鬼去吧!"还加了个手势,心里把海关、玛琪、斯塔菲尔德、我的银行经理,都囊括在内了。

"怎么了,亲?不顺利,是吗?"廷卡姆太太说,我瞅了眼酒,瞬间瞥见她关切的神情中,闪现着会意。

"跟人打交道,是伤脑筋,很麻烦,对不?"她说这句话的声调,肯定打动过很多人,对她掏心掏肺。

我敢肯定,跟廷卡姆太太倾诉的人,什么都会说。有时候我过来,恰好就能感觉到那种气氛。我自己也是来找她倾诉的;在许多顾客的生活里,她大概就是唯一信得过的倾诉对象了。其实帮不上啥,对廷卡姆太太倒是有利可图,所以她不差钱。有一次二话没说,就借了十镑给我,不过我敢说,廷卡姆太太最上心的并不是得了什么利。她就是喜欢知道别人的事,要么就是了解人家的生活,因为"事"的范围更窄,缺少人情味,不像我现在感到的,或是以为我感到的,她对我的那种热切关心。实际上,她的真实心理,介于天真和世故之间,她也许就活在别人的生活戏剧之中,那里面事实和虚构,界限并不清晰。

只听一声呢喃低语,大概是收音机响,也可能是廷卡姆太太对我施魔法,好让我对她吐露心声:声音很轻柔,气若游丝,仿佛上面挂着一条珍奇的小鱼,随时可能脱落。但是我咬紧牙关,坚决不说。我想等待一个时机,到那时,可以把事情的前前后后,说得更富有戏剧效果。事情可以讲得有声有色,但是还缺少一个框架。如果现在就讲,会有道出真情的危险;每当人家冷不丁问我,我总是讲真话,还有比这更傻的吗?我面对廷卡姆太太的注视,尽管她的眼睛没表露什么,我肯定她知道我的内心。

"人和钱,廷卡姆太太,"我说,"要是没这两样,世界该多美好。"

"还有性。"廷卡姆太太说。我俩都叹了口气。

"又添了小猫吗,最近?"我问她。

"还没有,"廷卡姆太太说,"不过玛吉又怀孕了。很快就会有一窝可爱的小猫咪了,是吧,一定!"她对卧在柜台上的一只肥花猫说。

"这次有缘分吗,你觉得?"我问。

廷卡姆太太老催促她的母猫,跟这条街前边的一只漂亮的暹罗猫交配。她还真这么做,包括把猫抱到门口,把那只姿态优雅的公猫指给它们看,嘴里说:"瞧那帅哥!"——迄今尚无结果。你要想让猫注意什么,你就会发现有多难。这家伙哪都看,就是不看你手指的地方。

"没缘分,"廷卡姆太太恼火地说,"它们对马肉店那只黑白公猫痴情得很。难道不是,漂亮妞,是吧。"她对有喜了的花猫说,花猫张开一只肉乎乎的前爪,伸进了那摞《新文学》里面。

我在柜台上拆开一个手稿袋。腿上那只猫跳走了,轻轻溜出门外。廷卡姆太太说:"啊,好吧。"一边伸手去拿一本《惊奇故事》。

我匆匆审视了下手稿。以前有一回,玛格达伦气急败坏,撕烂了一首叫作《奥本海姆先生将继承地球》史诗的前六十节。那是从前的事,当年我还不乏理想。那会儿我也不清楚,眼下这时代不是能写出史诗的时代。当时,我天真地以为,谁爱写什么,没理由不能写。但是,没有比历史感更让人麻痹的了,尤其是涉及文学。某个特定的时刻,也许应该停止思考。实际上,我自己就尽量不思考,除了一点,那就是我清楚,眼下这个时代,写本小说也是不可能的。不过再回来说说《奥本海姆先生将继承地球》吧;我的朋友们批评过这个标题,因为听上去好像是反闪语族的。其实奥本海姆先生仅仅是象征大生意而已,但玛琪撕烂它不是这原因,就是气急了,因为说好跟她吃午饭,却失约了,改去见一个女小说家。结果白白浪费了时间,回来发现《奥本海姆先生将继承地球》碎了一地。这是从前的事了,但我怕会反复发生。谁知道那女孩要把我轰走,脑子里琢磨的是什么?把女人惹火了,她真敢往死里伤你。我心里清楚,你被惹火了要伤害别人,感受也一样。所以我把手稿仔仔细细检查了一遍。

都完好无损,只少了一样。就是那份《香木夜莺》的翻译打印件。这本《香木夜莺》是让·皮埃尔·布勒特伊的倒数第三部作品。那译文是我在打字机上直接打出来的;我已经翻译了让·皮埃尔的不少作品,速度就看打字能打多快了。我嫌用复写纸打字麻烦——我动手能力弱,你知道复写纸很难摆弄——所以翻译稿只有一份。这我倒也不害怕,我知道假如玛格达伦要毁掉什么东西的话,一定要毁我自己写的东西,而不是翻译。我心里这么记了一下,下次去拿;可能在楼下的写字台抽屉里放着。《香木夜莺》一准畅销,它等于是我腰包里的钱。故事说的是一个年轻的作曲家,经过精神分析,发现自己的创作冲动没了。我喜欢这故事,尽管是畅销的烂货,就像让·皮埃尔写的所有作品一样。

戴夫·格尔曼说,我是翻译布勒特伊的专家,因为那种书我自己也想写,其实不是这样的。我翻译布勒特伊,是因为容易,因为在哪种语言里都能卖得像煎饼一样火。再说,用反常的眼光看,我就是喜欢翻译,好比张开自己的嘴巴,却听见别人的声音出来。让·皮埃尔的倒数第二部作品是《皮埃尔·阿穆尔》,我在巴黎看过,毫无疑问也一定畅销。最新的一本小说叫《我们胜了》,我还没看过。我决定去见我的出版商,预支一部分《香木夜莺》的稿费;再向他推销一个设想,是我在巴黎想到的,由我来系统翻译介绍一部法国短篇小说选集,我箱子里装得满满当当全是这东西。这可够干一阵子的。用戴夫的话说,没有一流作品。我想起我在银行还有七十镑存款。但是很清楚,既然伯爵宫路对我关闭了,眼下的要紧问题,是去找一个便宜合适的地方,住下来干活儿。

你可能觉得玛格达伦冷不丁把我扫地出门,有点不够意思,你也可能觉得,我这人太窝囊,就这么认了。但实际上,玛格达伦并不是个粗暴狠心的角色。她是个聪明人,富有情感,头脑简单,热情友好,乐于帮助人,只要不给自己带来麻烦;反正再往好里说,也不过分。可我自己,对玛琪问心有愧。我刚才说过,我住她那儿基本不付房租。说实话,还不是实际情况;实际上一个子儿也没掏。想到这个我心里有点不安。靠女人施舍过日子,对自己的身份不利。再说我知道玛琪要结婚了。她向我暗示了不止一次;我想她的暗示也意味着想嫁给我。只是我不想娶她。考虑到这两个原因,我感觉已经没资格赖在伯爵宫路了,要是玛琪移情别恋,我只有谢天谢地的份了;不过,我对这位大圣人萨米的看法倒还是客观的,感觉他绝无胜算,势必失算。

我也该说说自己了。我叫詹姆斯·唐纳修,不过看官不必在这个名字上费心。我只去过都柏林一次,当时威士忌喝多了,只见到两次白天,一次是他们把我带出商店街警局,另一次是芬恩带我去霍利黑德上船。那是我酗酒的年月。当时才三十多,才华横溢,就是懒。靠三流文学打发时光,偶尔有点闪亮的好作品,少得可怜。当今,人可以靠写作谋生,但条件是始终能写好,能写出迎合市场口味的东西。我前面说过,我是个矮个儿男人,往好里说,就是瘦小匀称。我头发是金色的,五官棱角分明,像个小精灵。我擅长柔道,但不喜欢拳击。对这个故事来说,更重要的是,我的神经脆弱。别在乎怎么弄的。那是另一个故事,我并不是从头讲我的一生。我有这种神经,一个后果就是,我不能独自一人待太久。这就是为啥我离不了芬恩。有时候,我俩一坐几个钟头,不说一句话。我大概在想上帝,自由,不朽。芬恩在想啥,我就不得而知了。但更多的原因在于,我讨厌住在一个陌生的房子里,我喜欢受到保护。所以我算得上是个寄生虫了,一般都住在朋友家。从经济上讲,也更方便。我没感觉不受欢迎,因为我性喜安宁,芬恩能干各种家务活儿。

接下来去哪儿,倒还真是个问题。我不知道戴夫·格尔曼愿不愿意接纳我们。心里在琢磨这个念头,不过也有顾虑,觉得这可能不是个好主意。戴夫是个老朋友,可他是个弄哲学的,不是那种关心柴米油盐的人,而是个货真价实的哲学家,像康德和柏拉图,所以他当然是没钱。我感觉也许不该跟戴夫提要求。再说他还是个犹太人,从头到尾都是,他遵守斋戒,相信罪不可赎,听到《新约》里的许多故事,也会震惊不已,比如那个女人打破了非常贵重的油膏瓶。这倒不是我担心的，但是说到三位一体和慈善理念，他会跟芬恩争论不休。没有什么理念像慈善理念一样，令戴夫厌恶，似乎在他看来，那就好比一种精神鸦片。照戴夫的说法，这概念让事情无法直截了当，让人可以逃避一切。他说，人类生活靠的是具体的规定，而不是什么崇高理念的模糊光晕，它掩盖了各种各样的奢靡。戴夫是为数不多的几个人之一，芬恩能与之长谈不倦。我应该说明一下，芬恩是个不参加活动的天主教徒，但性情上是个卫理公会教徒，或者说在我看来似乎是，这是他对戴夫激动地表明的。芬恩总是说，他要回爱尔兰，回到一个有真正宗教的国家，不过从没成行。所以我觉得，在戴夫家不会很安宁。要是芬恩话没那么多，我倒情愿去。我自己以前跟戴夫也很能聊那些抽象的概念。刚听说他是个哲学家那会儿，我很高兴，我想他大概会给我讲些重要的真理。当时我在读黑格尔和斯宾诺莎，不过我承认，这两人我从来没大弄懂，就希望能跟戴夫讨论他们。但是我们从来没讨论出什么结果来，谈话多半是我说了什么，戴夫说他不理解我的意思，我再说一遍，戴夫便很不耐烦。过了一段时间我才弄明白，戴夫说他不明白的时候，他的意思是我说的都是废话。黑格尔说，真理是个重大词，而事物更重大。我跟戴夫从来没有超越词语，所以我最终还是放弃讨论了。不管怎么说，我很喜欢戴夫，我们有很多别的话题可以聊，所以，去跟他住的念头，我并没有放弃。这也是我现在唯一的念头。等我最后得出这个结论，我打开行李箱，取出些书来，和那包手稿一起放在廷卡姆太太的柜台底下。随后，我离开报亭，直奔里昂酒吧。

二

伦敦有些部分是需要的,有些部分则可有可无。伯爵宫以西的全部,就可有可无,沿河有几处除外。我讨厌可有可无的东西。我要我的生活里,所有的东西都有充分的原因。戴夫住在伯爵宫西边,这是我跟他意见不同的另一件事。他住在金鹰路以外那片黑红房子中的一座里,不知为啥那些房子都叫大厦。在我黯淡的童年,最初就在这一带学到了这个词儿,我心目中的不少好散文被它生生毁掉了,包括《圣经》上的一些篇章。我觉得戴夫不会太在乎环境。作为一个哲学家,在职业上他很关注生命之本(尽管他不高兴我使用这词儿),而不是像我们大多数人一样,关心那些鸡毛蒜皮的生活琐事。再说,他因为自己是个犹太人,就感觉自己是历史的一部分,而并没有刻意而为。这方面我很嫉妒他。对我来说,我发现自己需要年复一年去努力,再努力,才能跟上历史的脚步。所以,戴夫敢有这么个非同寻常的住址,而我就不敢保证能不能做到。

戴夫的大厦很高,不过被旁边一家现代化医院大楼挡住了,医院大楼的墙面全是白色的。简朴而得体,我经过总难免心里一颤。这会儿,我踏上了通向戴夫公寓的那截深色彩玻璃楼梯,听见有人说话的嗡嗡声。这叫我心里不愉快了。戴夫认识的人太多。他总跟很多人保持密切关系,从不间断。我自己觉得同一时间里,跟超过四个人关系密切,就不道德。但戴夫似乎跟一百多人关系密切。他在艺术界和知识界广交朋友,且过从甚密,还认识不少政界左翼人士,包括那些怪人,像新独立社会党的领导人、左翼分子托德,以及一些行为更古怪的人物。另外,还有他的学生、学生的朋友,以及人数越来越多的前学生群。凡是戴夫教过的学生,都没跟他断过联系的。我是觉得这有点不可思议,因为我说过,谈起哲学来,戴夫从来没给过我什么。不过也许我是个太不可救药的艺术家,他有回这么说过我。这又让我想起,他对我的生活方式很不以为然,老催我找个稳定工作。

戴夫也在大学里兼职教书,凭此在身边聚集了许多年轻人,都是些也对真理感兴趣的人。戴夫的学生崇拜他,但他和他们争论不休。他们都痴迷形而上学,反正戴夫是用厌恶的口气这么说的。这对我是个好事,但鼓励了戴夫的对立情绪。对戴夫的学生而言,世界是个谜;应该有理由也有可能发现解开谜底的钥匙。钥匙这玩意,可能藏在一本八百页的书里。发现这把钥匙,可不见得是个简单活儿,但戴夫的学生感觉没问题,每周钻研四到十个钟头,不包括学校的假期,就足够发现它了。他们不会想到别的程度,想不到可能更简单,或者更复杂。他们只准备在一定范围内改变观念。他们许多人来的时候是通神论者,走的时候是批判现实主义者,或是布拉德利主义者。戴夫的批评好像经常都纯粹是分析式的。他气势夺人,像太阳射出愤怒的光芒,荡涤乾坤,但并不烤干他们形而上学的做作,而只是记录他们从一个阶段到另一个阶段的转变。我从这一怪异的事实中想到,别的先不说,戴夫也许还是个好老师呢。偶尔,他能办到把一些接受力特别强的年轻人,转变成他那种语言分析类型;经此转变,青年们往往对哲学彻底失去兴趣。看戴夫教导这些年轻人,好比看人修剪玫瑰花丛。总是那些最强壮最旺盛的枝条被剪掉。修剪后,也许也开花;但不是哲学的花朵,戴夫对此深信不疑。他的最高目标,就是说服年轻人离开哲学。他也老警告我离开哲学,态度特别真诚。

我在门口犹豫了一下。我讨厌走进满是人的房间,像走进画廊似的,经过那一张张盯着我看的面孔。我犹豫不决,几欲离去;但是最后,一横心,推门进去了。满满一屋子年轻人,一边谈论,一边喝茶,不过我用不着惧怕那些面孔,因为没人注意我进来,除了戴夫本人。他躲开混战,独自坐在一个角落里,见我进来,举手招呼,手势显出一家之主的庄严,仿佛来者并不意外。戴夫看上去倒不像个希伯来长老。他体型略胖,头顶微秃,褐眼肥手,说话略带沙哑,英语不很熟练。芬恩坐在他身边的地板上,背靠墙,两腿伸展开,像个事故受害人。

我经过几个嘴上没毛的小伙子,跨过芬恩的腿,俯身跟戴夫握手。我友好地踹了芬恩一脚,便坐在桌子边上。一个年轻人麻利地递给我一杯茶,一边还扭头跟人说话。人为回归自为①,是的,但那是什么样的自为?

"看样子还在继续。"我说。

"很自然的人类行为。"戴夫说,眉头略皱了一下。随即温和地看着我。

"听说你境况不佳。"他说,提高声音盖过了嘈杂人声。

"可以这么说。"我谨小慎微地说,一边呷了口茶。跟戴夫说到我自己的麻烦,我从来不夸张,因为他老是那种冷嘲热讽、漠不关心的态度。

"我要是你,"戴夫说,"就去找份体面的工作。"他指着窗外近

---

① 自为,黑格尔提出的一个哲学专门术语,即展开、显露之意。

在咫尺的医院白墙。

"医院一直需要护理员,"他说,"你甚至可以当护士。或者也可以兼职。"

戴夫不断提这种建议,我想不出原因,因为没有一条可能考虑。我想他这么做的部分原因,就是为给我难堪。有时候,他还催我去做试用官员,或是工厂检验员,或是小学教员。

我看了眼医院的墙。"保佑我的灵魂。"我说。

"不!"戴夫鄙视地说。"老想你自己的灵魂。问题就在这儿,不能老是想你的灵魂,要替别人着想。"

我听得出来,这话里有话,尽管我不需要戴夫点破,我当下也拿不出什么办法应付。芬恩丢给我一支烟。他总是能以柔克刚,保护我不受戴夫的摧残。眼下的问题是找个地方栖身,这是关键,别的都不重要。我必须写下去,才能维持生计,没地方住,什么都无从谈起。

我喝完了茶,悄悄在戴夫的公寓里转了一圈。依次是起居室、戴夫的卧室、一个空房间、卫生间、厨房。我留意了一下那个空房间。也看了下窗外医院的墙,从这儿看过去,似乎离得更近了。房间刷成了难看的棕黄色,有几样简陋的家具。这会儿里面散放着芬恩的东西。已经不错了。我正查看衣柜,戴夫进来了。他很明白我脑子里转悠什么。

"不,杰克,"他说,"绝对不行。"

"为什么不行?"

"咱两个脑残绝不能住一块儿。"

"你这老家伙!"我说。戴夫不是脑残,而是个老滑头。我倒也没跟他争,因为关于耶和华和三位一体的概念,我自己也有点搞不清。"既然你撵我走,"我说,"你有义务给我个建设性的建议。"

"你从来不听,杰克,"戴夫说,"不过我给你想想吧。"我们又回到原来那间屋里,周围又响起嘈杂的说话声。

"你该跟女人打打交道,不行吗?"

"不行,"我说,"我跟女人打过交道。"

"有时候你让我心烦,杰克。"

"我没法克服我的心理状态。说到底,自由不过是个观念而已。"

"是在第三部《批判》里?"戴夫对屋子另一头的人大声说。

"不过你说的女人是谁?"我问道。

"我不知道你的女人,"戴夫说,"但你来几次就会有人给你点建议。"

我感觉要是我在别处安顿下来,戴夫就更愿意见我。芬恩躺在地板上,脑袋在桌子底下,突然开口道:"试试安娜·昆廷。"芬恩有时候直觉超好。

这个名字利箭般扎到了我心上。"我怎么可以?"我说。"没比这更不可能的了。"我补了一句。

"哦,你还这样。"戴夫说。

"我压根儿没这样,"我说,"我根本不知道她在哪儿。"我扭头看着窗外。我不喜欢别人从我脸上窥视我的内心。

"他心不在焉!"戴夫说,他很懂我。

"给点儿别的建议。"我说。

"你是个大白痴,"戴夫说,"会被社会掐住脖子摇晃,叫你干正经活儿。夜里闲下来,你才有可能写出一本大作。"

我看得出来,戴夫这会儿脾气不好。嘈杂声更大了。我用脚把我的行李箱推在桌子底下,挨近芬恩。

"我能把这箱子放这儿吗?"

你怎么知道究竟哪个是你真实的自我？有人这么问。

"你可以把两件都留这儿。"戴夫说。

"我晚些时候过来取。"我说。随即离开了他们。

*　　*　　*

芬恩说出的那个名字，还让我心头隐隐作痛。但是在痛苦中，一曲怪诞的旋律悄然响起；轻柔的笛声，把我带向远方。当然，并不是说，我有哪怕一星半点的打算，要去找安娜，我就是带着对她的念想独处。对女人，我不是神秘主义者。我喜欢詹姆斯和康拉德小说里的女人，像花儿一样独特，被描写成"率真、深沉、自信、信任"。"深沉"是不错的；纤纤玉指，深沉若海。可我在实际生活里，从来没遇到过一个这样的女人。我喜欢在小说里读到她们，不过我也喜欢读珀伽索斯①和克律萨俄耳②的故事。我认识的女人往往没什么经验、不善言谈、容易轻信、头脑简单；但我没有理由说她们深沉，因为从她们的表现看，我倒宁愿说是男人那种自恋。如果她们狡猾，她们欺骗的不只是别人，也包括她们自己，这方面跟男人相仿。那种欺骗，我们都经历过；只不过女人的反应总是更有点不平衡。像高跟鞋，时间久了会改变内部器官。没什么比这种虚伪的深沉更令我厌恶的了。

然而我发现安娜是深沉的。我感觉她神秘，但想不出她哪点让我有了这感觉，对我来说，她似乎总是那么深不可测。戴夫有次跟我说，找到让你兴趣不衰的人，这就是爱的定义，这么说，也许我爱安娜。她声音有点沙哑，面容柔和，因为有发自内心的热情，脸

---

① 珀伽索斯，希腊神话中的双翼神马，被其足蹄踩过的地方有泉水涌出，诗人饮之可获灵感。
② 克律萨俄耳，希腊神话中的巨人，双翼神马珀伽索斯的兄弟。

上总是熠熠生辉。那是一张充满渴望的面容,但矜持稳重,不带一点幽怨。她有一头浓密的棕发,古典式波浪卷,我最初认识她的时候,是那样的。那是多年前的事了。安娜比我大六岁,我们相识,是在她和妹妹萨蒂唱歌表演的场合。安娜主唱,萨蒂唱副歌。安娜是女低音,声音直入人心,哪怕在收音机里听了也会让人心颤。她一边唱,还一边微微做些动作,面对面听,魅力无法抵挡。她似乎是把歌声投到了你心里,起码初次相遇,我感觉是这样的。我听她唱过一曲,就再也没有忘掉。

安娜和她妹妹大异其趣,就像一只甜美的燕八哥和一条凶险的热带鱼,后来俩人合作破裂,表演终止。我想部分原因是互不相容,部分原因是目标各异。在这个时代,如果你还记得,英国电影经过了一个严峻的阶段。邦蒂百芳德公司刚建立,老牌梦幻电影公司股东易手。尽管那批老影迷还在,但两个公司没能发现一个新影星,不断有青少年受大张旗鼓的宣传所惑,来到影院,却在一场喧嚣躁动的影片中途,纷纷离场。梦幻电影显然得出了结论,认为演人类的故事对票房不利,便推出了动物电影系列,在动物王国里,还真搞了些新玩意出来:最著名的有《阿尔萨斯神犬》《火星先生》,惊险的逃亡情节,挽救了两个公司免于破产。邦蒂百芳德创立之初,就是个实力雄厚的大财团,在这片江湖,萨蒂很快就展露才华;而且,你知道,她后来成了明星。

明星是个怪异现象。它跟优秀女电影演员根本不是一码事;甚至也跟魅力和美貌无关。造星靠的是一种表面光耀的特质。萨蒂具有这种光耀;或者说观众这样认为,不过我个人觉得"光彩"一词,更合适。你肯定猜到我对萨蒂没兴趣。萨蒂光艳照人,比安娜年轻,五官和安娜一个模子刻出来的,稍小而紧凑,仿佛缩紧五官,再没放开。她说话的声音跟安娜不一样,只是略带沙哑的音色,更具金属感。不是那种栗子壳似的，而是生了锈的铁似的。也有人觉得这声音有魅力。她唱不了歌。

安娜从来没有涉足过电影。我不知道为什么；在我看来，她的潜力似乎比萨蒂大。但也许她缺少某种外露的夺人气势。你必须是一条船头锋利的快艇，才能在电影的海洋里劈风斩浪。安娜和萨蒂分道扬镳后，又有过更认真的表演；但她缺少训练，没能在声乐界走得更远。我最后一次听她唱歌，是她在一家夜总会唱民歌，这种搭配能让她尽情发挥。

安娜以前住在贝斯瓦特路边的一所小小的酒店式公寓里，被周围高耸的房屋俯视，我常去那儿看她。我深深迷上她了，但即便那会儿，我也能看出来，她的性格跟给人的印象完全不一样。安娜是那样的女人，不忍心拒绝任何人求爱。倒不见得是求爱让她受用。她有人际交往的天分，渴望爱情，像诗人渴望读者。对于那些舍得麻烦，追求她的人，她会立刻给予真诚的、慷慨的、无限的、完全不是一时兴起的注意，也是一种对自我屈从的刻意避免。毫无疑问，这是她从不涉足电影的另一个原因；她的私生活必须占据几乎她的全部时间。结果也是不幸，她的存在是一场长期的不忠行为；我认识她的时候，她不断搅和在各种秘密中，不停地撒谎，为的是瞒着每个朋友跟别人保持那么近的关系。或者是有时候，她会变着法儿玩麻醉法，就是靠不断给点儿刺激，压制强烈的嫉妒，直至最后，对方容忍了她情感上的自由尺度，依旧匍匐在她石榴裙下，一如往常。我不在乎她这个，我很快就看透她了。虽然我对她了解得入木三分，但并没有消除她那种神秘感，也没有因她滥用感情而反感她。也许这是因为我常有的那种感觉，那感觉像阵阵暖风来自渴望登临的海岛，把花果的芳香吹拂在水手身上，感觉到她给我的温存真实而有力。我知道很可能就是靠了这种魅力,她才把一众追求者玩弄于股掌之中。但是这也没什么差别。

你或许想知道,我是不是想娶安娜。我还真想过。但是婚姻对我来说,是个理性的观念,它可能规范我的生活,但不能构成我的生活。我只要想起女人,就禁不住想利用婚姻的可能性,作为一种抽象的假设,在任何严格的意义上,都不会作为一种实际手段。至于安娜,我还真快到认真考虑的地步了;当然我也断定她不会答应,所以我终于还是渐渐离开她了。我讨厌孤独,但我害怕亲密。我人生的本质,就是与自己的一场谈话,要是变成实际的对话,会等同于自我毁灭。我需要的伴侣是酒馆或咖啡厅能提供的那种。我从不想要灵魂的交流。跟自己说真话已经够艰难的。但是安娜专擅灵魂交流。而且她还欣赏悲剧,令我神经紧张。她对沉重的作品情有独钟。她把生活看得太重,活得很不轻松。而我觉得没必要这么对待生活,仿佛你在逗弄一头危险的野兽,待它兽性发作,会咬碎你的骨头。于是,安娜去了法国,在夜总会演唱民歌,我便含糊其辞地说,等她回来,我来看她,但她知道我不会,我也知道她知道。那事情有些年头了,打那以后,我一直过得很平静,特别是在伯爵宫路的日子。

从戴夫家出来,我步行来到牧羊人草地,登上一辆八十八路巴士,坐在二层前座,上述那些回忆,便在脑子里回放了一遍。在伦敦找这么个失联多年的人,还真不是个容易事,尤其是安娜那个圈子里的人,不过有一样很清楚,要从电话簿查起。于是我在牛津广场下了车,钻进了地铁。离开金鹰路的时候,我还没有要找安娜的打算,等走上邦德街,便觉得天底下没比这更值得做的事了。其实,我也没闹明白,这么多年没她在身边,怎么过来的。但我本性如此,能长期宅在一处不动,咫尺之外有个几尼①,也懒得弯腰捡。一旦安顿下来,就静如处子。一旦没安顿好,便惶惶不可终日。就漫无目标,东奔西突,像个爆竹,又像海森堡的电子,直到在另一处安全的地方安顿下来,才能复归宁静。另外,我对芬恩也有种说不清道不明的信任。芬恩提出的建议,往往出人意料。只要听从,结果往往恰如其分。我总算明白,在伯爵宫路的生活结束了,那份思想的宁静,一去不返了。玛琪把我逼上了绝路;也算,我要想想办法,甚至利用一下这机会。谁知道哪天会开启一个新时代呢?我拿起伦敦电话簿中 L 到 R 那一册。

  电话簿上没线索,我并不奇怪。接下来,我给两个剧场经理打去电话,他们也不知道安娜的行踪,又问询了英国广播公司,他们知道,但不肯告诉我。我想到应该先去百芳德制片厂找萨蒂,但不想叫萨蒂知道我找安娜。有一阵子,我怀疑萨蒂对我有点意思;反正从前我喜欢安娜的时候,她总是不高兴,不过我懂,有的女人把所有的男人都看成是自己的私有财产,我觉得她即便知道安娜在哪儿,也可能不会告诉我。不管怎么说,从萨蒂的名气变得这么大以来,我还没见过她,可以想象她不会欢迎我来套近乎,特别是假如她知道我知道她对我的感觉。这会儿夜总会已经差不多开门了。给那儿打电话似乎无济于事,所以除了去苏豪区打听,没什么好干的了。苏豪区总有人知道,谁想打听什么,只要找到那人,就妥了。再说,会不会在那儿跟安娜不期而遇,也未可知呢。我命里注定,只要对什么感兴趣,就会有一百件与其相关的事,出人意料地发生。但我还是希望,先别在公共场合碰到安娜,因为我已经情不自禁,满脑子都是跟她不期而遇的情景。

---

① 几尼,英国旧时的一种金币,合一点零五英镑。

平常我是不来苏豪区的,部分原因是太折磨神经,部分原因是价格太贵。太贵倒不完全是因为神经紧张,导致一杯接一杯喝,而多半是因为有人来拿走你的钱。我很不善于拒绝人家跟我要钱。我总想不出一个合适的借口,明明能拿出的钱比人家多,为什么不能把自己手里的至少给人家一点。我给并不犹豫,但很恼火。过了酒吧街、老康普顿街,在希腊街走到海格力斯石柱的时候,我口袋里的钱就被各路熟人要得所剩无几了。这时我的神经紧张得要命,不只是因为苏豪区,还因为想到一踏进酒吧,可能会看到安娜在里面。这几年,这里的酒吧我来过上百次了,从来没有这种念头;可现在突然间,整个伦敦成了个空架子。每个地方都没有她,都期待她。我要了杯烈酒喝起来。

　　发现钱不够用了,便穿过马路到对面不远处,我下午常喝酒的一家酒吧,兑了张支票;在那儿,我总算找到了线索。我问吧台伙计,知不知道最近在哪儿能看到安娜。他说知道,她好像是在哈默史密斯经营一间什么小剧场。他在吧台底下翻找了一下,拿出一张名片,上面写着:河畔剧场。还有个地址,是在哈默史密斯林荫道。吧台伙计说,不知道她还在不在那儿,但是几个月前她是在那儿。她留给他这张名片,转交一位先生,可这位先生没露过面。酒吧伙计说,我不妨拿走名片。我便收了,走出酒吧来到街上,心跳不止。我仔细琢磨了一下我的财务状况,才没有招手叫出租车到哈默史密斯。我一路跑到了莱斯特广场车站。

三

给我那个地址是在林荫道,鸽子窝和黑狮之间那一段。在奇斯威克林荫道,房子都面朝河,但是在与我的故事相关的哈默史密斯林荫道,房子却都是背朝河,一眼望去,就是条普通街道。奇斯威克林荫道两边的房屋和绿树草地,全都沉睡在雾气中,隐隐约约,伸向水面,而哈默史密斯林荫道,随处可见水闸和洗衣房,混杂在酒馆和乔治时代的房屋中间,宛如迷宫,有的面朝河水,有的背对河水。我要找的那个门牌号,是一所独立的房子,背对河水,面朝的那段街很安静,旁边有块开阔地,有台阶向下通到水面。

这会儿我可不急了。我怀着疑虑和好奇打量着房子,似乎它懂我,也在和我对视。这是那种只顾自己的房子,门前有块乱糟糟的园子,围墙及肩。房子是方方正正的,有几排高窗户,尚露优雅遗风。我走近围墙中央的铁门。这时我看到了一张海报,贴在一侧门扇上。是张手绘的海报,有点褪色了,怪可怜的。我辨认了一番。上面写着:

河畔哑剧场

八月一日恢复开放,演出伊万·拉泽尼可夫重磅滑稽剧《玛丽诗卡》,场景华丽,不同凡响。仅限会员。请尽量压低笑声,请勿鼓掌。

我盯着这东西看了一会儿。不知道为什么,感觉怪怪的。终于,胆气由弱而强,从心里升起,我推开了有点生锈的铁门,朝房门走去。窗户幽幽地闪着,像墨镜后面的眼睛。房门新刷了漆。我没找门铃,直接就去扭门把手。门悄悄开了,我踮起脚尖走进门厅。感觉有种压抑的寂静,好似头上有低垂的乌云。我关好门,把河边低低的嘈杂声关在了外面。门一关,里面只剩了寂静。

我泥塑木雕般站了一会儿,才把气喘匀,才在黑洞洞的门厅里,渐渐看清了周围。与此同时,我一直问自己,为什么表现得这么失常,可是感觉安娜随时会出现,弄得我心慌意乱。哪还顾得上思考,只有些不自觉的动作,显示着等待必然结果的焦灼。我缓缓走过门厅,小心翼翼地踏在一长条深色隔音地毯上。走到楼梯跟前,轻快地上去;脚踏在阶梯上悄无声响。

楼梯上面的平台挺宽阔,背后是实木栏杆,面前是几扇门。安排布置得整洁有序,温馨舒适。铺着厚地毯,所有的木器都干净得像苹果,我不禁四下打量起来。我倒没想起安娜可能就在附近,而是一阵冲动,想叫她的名字,或弄出点什么声响。我来到最近的一个门前,把门大打开。突然触了电似的,从头僵到脚。

只见眼前咫尺之遥,七八双眼睛齐刷刷盯着我。我立刻抽身后退,门随即关上,发出咔嗒一声轻响,是我进了这座房子听到的第一个声音。我兀立片刻,彻底懵了,头皮一阵麻。接着,我紧紧抓住门把手,再次推开门,像刚才进房门那样,站进了门里。那些面孔本来都转回去了,这会儿又都朝我转过来;我瞬间明白了。原来我置身在一个小小的剧场坐席里。坐席向下倾斜,距离被透视缩短,似乎直通舞台;舞台上有几个演员,默不作声,走来走去,戴着面具,保持面向观众。面具比真脸略大,所以我第一次开门进来,会有那么贴近的特别印象。我的感官做了相应调节,对这怪异的场面饶有兴致,惊讶不已。

面具不是蒙在脸上,而是连着一根棍子,演员右手举着,娴熟地保持在脸前,与舞台灯光协调一致,丝毫看不出演员的真实相貌。多数面具都是整张脸大小,舞台上仅有的两个女演员,用的面具只遮半张脸。面具奇形怪状,是脸谱化的样式,但是有种怪异之美。我特别留意两个女演员的面具,一张比较性感、安详,另一张紧张、谨慎、虚伪。这两张面具上嵌有眼珠,而那些男性面具上,眼睛是两个空洞,透过去,看得见演员的眼睛忽闪忽闪的。所有演员都是一身白衣,男的上穿农夫白衬衫,下穿马裤,女的穿束腰齐踝白袍。我不知道这是哪一出,莫非是拉泽尼可夫的大作,滑稽剧《玛丽诗卡》?我对《玛丽诗卡》及其作者都很陌生。

演员们一直在悄无声息地动作,仿佛让整个剧场都中了魔法。我见他们都穿着合脚的软拖鞋,舞台上铺着地毯。他们在台上满场转,若飘若荡,把遮着面具的脑袋向两边转来转去。我看到了用脖子和肩膀展示的那种奇异的表现力,印度舞者擅长的那种。他们的左手做着各种传统的舞蹈动作。这种哑剧,我以前从没看过。有一种催眠效果。至于台上在演什么,我不清楚,但好像核心人物是一个身材魁梧的演员,面具是个充满渴望的谦卑愚昧表情,他老是被其他演员嘲弄。我仔细观察两个女演员,看其中一个是不是安娜;但可以肯定,两个都不是。要是的话,我一眼就认得出。接下来,我的注意力转到了那个大块头痴汉身上,盯着看他的面具,看了好大一阵,面具模样怪诞,静止不动,也注意看面具后面闪动的眼睛。那双眼似有强力射出,我被射中,身上像过了电。我目不转睛。那彪形躯体里好像有某种东西,看上去眼熟。

那一瞬间,一个动作过后,舞台嘎吱一声,背景幕微微颤动。这声响把我拉回现实,令我心惊,感觉到演员们能看见我。于是,我踮起脚尖,朝后退去,退到楼梯口,关上门。四周立刻安静下来,仿佛我被罩在一口巨大的钟里,但这地方整个在无声地颤动,我定了定神才发现,原来是我自己的心在跳。我转身瞅了瞅另外那几扇门。距楼梯最远的那个门上面,贴着个小贴片。写着几个大字:道具室。下面有行小字:昆廷小姐。我闭目凝神,屏住了呼吸。然后举手敲门。

敲门声响得奇怪。随即一个带些沙哑的声音应道:"进来。"

我推门走进房间。屋子长而窄,大窗户朝河开着,屋里堆满了五颜六色的东西,乍看应接不暇。这堆东西中央有张书桌,安娜坐在那儿背对着我,正写着什么。我把门关上,她也慢慢转过身来。有好大一阵,我俩彼此凝视着对方,沉默无言。我感觉灵魂涌入眼睛,像斟满的酒杯;相见的激动中,似乎是心有灵犀的感觉,我俩瞬间都感觉到了。安娜一跃而起,叫道:"杰克!"我总算见着她了。

她发福了,没有好好守护自己,抵抗岁月的侵蚀。容颜上浮着一层疲惫,令我心痛不已。在我记忆里,她的脸饱满如杏,如今已略显憔悴,脖子分明道出了她的岁数。那双棕色大眼,曾经是那么无忧无虑地看着世界,现在似乎也变窄了。安娜过去老喜欢在眼睛上画一条黑眼线,现在眼还是那双眼,岁月却在眼角画出一缕细纹。浓密的头发垂下几缕,悬在脖颈周围,我瞅见里面有几道灰色。我端详着这张无比熟悉的脸,头一次看到它美颜终将逝去,反让我立刻对它涌起了前所未有的爱。安娜把我的目光看在眼里,情不自禁地做了个手势,用手做遮掩,引开注意。

"什么风把你吹来了,杰克?"安娜说。

我俩之间的那层冰总算打破了。"我想见你。"我说,此刻我尽量避免直视她,尽量搜寻我的才智。我朝屋里四下打量了一番。杂乱无章,乱得吓人,一堆一堆,有些地方堆得碰到了天花板。东西各式各样，但性质上同属一类，跟四壁搭配起来，类似半瓶子果酱。不过这里面的东西倒是应有尽有。活像个巨大的玩具店，刚挨了一炸弹。我只一眼，就瞅到了一支法国号、一匹木马、一套涂了红道的铁皮喇叭、几件中国绸袍、几支步枪、一堆水涡图案披肩、泰迪熊、玻璃球、纠缠如乱麻的项链和珠宝、一个哈哈镜、一条标本蛇、数不清的玩具动物、好些铁箱子，箱边上搭着花花绿绿的戏装。稀罕贵重的玩意儿都散着，开着，和一些花里胡哨的圣诞爆竹，堆在一块儿。我在离我最近的硬物上坐下，恰好是个木马的背，坐定便仔细打量周围。

"这里好特别啊，是啥地方啊？"我问道。"你这些年都做什么了，安娜？"

"噢，零七碎八的。"安娜说。她以前也老这么说，意味着不想告诉我实情。我能看出她有点紧张，说着话，一边还从地上捡拾东西，一条带子、一个球，要么就是一条长长的布鲁塞尔花边。

"你是怎么找到这里的？"她问。我如实相告。

"你怎么过来的？"

我不想继续这些老生常谈的问答。我为什么来有啥关系？我不了解自己。

"我本来住在一个地方，被撵出来了。"这解释不是那么清楚，但除了实话，想不出别的。

"噢！"安娜说。

接着她问道："这些年你都做什么了？"

我好想说点儿什么提气的话，但还是除了实话，想不出别的。"我翻译了些书，写过广播稿，"我说，"混日子呗。"

但是我看得出，安娜没在听我的回答。她拾起一双红手套，戴上一只，伸展手指，眼睛避开我的目光。

"最近见咱们那些老朋友了吗?"她问。

我感觉回答不了这问题。"谁在乎咱们的老朋友?"我说。

久别重逢后,话不投机,心不在焉,还有什么比这更折磨人的?我俩都感觉到了。

"你一点儿没变,杰克。"安娜说。这倒是真的。我跟二十四岁的时候差不多一个德性。

她又添了一句:"我要这样就好了!"

"你气色很好。"我说。

安娜笑了一声,捡起一个假花环。"瞧这儿乱成啥样了!"她说。"我一直都想整理的。"

"这地方也很好。"我说。

"嘿,你说这儿很好!"安娜说。

这阵子,她一直回避我的目光。我们本该像两个老朋友一样,畅叙阔别之情才对啊。我实在是听不下去了,便盯着她,周围堆满了丝绸戏装、道具动物,还有说不上来叫啥的物件,堆得满满当当,差不多到她腰部,像童话世界似的,她像条无比聪明的美人鱼,钻出色彩斑斓的海面;但一转眼,她就会逃出我的视野。真是个要命的日子,仿佛有个力在推我,一步步走向荒诞;我突然有了主意。过去,安娜在贝斯瓦特路公寓的起居室,被外面一圈窗户俯视着,只有一个低矮的角落,外面看不见。所以每当我想要亲吻安娜的时候,就在那个角落。那会儿,我还不无热情地教安娜柔道,我们的生活习惯里有一项,就是我进房间里抓起她来,丢在那个角落,一阵狂吻。此刻,这记忆灵感般涌上心头,便猛然走到她身边,一把揽住她的腰。瞬间见她大惊失色,眼睛大睁,近在我眼前。我随即小心翼翼,把她搁在房间角落一堆天鹅绒戏装上。单膝跪在她旁边,霎时间,一堆围巾、花边、铁皮喇叭、绒毛狗、花里胡哨的帽子和各色物件,瀑布似的劈头滚下,把我俩埋了一半。我吻了安娜。

她的眼睛还是很大,嘴唇张开,愣了一阵,僵在我怀里,像只巨大的玩偶。接着她忽然大笑起来,我也大笑不止,两人笑作一团,悲喜交集,情绪松弛。我感觉到她发出一声叹息,身上放松下来,恢复了原先的丰腴柔软,我俩相视而笑良久,找回了信任感。

"安娜宝贝!"我说,"没有你,我怎么能活下去!"我拽起她身后一条刺绣绸缎,垫在她头后面。她顺势仰躺下来,盯着我,把我拉近。

"我全告诉你,杰克,"安娜说,"但现在恐怕还办不到。见到你非常高兴。你看得出来,是吧?"她盯着我的眼睛,我感到往日放荡的热情又重新燃烧起来。当然,我一点都不怀疑。

"你这滑头!"我说。

安娜冲我笑了一声,还是过去那种笑容。"这么说,哪个女孩把你撵出来了!"安娜说。她总喜欢反击。

"你知道,要是你愿意,你可以永远拥有我。"我说。我也不依不饶,反正我说的毕竟没错。

"我爱过你。"我说。

"噢,爱,爱!"安娜说。"这词儿听得我多烦啊。爱对我有什么意义啊,除了别人家楼梯的嘎吱声?男人丢给我的这些爱,有啥用?爱是迫害。我想要的是独处,自己做爱做的事。"

我冷静地注视了她一番,把她的头关在我臂弯里。"要是你没得到那么多别人的爱,你就不会这么不认真了。"我说。

她也把目光聚在我眼睛上,里面似有心不在焉的成分,这我以前还从来没有发现过。

"不是的,杰克,"她说,"这种爱的表达没什么意义。爱不是一种感觉。爱是可以测试的。爱是行动,是用不着说出的。不是那种非占有不可的极端情感,你从前总这么想。"

在我听来,这交谈无比愚蠢。"可是爱就意味着占有啊,"我说,"如果你了解未满足的爱,你就会明白了。"

"不,"安娜说,口气变陌生了,"未满足的爱,跟谅解有关。只有完完全全的谅解,才能一方面不满足,一方面保持爱。"

我没在听她这番严肃的话,我还在琢磨那个词儿"用不着说出"。

"这是什么地方,安娜?"我问道。

"这是个很难解释的事,杰基。"安娜说,我能感觉到她的手在动,两只手在我后腰上摸索着要会合。她两手把我锁紧,然后说:"这是个小小的试验。"

一听这话,我心里不是滋味。这话不像出自安娜之口。这话里还有话。我想我何不借题发挥。

"你自己的演唱怎么样了?"我问道。

"哦,我不唱了,"安娜说,"我再也不唱了。"她目光朝我肩头一闪,缩回双手。

"到底为啥不唱了,安娜?"

"哦。"安娜哼了一声,依旧听得出那莫名其妙的做作腔。"我不在乎怎么谋生。我那种唱法太"——她在搜索一个字眼——"浮华。不真实。就是卖弄魅力,魅惑听众罢了。"

我抓住她的肩膀摇晃了一下。"你自己也不相信你在说什么!"我喊道。

"我知道,杰克!"安娜仰头望着我,目光里几乎含有恳求。

"那这剧院是怎么回事?"我问,"这名堂是怎么搞出来的?"

"这是纯艺术,"安娜说,"很简单,很纯粹。"

"安娜,是谁在缠你。"我问她。

"杰克,"安娜说,"你从来都这样。我一说点让你吃惊的话,你就说是谁在缠我!"

我们聊到后来,她抬起一只手搭在我肩膀上,露出了腕上的手表,我看得出她不时瞟一眼。我生气了。

"别看表!"我说,"你多少年没见我了。都不能给我点时间吗!"

我猜安娜脑子里总想着随时有人会进来,撞见我俩的密谈。我们在一起能待多久,安娜心里有数。安娜的生活都有精确安排;像个修女,她要没表就乱了套。我一把抓住她戴表的手腕,扭了半圈,直到听见她喘气。她总算又显出那种沉默的轻蔑,毫不让步,这神情我太熟悉了,多年前我很喜欢。我俩互相凝视了一阵子。我俩知根知底。我按紧她,释放了紧张情绪,准备接吻。她的身体又绷紧了,不过好像是因为我搂得太紧的缘故,传导给她一种力量,仿佛化作一枚僵硬的导弹,我紧紧抓着,穿越太空。我亲吻了她僵硬的脖颈和肩膀。

"杰克,你弄疼我了。"安娜说。

我松开了手,浑身瘫软下来,重重压在她胸上。她抚摸着我的头发。我们相对无语,就这么躺了很久。宇宙像只大鸟,停下来不动了。

"你准备跟我说,我必须离开。"我说。

"你必须,"安娜说,"或者,我必须。好了,起来吧。"

我站起身,感觉像从睡梦中醒来。我俯视着安娜。她躺在那些五颜六色的物件中,像个童话里的公主,从宝座上摔了下来。腰上胸上裹满丝绸。一缕长发垂下。她躺着没动,稍停片刻,目光跟我对视了一下,脚有意识地弓了起来。

"你的王冠在哪儿?"我问道。

安娜伸手在一堆东西里翻腾了一阵,揪出一个镀金王冠。我们一看都大笑起来。我扶她站起来,掸掉沾在裙上的锡箔屑,金色碎末,闪亮的塑料片。

我趁安娜整理头发,打量了一下房间,细看了每一样东西,忽觉心里轻松下来。我知道我应该再见安娜。

"你一定要给我讲讲这地方的来龙去脉,"我说,"谁在这儿表演?"

"主要是业余演员,"安娜说,"有些是我朋友。不过演技挺特别的。"

"是啊,我看出来了。"我说。

安娜转身看着我。"哦,你去剧场了?"

"是的,就看了一眼。有问题吗? 看上去不同凡响,"我说,"是印度的?"

"和印度有关联,"安娜说,"但它实际上是独立的。"我看得出来,她心里在想别的事。

"这道具不见得有用!"我指了指雷板说。

姑且说说雷板的作用,就是一块金属板,几码见方,一甩就会发出类似打雷的声响。我走到一块雷板跟前。

"别动!"安娜说,"对,我们打算卖掉它。"

"安娜,你是说跟演唱有关吗?"我问道。

"对,"安娜说,"这是旧概念。"她说。我忽然又有了那种怪异的感觉,仿佛看到一个陷入理论泥淖的人。

"越简单,越可以说没有假。"她补了一句。

"我在这剧场看到的可不简单。"我告诉她。

安娜两手一摊。"你要我做什么?"她问道。

这问题把我拉回了现实。我说了些莫名其妙的话:"我想见你。这你知道。不过我还有个难处,没地儿住。也许你能给我点儿建议。我想我可以住你这儿,"我问她,"在阁楼或哪儿都行?"

安娜浑身一颤。"不,"她说,"这不可能。"

我们对视着,两颗脑袋都在飞快运转。

"我啥时候还能再见你?"我问她。

安娜的脸绷得很紧,显得很冷漠。"杰克,"她说,"你必须离开我,让我独自过一段。我有很多事情要考虑。"

"我也是,"我说,"我们可以一块儿考虑。"

她露出个惨淡笑容。"我需要你的话,会打电话给你,"她说,"没准儿我会需要你。"

"我希望你会,"我说,随即在一片纸上写了个戴夫的地址。"我可跟你说,要是过了很久你还不需要我,我就不管你需不需要都来找你。"

安娜又看了眼手表。

"能给你写信吗?"我问她。凭我的经验,女人只要对你还有一丝儿兴趣,不忍放手,就不会拒绝你写信给她。不由分说,就珠胎暗结了。安娜对我这伎俩,心知肚明,别的事也没她不明白的,便瞅了我一眼,我俩都会心地笑了。

"我无所谓,"她说,"写给剧院,我能收到。"

她微微皱着眉,弯腰收捡东西。我忽然想到,她心里是在琢磨,怎么把我弄出去,而不被人看见。

"我今晚没地儿过夜,"我告诉她,我的第一个谎话。"我可以住这儿吗?"

安娜又瞅了我一眼,在琢磨我看出了她多少心思。她考虑了一下。

"好吧,"她说,"就待在这儿——这会儿别跟我下去。但你必须答应别到处转,明天一早离开。"我答应了。

"告诉我睡哪儿,安娜。"我说。

我以为她既然恩准我过夜,就会叫我住间阁楼什么的。安娜收拾好桌子,锁上了抽屉。

"听着,"她说,"你可以问问萨蒂。她要去美国,想找个看房子的,照料她的公寓。这事你做合适。"她匆匆写下了地址。

我有所保留地接过来。"你和萨蒂关系还好吗?"我问了一声。

安娜不耐烦地笑了笑。"她是我妹妹。我们彼此能容忍。不管怎么你都可以去看看她——这样也许正合适。"她说着用怀疑的目光瞥了我一眼。

"哦,这事我们明天见面再细说吧。"我提议道。

一听我这话,安娜倒铁了心了。"不,"她说,"你去见萨蒂——别来我这儿,除非我召唤你。"

她转身要走。我一把拉住她的手,给了她个无比温柔的拥抱。她也配合我的拥抱。随后我们分开了。

门关上后,我一点声音也听不见,有好一会儿,我站在屋子中间,仿佛中了邪。我和安娜聊天聊得屋里都很暗了,不过外面还是明媚的夏日傍晚,树影斑驳,河水泛光。过了一会儿,我听到汽车发动的声音,便走到窗口,探出一点,可以看到车道。只见一辆黑色阿尔维斯豪华轿车缓缓开出,拐上主路。我不知道安娜是不是在车里。这会儿我也无所谓了。至于她离我而去的那种模棱两可的做派,我早就司空见惯了。我认识的大部分女人都这德性,我已经习惯不闻不问,连想都不多想。我们都生活在各自生活的缝隙里,假如我们看到全部,我们会惊讶死的。我知道这中间有个男人,安娜向来都这样。不过这想法姑且推后。

我很高兴一个人独处。过了这么无法忍受的一天,想要的总算到手了——这会儿我靠着窗台,伫立良久,俯视着哈默史密斯大桥。河水淙淙流淌,带走一天最后一抹阳光,天终于黑下来,河湾黑黢黢的一片,什么动静也看不见了。我把跟安娜见面的前前后后回想了一遍。她说了些怪怪的话,不过这我倒没有在意。我回想着她的两只手,摆弄小球和项链的时候,手指神经质的动作,躺着的时候大腿的弧线,几缕发灰的头发,脖子上显出的倦怠。所有这些,都在召唤我的心,似乎唤起了一种新的爱。比往日的爱深百倍。我深深感动。但同时,我也有点疑虑。我知道自己过去曾被感动,到头来落个一场空。有一样可以肯定,我俩之间过去的关系,大致依旧;而且,时间的逝去,让这种遗留变得更珍贵了。我俩的重逢让我感到一种满足,安娜对过去那些小细节,反应还是那么热烈。

　　桥上的街灯亮了,黑黢黢的河水流向远方,水面星星点点,闪闪烁烁。我转身离开窗前,磕磕绊绊往门口走。按下电灯开关,角落里一个台灯亮了,上面盖着一块薄纱。安娜嘱咐过我,不要四处乱转;可这禁令很模糊。我心想多少动一动,算不上违禁。特想再去那小剧场看一眼;的确,我当时要安娜收留我,在很大程度上,为的就是这个。凑着微弱的灯光,我摸到了外面的门把手,把道具间的门在身后关上,来到剧场门前。不出所料,哑剧依旧不声不响,还在黑暗中进行。我把过道里另外几扇门依次推了推,又下楼来把一层过道的门也都推了推。结果很恼火,全都锁着。这地方静得出奇,像迷雾一样憋得我喘不过气来,我猛然心里一惊,莫非道具间也会锁上不成。我立马踮起脚尖奔上楼梯,冲回屋里。昏暗的灯还亮着,别的也都原封没动。我琢磨着去外面路上,从正门进入剧场,不过底气不足,不敢再出门了。我把包在灯罩外面的纱布扯下两三层,随后就在屋里踱起步来。灯光亮了些,屋里看上去更有趣了。我踱了会儿步，把安娜捡拢的几件东西拿起来看了看。我的目光不断溜回那块雷板上，压不住心里的一阵阵冲动，恨不得试一试这雷板的效果。我在寂静无声中，想象着那壮美的声音，震撼着整个房间。我想得神经都紧张起来，汗都快出来了。但我终究还是压住没动，就连踱步都踮起了脚尖。

过了会儿，我感觉不自在，好像被人窥视。我这人敏于观察，不仅对人，对动物也一样。一次，我追踪到了一只蜘蛛的老窝，追得它眼睛直勾勾盯着我。在我的经验中，凡能盯着我看的动物，蜘蛛算是最小的了。这儿看不见一个活物，不过我总算看到一堆面具，跟舞台上那些类似，愁眉苦脸，斜眼瞅着我。我是在屋里散步，无意中瞧见这些面具的。于是我停下来，仔细观察，被这些面具的设计之美震撼到了，即便是不那么好看的，也都展现出一种安宁。面具是轻木头做的，涂着一层薄漆，有整张脸的，有半张脸的。神态略带东方特征，曲线精致的嘴唇，比向上倾斜的眼睛更富有表现力。有一两个面具，让我隐约想起以前见过的印度佛像。面具都比真脸略大些。我感觉这些东西确实让人动心，哆哆嗦嗦看了会儿，又都放回原处了。我手一松，面具碰在一起，咔咔响，吓我一跳，我又回到了寂静中。我开始细看，发现屋里到处是眼睛，木马的眼睛大而空，泰迪熊的眼睛圆溜溜的，蛇标本有双红眼，布娃娃、木偶、黑脸玩偶，都有眼睛。我开始感觉到很不自在。我把灯罩上剩下的纱布也扯掉了，灯光还是没多亮。最远的那个角落里某种东西悄悄地平息下来。我在屋子中间盘腿席地而坐，努力去想实际些的事情。

我从兜里掏出安娜给的纸条。上面写着维尔贝克街上的一个门牌号。我瞟了一眼，内心忐忑，没啥打算，就只想象一下，要不要上门去见萨蒂。我并不情愿去，为的是已经说过的原因。另一方面,既然是安娜建议我去,情形可就完全不一样了。要是安娜和萨蒂关系不错,跟萨蒂厮混,倒也是接触安娜的一个办法。想一想,我还挺好奇的,萨蒂会怎么待我。说到底,在同样的境况下,谁能免俗啊,很少有人抵挡得了这样的虚荣,跟一个名女人做朋友,她的容颜印在十二英尺高的广告上,贴满伦敦街头。猛地冒出个念头,要是萨蒂真出门了,把地处中心位置无需租金的豪宅交我占用,那可就太棒了。这等好事,宁可遭拒,不可错过。我隐约感觉这事很有可能,所以至少要去维尔贝克街查看一下情况。

　　一拿定这主意,定了今后的活动,我心里便踏实了许多,一下子瞌睡了。地板上堆满了东西,我只好动手搬拣,清理出一块容身之处。露出一片脏兮兮的白地毯。再找条能当被子盖的毯子什么的。纺织品还真不少。最后,我挑了块熊皮,是一整张,带着嘴脸,带着爪子。我没关灯,依旧用纱布在灯罩上绕了几圈,光暗下来为止。要是半夜醒来,孤零零一个人,黑洞洞的,睡在这么一间屋子里,感觉会很惨。我把手和脚伸进熊皮的四个爪子里,把熊狰狞的嘴脸盖在我额头上。这倒是个温暖舒服的睡袋。在最终蜷缩起来入睡前,我又想了会儿安娜,想她会去什么地方。我相信这剧场是安娜的独创;不过很清楚,肯定还有别人一块儿参与,安娜也说了,有些东西不是她的。我又想到,这些都需要钱啊,从哪儿弄到的。最终我想累了,打了个哈欠,伸了个懒腰。揪了块东方披巾叠起来当枕头。不少软东西扑簌簌掉到脚上。接下来,一切归于寂静。我从来不曾失眠,也没有久久难以入睡的经历。我几乎转眼就进入梦乡。

四

翌晨十时许,我已经走上了维尔贝克街。心绪恶劣。到了白天,整个计划似乎都变了味,远没那么诱人了。感觉受一个电影明星的冷落,会让我连续几个月心绪不佳。不过我还是把这事当作一个既定事实,要做的就是执行了。我常用这办法解决棘手的问题。第一阶段,把事权当假设,第二阶段,把第一阶段的考虑当决定,破釜沉舟,没有退路。对那些不善做决定的人,我推荐这一技巧。我感觉情难自禁,真想再回剧场去找安娜,又怕得罪她。于是我别无选择,只好去见萨蒂。

萨蒂的公寓在三层,我上去见门是开着的。出现了一个女清洁工,告诉我昆廷小姐不在家。后来又告诉我昆廷小姐在发廊做头发,还说了个富人区梅菲尔的发廊名。我很谨慎,说我是昆廷小姐的表弟。我道了谢,下楼又向牛津街走去。我常去发廊见女人,对此无所畏惧。其实我发现在发廊,女人特别能聊,也能听你聊,说不定是因为能在其他众多女人面前,显摆自己俘获了一个男人,而别的女人就没那么幸运,没有男人陪在身边。不过,扮演这角色,男的必须拿得出手,于是我直奔一家理发店,好好地刮了脸。然后我又去牛津街买了条新领带,扔了旧的。我来到萨蒂在的发廊,刚进楼梯,浓烈的香水味扑鼻而来,我从一面镜子里瞄了一眼自己,感觉蛮不错,帅哥一个。

女人的发廊自会遵循一些模糊的自然法则,跟人类另一半相反,发廊越是昂贵,给顾客的隐私越少。普特尼店里的女店员,可以用布帘围起来一个小隔间,在里面弄头发,但梅菲尔的贵妇,要在大庭广众下坐成几行,耐心排队,互相看着各自外形的变化。我发觉自己置身一个大房间,一颗颗漂亮的脑袋,正经受装配线上的各个程序。我面前是一排后背,都是漂亮的衣着,我挨个打量找萨蒂,一眼瞥见十几个玫瑰色镜子里,都有人在注视我。我在这排没看见她,又去看另一排,挨个从镜子里看,这面镜子里看到的是一张年轻的面孔,那面镜子里看到的是一张上岁数的面孔,头上戴着烫发架,脸前垂下几缕,眼睛也都在打量我。一双双眼睛一碰到我的目光,都现出探问的眼神,我一时感觉飘飘然,仿佛是童话里的王子。幸亏投资了条新领带,这会儿心下窃喜。坐在这排末尾的几个人,脑袋挡在电吹风罩①下面。就这儿,终于在一个镜子里,我的目光遇到了一双眼睛,没错,是萨蒂的。

我走过去两手托住她的椅子背。我神情严肃,站了一会儿,直盯着她的眼睛,直到这双眼睛的主人回应了我的凝视,先是一副不经意的样子,随即变成了敌意神色,最后才总算认出我来。

萨蒂轻轻尖叫了一声:"杰克!"

我感觉满屋子的人都在看我俩。我心里暗喜,来对了。

"你好,萨蒂!"我说,脸上露出自然的笑容。

"哦,亲爱的,你这家伙,"萨蒂说,"我都几个世纪没见你了!多好啊!你是来看我的吗?"

我说没错,随手拖过一把椅子坐在她身后。我们在镜子里笑脸相对。感觉我俩是一对金童玉女。萨蒂长得很端正,头发上戴

---

① 早期的电吹风比较大,像个大帽子一样罩在头上烘干头发。

着发网,说真的,比原来更年轻了。即便在玫瑰色镜子里,她的肤色还是那么润泽,两只褐眼炯炯有神。我情不自禁,伸手摸着她的胳膊。

"好你个帅哥!"萨蒂说,"最近到哪儿浪去了?从实招来!"

她声音和神情中分明带有情感,给了我一种新体验。尽管她说话声很大,如响铃,听上去怪怪的,整个厅里都能听见。我很快意识到,是她耳边有电吹风的缘故,她没有意识到说话那么大声。

我回答了,声音也尽量高:"噢,我还是老样子,照旧写东西。书,书,你知道。手头有三本,书商还老来缠我。"

"你这家伙向来都这么精明,杰克。"萨蒂大声说,声音里带着赞许。

店里一下子静下来,只能听见几个助手在耳语,我觉察到每一只耳朵都侧向我俩。我心想这发廊里,肯定没人不认识萨蒂。索性坐下来放开畅聊。

"噢,过得太没意思了,"萨蒂说,"这行当我算受够了。从早到晚泡在片场。这不叨空溜出来做个头发,清净会儿。我跟影棚里的美发师吵翻了。这日子过得,烦死人了,逮谁骂谁。"说着冲我粲然一笑。

"咱啥时候一块儿吃个饭,萨蒂?"我问道。

"哦,宝贝,"萨蒂说,"这一天天的,我都被拴牢了。有人还要从这儿接我走。改天你一定要来我公寓喝一杯。"

我脑子飞快转了一下。萨蒂的时间一定是被满负荷占用了,这会儿大概就是我唯一跟她说话的机会了,下次还不知道猴年马月呢。所以,那个话题尽管棘手,此时不说,尚待何时?

"听我说,萨蒂。"我压低了声音。

"你说什么,宝贝?"萨蒂从烘干机下面大声说。

"听我说!"我也抬高了声音。"我猜你想不在的时候把公寓租出去。"

当着这么一群女人的面,对这事我已经小心到无以复加的地步了。但愿萨蒂能做得巧妙些。

萨蒂的反应比我希望得还要温存。"亲爱的小伙子,"她说,"别说租。我正要找看房子的,实际上是要找个保镖——你要愿意,就是你了,从现在开始。"

"哦,非常高兴,"我说,"我现在住的地儿正好租期到了,我就要露宿街头了。"

"这样,亲爱的,你必须马上来,"萨蒂吼道,"你只要在那地方随便转转,作用就大了去了。你瞧,我被个狂徒缠上了。"

这话听上去很有意思。我能感觉到周围的耳朵全竖起来了。我拿出浑身男子气,大笑一声。

"哦,包在我身上了,这点手段我还是有的,"我说,"我照看东西,也做点工作。"我已经看到,那地方的条件好过了伯爵宫路。

"亲爱的,那公寓很大,"萨蒂说,"你住一个套间。要是我离开前你能来住,我会感觉安全多了。这家伙疯狂地爱上了我。他不断上门来,不分白天黑夜都想进来,人不来就打电话来,我都快崩溃了。"

"你不会怕我,对吧?"我说,朝镜子里的她投去色眯眯的一瞥。萨蒂爆出一阵爽朗的笑声。"杰克,宝贝,不,你是绝对不用担心的!"她大声说。

对这个话题我倒不怎么在乎。不过从眼角瞥见几个衣着优雅的女人,伸长了脖子,要把我看看清楚。我感觉该换个话题了。

"这个讨厌的家伙是谁?"我问。

"恐怕就是大头儿自个儿,是百芳德,"萨蒂说,"所以你能想见情况有多尴尬。我简直要疯掉了。"

这个名字一出口,我差点从椅子上翻落下来。房间旋转起来,一圈又一圈,眼前萨蒂如在云里雾里。一切立马都变样了。我用尽了洪荒之力,才保持住镇静,脸没变色,可胃里仿佛有只野猫在乱跳。此刻我什么都不想要了,只想脱身,然后再去考虑这恐怖的消息。

"你肯定吗?"我对萨蒂说。

"我的小帅哥,我了解我的老板。"萨蒂说。

"我是说,你肯定他爱你。"我说。

"他绝对是迷上我了,迷得坐立不安,"萨蒂说,"顺便说,"你怎么知道我想找个看门的?"

"安娜告诉我的。"我说。我也不再顾虑什么了。

萨蒂的眼睛在镜子里一闪。"这么说你又见安娜了。"萨蒂说。

我讨厌她这腔调。"你知道安娜和我是老朋友。"我说。

"是的,不过你可多年没见她了,对不?"萨蒂依旧用最高的声音说。

我开始厌恶了这种谈话。想一走了之。

"我在法国待了很久。"我说。

我觉得萨蒂不会很清楚安娜现在的行当。只见镜子里,萨蒂的脸上拧起一个心里有数的恶毒表情,活像条美丽的毒蛇;我一时很好奇,恨不得钻到烘干器下面,直接看看她那张脸,而不是通过镜子的反射看,镜子里的脸,太像个可怕的老巫婆了。

"哦,下周二你来我这儿吧,早点来,"萨蒂说,"我给你安排一下。我是说保镖的活儿。"

"太棒了,萨蒂宝贝,"我想也没想,脱口说道,"我一定来。"说罢站起身。

"我得去见书商了。"我解释了一下。

我俩互致微笑,我随即大步穿过厅堂,任凭身后一众女人的目光跟随。

*　　*　　*

我在前面还没提及我认识百芳德。既然本书的中心是我跟雨果·百芳德的关系,也就没什么必要先提他了。在随后的篇幅里,你将听我不厌其烦地讲述这话题。未讲之前,最好介绍一下雨果这个人,然后再说我跟他结识的经过、我们最初的友情等等。雨果本来不叫百芳德,他父母是德国人,移民英国后,他父亲给他取了这么个名,我相信,是他父亲在科茨沃尔德的一座教堂墓地的墓碑上看到的,觉得这名字做生意挺吉利。显而易见,雨果后来继承了一家发达兴旺的军火工厂,以及百芳德-巴尔曼轻武器有限公司。对公司而言,不幸的是当时雨果是个坚定的和平主义者;几经沉浮,巴尔曼派系撤出,只留给雨果一个小公司,叫作百芳德信号弹及礼炮有限公司。他花力气把军火工厂改成了一家礼炮工厂;转轨几年后,他的名声也为之改变,从此致力于制造礼炮、维利式信号弹、小规模商用炸药以及各式烟火。

我说过,是从一个小公司起家的。可是不知怎的,钱总跟雨果有缘分,得来全不费工夫;没过多久,他就变成了巨富,财源滚滚,直逼他父亲当年盛况。(论财源,没人能与军火商相提并论。)但他的生活一直很简朴,我认识他的时候,他常在自己工厂里干活儿,像个普通工匠。他的专长是礼花设计。你大概知道,礼花设计是个技术含量很高的活儿,既要动手能力强,又要有创造力。礼花设计的特殊问题,给雨果带来乐趣,激发他的灵感:各部分的设置,巧如枪械的联动,爆发与色彩、眼花缭乱的样式调配、爆闪高潮的延时方法、拖长尾波的手段,凡此种种,无不使他兴奋。雨果设计礼花有如谱写交响乐,他蔑视那些徒具扰人耳目功效的庸俗产品。"烟火是独一无二的东西,"他曾经对我说,"要想把它跟另一种艺术比较,那就比作音乐。"

烟火的魔力,令雨果如痴如醉。我想,最让他兴奋的,是烟火那种瞬时性。记得一次他跟我说起烟火的诚实品质来,口若悬河,滔滔不绝。说它是那么清晰,在美的瞬间爆发,倏忽而过,不留踪影。"一切艺术的本质,概莫能外,"雨果说,"只是我们不愿意承认罢了。对此,列奥纳多是明白的。《最后的晚餐》无法保持原态,是他有意而为。"雨果认为,欣赏烟火,应该属于那种对世间一切辉煌事物的欣赏教育。"你付钱,"雨果说,"换取一种短暂的快感,绝不拖泥带水。这世上没人说烟火不实在。"

很不幸,他错了,作为一个工匠,他被自己的理论毁掉了。雨果的烟火迅速走俏,需求陡增。缺了它,家庭聚会就不体面,公共节日就无光彩。他的烟火甚至漂洋过海,出口美国。报纸纷纷说,烟火是一种艺术作品,开始给烟火分门别类。这叫雨果厌恶至极,简直废了他的事业。过了一段时间,他真的憎恨起烟火来,再过一段时间,索性完全丢开,弃之如敝履。

在一次流感爆发期间,我和雨果相识。当时,我正手头拮据,一文不名,惨状与日俱增,却突然时来运转,发现了一个慈善计划,只要给一种治感冒的新药当当试验对象,就可以免费食宿。试验地点在一座漂亮的乡间宅院,你可以想住多久就住多久,与世隔绝,定期感冒并治疗。我不喜欢感冒,他们给我的治疗好像不管用;不过话说回来,反正是白吃白住,与感冒为伴,慢慢也就习以为常,权当普通生活的演练了。我在那儿居然写了不少东西,至少是在雨果出现之前。

主持这项慈善计划的人,要求受试者两人合住,简介上写得清楚,很少有人忍受得了长期独居。至于我自己,倒也不喜欢独居,你知道,但试了几次,那些喋喋不休的白痴室友,更让我讨厌,等到下一次又去这地方,我就要求独自一个人住。这么个机构,能提供的受限制和保护的独处,实际上正对我的胃口。要求被准许了;于是我拼命工作,同时与特别严重的感冒战斗,后来通知我住宿有变动,要我接受一个室友。我别无选择,只能同意,看着这不修边幅的大块头,晃晃悠悠挪进来,把东西往床上一放,一屁股坐在另一张桌旁,我心里要多难受有多难受。我哼了一声,打了个生硬的招呼,随即写我的东西,清楚表示,要找话匣子做伴,可找错人了。叫我更难受的是,我只是被感冒,而我这室友是既被感冒,也被治疗,所以我又打喷嚏又流鼻涕,大把用纸巾的时候,他却好端端的,保持着人的尊严,一副健康模样。我一直没搞清楚预防接种的分配原则,不过我感冒的份儿似乎更大。

我害怕室友要跟我聊天,但很快就清楚了,不存在这危险。两天过去了,我俩一句话没说。他似乎一点都没觉察到我的存在。他既不看书,也不写字,大部分时间就坐在桌旁,望着窗外房子周围的漂亮草坪。偶尔他也低声咕哝,自言自语。他常狠咬自己的指甲,一次掏出把削铅笔刀,心不在焉地把家具上挖了不少小洞,被服务人员发现,没收了小刀。我起初以为,他大概有智力缺陷。到了第二天,我还真有点紧张。他是个十足的大块头,又壮又高,肩宽手大。他那颗硕大无比的脑袋,一般都深陷两个肩膀中间,目光凝神注视,要么扫视着屋里,要么扫描着窗外的乡野,目之所及,没有哪样凡间物件,入他法眼。他一头黑发,蓬乱纠缠,一张走样的大嘴,不时张开,偶尔发出不大清晰的声响。有一两回,听见他小声哼唱,不过都是猛一下子就停住了——这就算是他感觉到我的存在了。

第二天傍晚,我写不下去了,完全没情绪。心里面紧张好奇兼而有之,便坐定也望着窗外,一边抽了几下鼻子,琢磨着如何开始接触,总归屋里是两个人,人与人之间的接触,成了当务之急。终于,我先开口问他,唐突得很,不够圆滑,直接问他叫啥。他刚来时有人给我介绍过,不过当时我压根儿没听。他朝我转过脸来,那双黑眼睛温柔极了,说出了他的名字:雨果·百芳德。还添了一句:"我原以为你不愿意说话。"我说其实我一点也不讨厌聊天,只是他搬进来的时候,我正沉浸在一件事情里,把注意力全占住了,如果我显得无礼,请求他原谅。听他说话的口气神态,我甚至觉得,他不仅精神没毛病,而且智商很高;于是,我几乎不由自主,慢慢收起了纸笔。我知道,从此往后,我不能再写了。我跟一个超级迷人的家伙,关在一个小屋里了。

从那一刻开始,雨果和我便进入了一场谈话,所谈全是我闻所未闻的内容。我们很快就告诉对方,自己的全部生活经历,坦诚相告,毫无保留。接下来我们在广泛的话题上,交换了意见,涉及艺术、政治、文学、宗教、历史、科学、社会和性。白天,我们不间断地聊一整天,晚上,也常聊到深夜。有时来了兴致,大笑不止,高声喊叫,遭管事的责骂喝止,一次还威胁要把我俩分开。偶或聊兴正浓,不巧当时的试验结束了,我俩便报名登记,紧接着另一场试验。我俩的谈论也渐入佳境,内容跟我眼下这故事有联系。

旁人常叫雨果唯心论者,我宁愿叫他理论家,不过他是个另类理论家。那些所谓的唯心论者,既关心现实利益,也注重自我道德意识,此二者雨果都不具备。他是个纯客观的超脱之人,为我平生仅见——唯独在他身上,超脱似乎不算美德,更像一种天赋,他对此毫无知觉。是在他的谈吐神态间自然流露的。现在我眼前依然能出现他的身影,跟过去在那么多谈话中看到的一样,坐在椅子上使劲向前倾斜,一旦听到我有什么草率的言辞出口,就会咬自己的手指关节。谈论中,他话说得很慢。嘴慢慢张开,闭合,再张开,斟酌措辞。"你的意思是……"是他的口头禅,然后他会把我说的话复述一遍,说得十分简单而具体,往往使内容陡然增色,有时候也会把我的话说得一文不值。我倒不是说他一贯正确。也常有他一点都没理解我意思的时候。没过多久我就发觉,说起大部分话题,我的普通知识都比他宽泛。不过只要我们钻了牛角尖,进了死胡同,他会凭借自己的观点,很快发现,就说:"哦,这方面我没得说,"或者,"恐怕我完全没明白你的意思。"一句终局,话题夭折。自始至终,主导谈话的都是雨果,而不是我。

他对什么都感兴趣,对万物的理论都感兴趣,但方式特别。在他看来,凡事都有理论,但没有定理。我从来没遇到过雨果这种思维的人,凡可称为形而上或世界观的东西,他一概无意识。也许是因为他每遇一事,总想搞清楚本质——好像每当此时,他的头脑都异常清晰,探究这问题而乐此不疲。结果往往令人惊异。记得有次我们谈到了翻译。雨果对翻译纯粹陌生,可他一听说我是翻译,立马就想弄明白翻译的性质。我记得他说啊说啊,一再提问,比如:你说你考虑这词在法语里的意思,这是什么意思?你怎么知道你在考虑它的法语意思?如果你心里看到了形象,你怎么知道那是法语形象?难道是你心里念出了这个法语词?你若觉得翻译完全正确,那么你看到了什么?这词别人第一次见了会怎么想,你想过吗?或者只是一种感觉?什么感觉?能再描述清晰些吗?就这样,说啊,说啊,不厌其烦。有时候我简直要崩溃了。我感觉再简单不过的一句话,在雨果反复说"你的意思是"的压力下,忽然竟变成了隐晦模糊的说法,直弄得我自己也莫名其妙了。翻译活动本是世上最普通的事,经他这么一问,竟变得如此复杂,如此不同凡响,让人无所适从,不明白怎么居然有人能做。不过同时,雨果的发问总有道理,经他一关注,什么问题都能探究得无比清晰。对雨果而言,天下万事,无不可爱、惊异、复杂且神秘。这些谈话,刷新了我看待整个世界的眼光。

和雨果谈话之初,我总想"纠正"他。有一两回,我直接问他,是不是在套用这种或那种一般理论——他矢口否认,神态若遭当头棒喝。后来才发觉,向雨果提这种问题,对他独一无二的智力和品行,都不啻是一种漠视。过了一段,我意识到雨果根本不用什么一般理论。他所有的理论,若可称之为理论的话,无不为他所独有。但我还是感觉,要是加把劲,穷追不舍,说不定就能抵达他思想的核心;又过了一段,跟雨果谈论中,我的兴趣热点转移了,不太在乎谈的是政治是艺术还是性,而在乎雨果对政治或艺术或性的独特看法。后来我似乎感觉,谈话终于触及了雨果思想的核心,如果雨果的思想称得上有核心的话。对此他自己也许会否认;况且我也不敢说,他究竟知不知道思想有基本方向这回事。我们曾就普鲁斯特有过一番讨论。话题从普鲁斯特,延伸到描述情感和思想状态,意义何在。雨果感觉这是个难解之谜,正如他感觉一切都是难解之谜。

"描述人的感情,这事够玄乎的,"雨果说,"所有这些描述,都是戏剧性的。"

"那有什么错?"我说。

"错就错在,"雨果说,"从头开始,全都是编造篡改。如果我以后说,我当时感觉这样那样,比方说,我感觉'不安'——呃,这绝不真实。"

"你是什么意思?"我问道。

"这我当时没感觉到,"雨果说,"这状态那时候我根本没感觉到。这只是我后来的感觉。"

"但是,假如我尽量做到准确呢。"我说。

"办不到,"雨果说,"唯一的希望就是免开尊口,一开口描述,就完了。不信你试试,比方说,描述一下咱们的谈话,看看多大程度上,绝对凭你的直觉……"

"修饰了?"我提了个词。

"岂止修饰,"雨果说,"语言无法让你表现事发之时的真实状态。"

"那么假如,"我说,"有人给出了当时的描述。"

"但你看到没,"雨果说,"那就把事实出卖了。事发之时,谁都不会给出描述而不知其非真实性。当时你能说的,也许只是你心跳什么的。但假如你说你担心什么的,那你就只不过造成一种印象——就是种效果,就是个谎话。"

我还真让这说法搞晕了。感觉雨果说的不对,却又不知道错在哪儿。这问题我们又聊了一会儿,我问他:"照这么说,差不多人们说的每件事,除了'递一下果酱'或是'房顶上有只猫',可就都是谎话了。"

雨果略一思索。"我想是这么回事。"他认真地说。

"照这么说,人就别说话了。"我说。

"我看是的,不该说什么。"雨果说,一脸严肃。我俩目光相遇,突然都狂笑起来,心想接连几天除了空谈啥都没干。

"了不起!"雨果。"当然人还是要说话。但是,"他脸色又变严肃了,"为了交流的需要,人肯定是要大打折扣了。"

"你是什么意思?"

"我和你说话的时候,包括此刻,准确地讲,说的并不是心里想的,而是为引起你注意,企盼你回应。就连咱俩之间都这样——要有更大的欺骗动机,又会走多远啊。实际上,对此大家都习以为常了,很难觉察了。整个语言就是架机器,用来造假。"

"那假如人要说真话会怎么样呢?"我问,"有可能吗?"

"我知道自己,"雨果说,"我说真话的时候,嘴里出来的话,统统是僵死的,能看到对方听了以后,脸上的惊愕。"

"就是说,根本没法交流了?"

"哦,"他说,"行动不会撒谎。"

差不多经历了五六场感冒治疗试验,我俩才走到这一步。到这时,我们做好了安排,轮流感冒导致的智力迟滞,在我俩之间也是公平的。雨果非要这样的安排;至于我,倒是愿意把感冒全都承担下来,部分是出于对雨果已经有了一种防御性情感,部分是因为雨果一感冒,就会弄出极可怕的声音来。不知道怎么搞的,我们竟没早点发现,其实继续我俩的谈话,不见得非住在感冒治疗中心不可。也许是怕中断交谈。我忘了是到啥时候,我俩才主动想走;但最后是被那个机构的主管们撵出来的,他们担心如果我们一直感冒下去,会对健康留下永久性伤害。

到这时,我已经彻底服了雨果了。他自己好像从来没留意对我影响有多深。谈话中,他压根儿没有显摆的意思。尽管他常说得我没话说,可他似乎并没有意识到。要说我总依着他,那倒也不是。有些问题他也说不到点上,让我好生恼火。但是,仿佛他的人生给了我一个对照,令我自惭形秽,恨自己对一般问题的看法是多么的模糊不清。只觉得自己冥顽不灵,见世间百花都一个样,却跟一个植物学家去野外散步。不过这个比喻对雨果不适当,因为植物学家不只是观察细节,还要归类。雨果只是观察细节,从不归类。好像眼光过于敏锐,致归类于不可能,在他眼里,天下万物都是独一无二的。我有种感觉,这个人诚实得如此彻底,是我平生头一次遇见;到头来,却让我感觉心烦意乱。我宁愿把雨果看作一种精神价值,这才恰如其分,他倒从来没有这么看待过自己。

我们被撵出感冒治疗中心后,我就无家可归了。雨果建议我去跟他住,但有种独立的直觉,阻止了我。我感觉雨果的个性,会把我的个性完全吞噬,尽管我佩服他,也不想答应,便婉拒了。反正这时候我要到法国,去见让·皮埃尔,这人对我的一部译作横竖看不惯,于是我和雨果的谈话就告一段落了。雨果回了自己的礼炮工厂,继续他的礼花设计,发挥他的聪明才智,他的伦敦生活格局,也渐渐恢复了。他老是弄出些奇奇怪怪的名堂,想打破这种格局;他连一个正常的舒服奢侈的假日,都享受不了,跟我在他身上发现的那种神经兮兮的性情,倒是很一致。我从巴黎回来后,在巴特西①租了间廉价房,雨果和我又恢复了谈话。一般是在雨果下班后,我俩在切尔西桥碰面,沿切尔西防波堤散步,要不就是在国王大道的酒吧区转一圈,直聊到俩人都口干舌燥,筋疲力尽。

在这之前,有一次,我不知怎地,鲁莽了一下,把事情搞砸了。那次谈话开头,我引了一小段别人的话,后来谈得令我深感兴趣,甚至记下来几点,聊备日后回味。但不久后回看这几点笔记,感觉莫名其妙,太零碎,不达意,于是我添加了几句话,补充了笔记,使其易于回想。后来再看时,发现纸上记录的这些要点,词不达意。于是我又添加了些话,让笔记能看得明白,引起当时的回忆。又读笔记,感觉不错,令我耳目一新。我又从头过了一遍,稍加调整,使之流畅可读。我毕竟是个天生的作家;凡写在纸上,一定要像样。于是我又大规模修饰润色,把前面的开场白也都补写出来。在记

---

① 巴特西,伦敦西北区。

忆里,过去的谈话并不是那么清晰,重述出来的,情形与原来多有出入。

当然,这事我没告诉雨果。我把它当私事,不过是个人经历的记录,所以没必要告诉他。实际上,我心里也明白,这段笔录,对我自认从雨果那儿学到的一切,不啻是一种出卖。但这并没有阻止我。实际上,这事那种隐秘的罪恶感,反倒刺激了我。我便持之以恒地坚持了下去。我的笔录也扩展到我俩的大部分谈话,写出来的不一定严格按记忆,而取决于整体框架之需。一本部头不小的书,渐渐成形。书写成了对话体,两个人一个叫塔玛卢斯,一个叫安南戴恩。这事妙在从我动笔之初,直到书成,很显然,对雨果的态度,给出了客观的理由。也就是说,是对我俩谈话的一种滑稽模仿和篡改。跟那些谈话相比,书是虚构。尽管我是为自己而写,也明显是要写出某种效果,引人注目。我们谈话中,即便最具亮点的时刻,倘若录下音来,也都十分平淡。真实中的谈话,实在是味同嚼蜡,我绝不那么写。我总归要增加一些点睛之笔,前后连贯、谋篇布局的考虑,原型中是没有的。不过,尽管我知道歪曲了事实,我对这事的兴趣未尝稍减。

后来有一天,我忍不住拿来给戴夫·格尔曼看了。我以为会震他一下呢。的确如此。他看了立刻就要跟我讨论一下。倒没讨论出个啥结果来,跟戴夫讨论雨果的思想,我发现自己很差劲。虽说他这些思想很让我震动,但跟别人讲述出来,我是完全无能为力。我试着解释雨果的一些观点,可我的解释平淡乏味,要么就是走向另一个极端,狂言妄语,便很快放弃,免得弄巧成拙。那之后,戴夫对这书失去了兴趣;对戴夫而言,不能口头交谈的内容,都是不真实和不重要的。然而,与此同时,他却违背了我的告诫,把书拿回家看的时候,给一两个人看了,他们都深深为之吸引。

我知道这项写作计划肯定让雨果不高兴,所以一直小心谨慎,隐去了他的身份。我告诉戴夫的,只是一次戏剧性经历,隐约关联的背景,是跟形形色色的各类人的谈话。但是现在,圈子里很快就都把我看作圣贤之人,不少朋友都逼着我要手稿看。这阵势我很难招架,还是给另外几个人看了,渐渐也就放松了警惕,觉得可以在圈里小范围传阅,与此同时,我也一直在充实完善,继续从跟雨果的谈话中汲取素材。我秘密维持着和雨果的友情,完全不让所有别的朋友知道。我这么做,起初是出于一种狭隘的观念,想自己独享这个了不起的发现,后来,是因为害怕雨果发现我的背叛。

这时人们都向我建议,应该把这部手稿拿去出版,而我听了只是一笑了之。不过这倒是个挥之不去的念头。一开始,兴趣在于你明明知道,你永远不会这么做。那么,既然发表绝不可能,我感觉很安全,可以发挥想象,信马由缰。我暗自思忖,这会是多神的一部书啊,多么原创,多么惊世骇俗,多么启迪智慧。我禁不住自我陶醉,想出几个书名来。偶或手捧书稿,冥然兀坐,恍惚看到千百部续集,源源而出。这时我也深恐丢失手稿,尽管已经打出了三四份副本,心里还是惴惴不安,生怕突然间全部被毁,此书也就永远消失了——我不禁觉得那将是一大憾事。后来有一天,一个出版商找上门来,直接谈出版此书的事。

我被搞得措手不及。出版商主动找我,这可是前所未有的事,此等优越感可把我搞晕了。忽然心生一念,假如这本书成功的话,我对此毫不怀疑,那将铺平我文学创作的路子,以后就会走得顺风顺水。有名,垃圾畅销;无名,杰作难卖。万一凭这本书一炮走红,我作家的职业生涯就一锤定音了。又一转念,姑且丢开这些想法,心里告诫自己,这是个不可能的计划。把雨果的思想据为己有,是万万不能的。问题的关键,在于我不能利用跟雨果的关系,攫取材料,而给读者呈现的作品中,却让雨果成为一个讨厌的角色,遭人厌弃。可是出版的梦想萦绕不散,其实那是我的初心,此刻面纱既揭,真实心愿一览无遗。我内心很纠结,摆不脱出版的念头。诱惑是致命的,却把我一步步拉近。我回顾了过去的所作所为,其实都在往这儿引导,别无他途。记得有天夜晚,喝得酩酊大醉,恍然经过一道道关口,对话终于印成了铅字。那个意念是多么强烈,成为现实之前,久已蛰伏于想象之中。我拨响了那个出版商家里的电话。

他明白我的顾虑,第二天上午便带着出版合同来了,我已经纠结得头痛欲裂,挥笔一签,豁出去了。他走了以后,我取出书稿,像看一个自己对不起的女人一样,仔细端详。在封面页上写了个书名《无言》,加了作者序,提到书中观点多来自一个隐去姓名的朋友,没有理由相信,他会同意我表述这些观点的形式。然后把手稿寄出去,就听天由命了。

这时候,真可谓是危机四伏,雨果把钱投到了电影上。他开始这么做是出于慈善目的,为给英国电影业打打气。可他也开始迷上了电影,等到建立了邦蒂百芳德之后,雨果已经在电影界驾轻就熟,混得风生水起了。他其实是个出色的生意人。他对人信任,胆识如钢。邦蒂百芳德以燎原之势,迅猛发展。公司经过一段试水,记得吧,主要是雨果本人推动的,这期间拍了大量无声电影,当时叫作"表现主义"影片;但很快确定了方向,专出大众影片,偶尔出一两部实验片。尽管这时候,我们依旧保持经常见面,雨果跟我却不怎么谈他的电影行当。我想他可能因如此成功,有点羞于启齿。我却正相反,为他干一行精一行的才干,感到自豪,饶有兴致地来到电影院,看片头字幕前那个熟悉的尖塔之城镜头,听那段渐强的城市钟声,然后一行字由远而近,气势庄严,定格在银幕中央:**雨**

果·**百芳德**出品。

　　起先我的秘密活动对我和雨果的友谊毫无影响。我们的谈话在继续,像从前一样新鲜,挥洒自如,话题像源头活水,永不枯竭。但是,随着那本书影响渐增,好像同伴的血被抽走了一些。变成了冤家对头。原先隐瞒真相并无恶意,哪知竟开始成为一种恶毒欺骗。我意识到自己欺骗了雨果,于是哪怕于此无关的话题,我的应答也没了坦率。但是,雨果从没显出注意到了什么,我也就乐意继续与他为伴。可是到最后签了合同,书稿落到出版商手里,我感觉大不一样,无法直视雨果的面孔。过了一两天,才习惯了,又照例见面,不过即便如此,我们的关系上终究笼罩了一层阴影。我已经预感到我们的友谊走到头了。

　　到这时,我心里很纠结,不知道自己有没有胆量告诉雨果实情。有一两次,话都到嘴边了。但每次都打了退堂鼓。我无法面对他的蔑视和愤怒。最大的阻力,在于我感觉这事并非彻底不可挽回。我仍可以去找那个出版商,要求撤销合同。给他点经济赔偿,一了百了。一想到这个,我的心就往下沉。可怕的听天由命,是我唯一的安慰——想到我依旧自由,罪孽仍可避免,倒叫我五内俱焚。雨果会要求我把书稿撤回来,就是这一闪念,令我忧心忡忡,阻止我考虑向他坦白;并不是因为我想看到书稿印成铅字,已经没这欲望了。美好的前景不再诱人,已经有些日子了,都被怕失去雨果的担忧,抵消殆尽了。我能安慰自己的,只有那个可怕的铁定事实,日复一日,我把它死死抓在手里,像救命稻草,企望它木已成舟。

　　这段时间,我坠入了忧郁的深渊,尽管照旧常跟雨果见面,感觉上很难开口和他说话。有时候我在他身旁,一坐几个钟头,却只简单回应几个词,好让他继续往下说。雨果很快注意到了我情绪低落,问我怎么回事。我谎称病了,有些难受;雨果对我越是担心挂念,我的内心折磨就越重。他开始送我水果、图书、葡萄糖罐头、补铁饮料,还催我去看医生;的确,这时我是实实在在的病了。

书出版上市当天,我欣喜若狂。约好了晚上要跟雨果见面,照例还是在桥上。到了中午,我感觉我背叛朋友的证据,一定会陈列在伦敦的每一家书店。我心怀侥幸,以为雨果还不会这么快就看到书。但他会很快看到的,常逛书店,迟早的事。我们约定的时间是五点半。我喝了一下午白兰地——五点左右,我出门去巴特西公园。整个人从头到脚平静下来,心里拿定了主意,今天和以后任何一天,我是再不会跟雨果见面了。带着这种激动而悲哀的心情,我来到河畔,能从这儿看到大桥。雨果准时出现,等在那里。我坐在一张长凳上吸了两支烟。雨果来回踱步。又过了一会儿,我看见他过了桥,走到南岸,我知道他是奔我住处去了。我又点着了一支烟。半小时后,我见他慢慢走过大桥,消失了。

我随即返回住处,递了通知,收拾好东西,立即打车离开。一星期后,转来了雨果一封信,信中问我什么情况,要我跟他联系。我没有回信。雨果不爱写,书面表达对他是很难的事。我再没收到信。与此同时,《无言》只引来几篇不温不火的书评。肯说几句评论的书评人,都说这书读来莫名其妙。其中一人称之"装腔作势,愚弄读者"。总的说来,没什么人注意这本书。栽得还算平静。但对我迄今为止在文坛的名声,带来相当大的损害,我被认为故作高深、卖弄学识、缺乏文娱的能力;连我苦心经营的一些部分,效果也适得其反。

不过,这些我倒是一点儿都不在乎。让我揪心的事只有一件,那就是赶快把这事忘掉,把跟雨果的关联从我身上彻底清除掉。《无言》只出了一版,在查令十字街显眼处日渐稀少,鲜有问津,终于从书市消失。我自己一册也没留存,也衷心希望这本可诅咒的书不曾问世。我不再进电影院,回避那些轰动一时的报纸,上面有描写雨果各种活动的报道。大约就在这时候,来了芬恩,腻歪上我了,我的生活也渐渐形成了新格局,雨果那强大的形象,在我视野中淡出。这过程一直很顺利,不料在发廊那一刻,又听萨蒂提起雨果的名字。

五

我茫茫然沿街溜达。买了包烟,进了家点心铺,把事情考虑一番。单单是听人提起雨果的名字,就够我惊慌失措的,愣了好一阵,难受极了,不知如何是好。真是躲命躲到鬼门关了,既然是雨果涉足的事,不用问,我肯定是要退避三舍的,没法接受萨蒂的提议了,也不能跟萨蒂再有什么来往了。我的第一反应是走为上。然而,转念一想,又平静了许多,感觉事情好滑稽;随后,想多了也就清楚了,萨蒂一定没说实话。从过去的经验看,我知道萨蒂是出了名的爱撒谎,哪怕就为一点点眼前利益,什么谎都敢撒。再说,雨果爱上萨蒂是不可能的,稍稍过了一下脑子,我就确信无疑了。雨果对女人从来不大主动,而且喜欢的也是那种居家过日子的类型。我真没法把他跟萨蒂描述的联系起来。很可能有什么涉及雨果的勾当,正在暗地里进行;不过更有可能的解释,恐怕是萨蒂想往上爬,雨果挡她的路。我对电影界很陌生,不过我想这个圈子里,人与人之间一定是盘根错节,纠缠不休。真的,大有可能是萨蒂爱上了雨果,拼命纠缠他。这念头一来,就感觉真的很合逻辑。从萨蒂对我的行为看,我知道她多容易被她认为有教养的男人吸引;尽管雨果不是爱上萨蒂的那种男人,但萨蒂正是爱上雨果的那种女人。

这个结论一出,我感觉好了点。可是一想起雨果钟情萨蒂,还是让我厌恶透了。有了这结论,还是没想出下一步行动路线。我该怎么办?如果接受萨蒂的建议,等于我亮明了立场,站错了队,跟雨果暗中较量起来;如果我旗帜鲜明,就为帮雨果而接受建议,捉弄萨蒂,那就成两面三刀了。我还是有一种强烈的倾向,想彻底摆脱,一走了之,因为我想也不敢想,有什么脸面去见雨果,如果必须面对的话。另一方面又觉得,其实这会儿我已经搅进来了,在强烈的好奇心驱使下,我还真想看看下面有什么好戏。我倒也不想否认,好像命里注定了似的,又要跟雨果狭路相逢了。

我前前后后,来来回回,把事情想了个透,一上午也没拿出个主意。这插曲搞得我精疲力竭,便决定,既然今天这精神状况,工作是不可能了,下午不妨干点正经事,去趟伯爵宫路,取回那个收音电唱两用机。此念一出,我悲从中来,想到既有可能在维尔贝克街被雨果扭断脖子,也有可能在伯爵宫路被大圣人萨米扭断脖子。我去打电话。

玛琪的电话没人接,我断定没危险了,出了门。我还拿着那公寓的钥匙,开锁进屋,心里琢磨把这东西转移到哪儿合适,是戴夫家,还是廷卡姆家。我直奔起居室,走进去一大截了,才猛然发现房间另一头立着个男人,手里拿着个瓶子。只一瞥就认出是大圣人萨米。只见他身穿花呢西服,好像在电灯光下过得太久,刚去外面晒过太阳。黑红脸膛,大鼻子,头发微灰。他昂着头,手抓瓶颈,冷冷的目光盯着我,模样凶险。我心里明白,他知道我是谁。我犹豫了一下。萨米名噪一时,不过以前一直干赌马生意,毫无疑问,是个难对付的家伙。我目测了一下我俩之间的距离,往后退了一步,把腰带抽出来,是条带个大铜扣的厚皮带。不过是个唬人的架势。见过士兵们打架前,都这么做,效果不错。我倒没想拿它当武器,但有备无患,聊胜于动嘴,萨米大概不知道,我是个柔道高手,也许在思谋先发制人呢。假如他向我扑来,我心里定了手段,就给他个老式的背越飞马。

我正暗中演练,却见萨米脸色缓下来,装出一副茫然不解的模样。

"你要干什么?"他问道。

我没料到他来这一招,不禁有点失望。"你不是想打架吗?"我答道,带着火气。

萨米瞪着我,爆出一阵狂笑。"我的天,我的天!"他说。"你怎么想到这儿了。你是唐纳修,对不? 来呀,喝一杯。"动作闪电般麻利,把一杯威士忌酒,塞到我那只空手里。你可以试想一下我有多尴尬,一手拿着威士忌,一手握着皮带。

头脑恢复冷静后,我不想显得怯懦,说:"这么说,你是斯塔菲尔德?"一时感觉很泄气。本来打不打该由我来定。我当然不想打,不料让萨米占了上风,没错,这让我很憋气。

"是我,"萨米说,"你是唐纳修,年轻人。嚯嚯,脾气真暴!"说罢又爆出一阵狂笑。我仰头喝了口威士忌,把皮带系好,做了个表情,显示人不可貌相,随机应变是咱拿手戏。电影能教人这类有用的表现。我把萨米上下仔细打量了一番。他长相还真不赖,有风度,前面提示过,身上有股粗犷劲头。于是我静下来,观察玛琪眼里的萨米。这倒是很容易。他长着一双诙谐的三角蓝眼睛,这双眼睛注意到我在饶有兴致地细看,也报以细看,显出一本正经的神情。

"你很年轻!"萨米说。"你知道,我从玛琪嘴里听不到多少你的情况。"他又斟满了我的酒杯。

"我猜你被轰出来很恼火。"他又添了一句,口气毫无恶意。

"听我说,斯塔菲尔德,"我说,"有些事情,男人没法冷静地讨论。如果你想打架,我奉陪。如果不想打,那就闭嘴。我来是取我东西的,不是跟你聊天的。"我很高兴没感觉怕他,希望他也明白,不过我知道,假如没喝他的威士忌,我的话也许说得更好。这时我还想到,我对两用机的所有权,萨米没准不相信。

"你是条汉子,"萨米说,"别这么急。让我看看你。我可不是每天都有机会见到一位年轻作家,而且还在电台讲过话。"

我怀疑他是在挖苦我,不过一想到萨米可能把我当一个浪漫角色,就忍俊不禁,扑哧笑了出来,把萨米也逗得哈哈大笑。他似乎巴望着我喜欢他。我一边喝着第二杯威士忌,一边思忖,也许萨米竟是个人见人爱的大好人,也未可知。

"你在哪儿遇到的玛琪?"我问,不想叫他牵着鼻子走。

"她告诉你在哪儿遇到的我?"萨米反问道。

"在十一路公交车上。"

萨米大吼一声。"不可能!"他说。"谁见过我坐公交车!不,是在一个电影界聚会上遇到的。"

我扬起了眉毛。

"是的,孩子,那会儿她刚进那个社交圈。"萨米冲我摇晃着一根手指。"绝不要让女友离开你的视线,这是唯一的办法!"

这种兼有得意和关怀的姿态,叫我恶心。"玛格达伦是自由的。"我冷冷地说。

"现在不是了!"萨米说。

我瞧着他,忽然厌恶起来。"听着,"我说,"你当真要娶玛琪吗?"

萨米把这当一种祝福的表示,友好的疑虑。"为什么不?"他说。"难道她不是个漂亮姑娘吗?难道她不是百里挑一吗?她一条腿不是木头做的,对吧?"他的话刺得我两肋剧烈疼痛,把威士忌洒到了地毯上。

"我指的不是这个,"我说,"我是说你打算娶她吗?"

"噢,你问我的意图,"萨米说,"这下击中我的要害了!你干脆把你的鸟枪带来得了!"他又狂笑起来。"来,"他说,"把这瓶干了。"

此刻,好几杯威士忌下肚,我已经啥都不在乎了。

"那是你的事。"我说。

"是的。相信我。"萨米说,于是我们撇开了这个话题。

萨米伸手翻衣兜。"我要给你个东西,小伙子。"他说。我狐疑地盯着。他掏出了支票本,炫耀地一晃,打开了自来水笔。

"哦,好,"他说,"咱们看是一百镑呢,还是二百镑?"

我惊讶得张开了嘴。"做什么用?"我问道。

"哦,咱就当搬家费吧。"萨米说,眨了下眼。

我一下子六神无主了。很快明白过来,他这是要花钱买我出局!萨米怎么想得出?我立马断定,他脑袋里这主意是玛格达伦放进去的。玛格达伦心里的弯弯绕,真叫我崩溃。

肯定是她的怪主意,替我着想,把事办妥。我心里一阵剧烈的难受,又屈辱,又感动。冲萨米笑笑,态度温和。

"不,"我说,"我不可能拿钱。"

"为什么不?"萨米说。

"第一,因为玛琪不欠我什么。"我说。我想这点一说他就明白,就放在第一。"第二,因为我不属于用钱解决这事的社会阶层。"

萨米拿眼睛瞅我,好像瞅一个善辩之人。

"首先你说没什么情况,"他说,"然后你说不是拿钱了事的情况。咱把事说说清楚。我跟你一样了解规矩。不过你这样的小伙子,在乎啥社会阶层?你这样的小伙子总差钱。你要不拿这钱,明天你会后悔。"说着就写了张支票。

我心里清楚,他这话说得没错,却反而加强了我的抵触情绪,我叫道:"不!不要!我不要!"

萨米看着我,眼神里溢着对我的关切。"可是我伤害了你,"他用解释的口气说,"你不拿点什么,我良心不安。"

听他的口气,确实是为我着想,我便琢磨起来,玛琪到底跟他说什么了。

"你他妈怎么这么肯定,你伤害了我?"我问道。

"哦,你本来那么坚定,铁了心要娶玛琪的。"萨米说。

我吸了口长气。这下把我逼墙角了。没啥比宣称必娶玛琪更不实在的了,但要这么说了,就出卖了玛琪——特别是我想到,玛琪可能利用我所谓的誓言,做了杠杆,来夯实萨米的决心。无论如何,我能看出萨米打定了主意,不会信相反的情况。

"哦,也许是受了伤害。"我说,显得很委屈。

"够意思,小伙子!"萨米喜形于色,不禁叫道。"好,咱就说定了两百英镑吧!"

我不知所措。他这倒是个有意思的伦理规范,要的是个两清。我需要钱。还有啥能阻挡这种双赢的成交呢?我的原则。当然了,还有别的办法。类似情况下,我从来没失手过。

"别打岔,斯塔菲尔德,"我说,"我在考虑。"转眼便有了个主意。

脚下地板上,撂着一份午间版《标准晚报》。我捡起来翻到末版,看了眼手表。两点三十五。那天的赛马在索尔兹伯里和诺丁汉举行。

"我建议,"我说,"你告诉我三点钟的比赛哪匹马胜出,你打电话到你们公司替我下注,或者打到不管哪里,是你下注的地方就行。如果顺利,三点半的比赛加注,整个下午一直这么递进。每注五十镑,你同意输了算你的。"

萨米乐坏了。"成交!"他说。"好玩家! 不过咱要再加码,五十可不够。我了解今天的牌,就像了解我女儿。这是句诗。"

我们把报纸摊在地毯上。

"索尔兹伯里三点的比赛,小格兰奇会赢,"萨米说,"胜券稳操了。咱乘胜追击,三点半押女王座驾。"

我谨慎起来,已经感觉萨米在用我的钱赌博了。

"但是,万一女王座驾没胜出呢!"我说。"我可不是就图个高兴,要的是现金。咱还是押小格兰奇好了。"

"胡话,"萨米说,"你对局面了如指掌,还用得着这么胆怯吗?坐稳了,我的男孩,我给办公室去个电话。喂,喂! 安迪? 我萨米。"

"减少赌注,减少赌注。"我对他说。

"我的个人账户,"萨米对着电话说,"当然,我不赞成赌博!"在电话里跟安迪插科打诨。"这是给一个朋友做的,人家帮了我个大忙。"

他把一只三角眼冲我眨巴了一下,片刻工夫,便都搞定了,下注四十镑,赢了加倍,小格兰奇和女王座驾。这项去操作了,我们又转看诺丁汉的局。诺丁汉三点钟的比赛是个拍卖马赛。

"没意思,"萨米说,"那场马赛是给三条腿的马准备的,咱别碰。不过余下来的各场,可是大礼包。咱下注赌赢三倍。三点半那场的圣十字。我不看好索尔兹伯里四点那场。剩下的就是索尔兹伯里四点半那场了,赢的要不是达格南,就是伊莱恩之选。"

"哦,两边匀开,看在老天的分儿上。"我说。

我又给自己斟满了酒杯。我可不是个天生的赌徒。

萨米在打电话,指示在诺丁汉下注二十镑。随后就问索尔兹伯里三点那场谁赢了。我坐在了地板上。萨米站在那儿,没准要输掉一大笔钱,比我银行里的存款还多。我的神经在颤抖,像竖琴上的弦。要是我没提这建议就好了。

"别沮丧,"萨米说,"不就是钱么! 猜猜看,三点的谁赢了。小格兰奇,二赔一!"

这更糟了。"是双倍注,"我说,"双倍从来不灵。输掉的比赌注还要多。"

"闭嘴,"萨米说,"让我来操心好了。你要忍不了,就去坐楼梯口。"

他拿了张纸条,在上面计算我们会赢多少。"女王座驾不会输,"萨米说,"不过,怎么也得加上四点半那场。让你开心,两场下来,两边各赢二十五镑。你赢兑换券了! 可以拿去再下注,也可以提现!"

我在琢磨会输多少。这个容易,心算就行。我算出要输一百六十镑,于是几欲甩下萨米,一走了之。但是,尊严不容许我离他而去,因为这毕竟是我自己的投资。另外,还有个实际问题,空腹喝多了威士忌,弄得我浑身无力,完全迈不开腿了。好似稻草做的两条腿,轻飘飘的不听使唤。我哼了一声。萨米正在电话里操作下场马赛。女王座驾被超了一头,但圣十字奏凯诺丁汉。

结果糟透了。"去你的,"我说,"怎么不按我告诉你的,就押小格兰奇? 现在就四十镑了,圣十字一个子儿也没赢到。"

"这才是好游戏的魅力所在啊,"萨米说,"相信我,今天是你的吉日。今天星期几? 星期三? 哇,星期三是你的吉日。我一年没赌了,"萨米说,"感觉快忘光了!"他搓着两手,露出狰狞的欲望。

"你知道,孩子,"他说,"不时遇到你这样的人,对我有好处。能让我认清钱的价值!"

诺丁汉四点那场,赢家是哈儿·阿戴尔,我的冷汗登时从脊背和两肋涌出。这哪里是我吉日,连萨米也沉不住气了。他喝掉了剩余的威士忌,告诉我说,我的问题在于心不在焉。

"赚钱就像驯服一头狮子,"萨米说,"决不要让它看到你在关注。"

我的头飘飘然,转悠了几圈,连带着上半身,抵在了地毯上。脸在沙发下面转过来。"不义之财!不义之财!"我听得见萨米在说话,那种男人的腔调,一如咒骂他毁掉的女人。快到四点半了,气氛如同过了电,登时绷紧。比赛还没开始,萨米就把电话紧紧抓在手里,但我没听他说话,忙着琢磨怎么弄钱还他。暗暗拿定了主意,就把两用机给他,差不多能扯平。

只听萨米说:"快呀,安迪,看仔细。我朋友在这儿,急得咬家具了。"

接着就听见萨米开骂了。"怎么?"我懒懒地问了一声。

"伊莱恩之选没有跑,"萨米说,"达格南跑了第四。"

"诺丁汉怎么样?"我关心地问道。

"等等。"萨米说,又黏在电话上似的,说个没完。我躺在沙发脚下,轻轻翻了个身。

然后我就听见他大喊:"上帝呀,我们赢了!我就说你有一张福相!"我又翻身坐起来。

"彼得·亚历克斯,九赔二!"萨米叫道。"快,再开一瓶酒!"

我们一起动手起瓶塞,打碎了一只酒杯,都坐在地板上大笑不止,互相敬酒祝贺。眼瞅着房子四周晃悠起来了,发生了什么,我心知肚明。萨米喊道:"老关系,干得好!"以及"我要提现,我要提现!"说完又去计算了。

"瞧,"他说,"圣十字七赔二,得九十镑,哈儿·阿戴尔二赔一,得一百三十五镑,彼得·亚历克斯,九赔二,得七百二十二镑十先令。想想看这比赛,赔率很不错了。我告诉你什么来着?比码字强多了,对不?"萨米抓着酒瓶,在空中摇摆了几下。

"等一下,"我说,"有四十镑下注到女王座驾,还有索尔兹伯里各场下的注。"

"这个就别提了!"萨米说。"赌注登记经纪人每天都赢。所以我才特别喜欢这行当。"

"不,你肯定要执行协议!"我喊道。我把自己所剩无多的荣誉也赌进去了。

又叫喊了半天,萨米才同意打点折扣。"好吧,唐纳修,"他说,"总共六百三十三镑十先令。我这就写支票。钱会打我账上。"他又掏出了支票本。

见此情景,我一下清醒过来。我本来感觉是回本就可以了,而现在萨米却要付我三倍之多。等最初的激动过去后,我简直不能相信,萨米就凭打了一通电话,就赚到了这么多真金白银。

我把这话跟萨米说了,他嘲笑了我一番。"你的问题是,"他说,"太习惯挣血汗钱。但那不是财路。就躺着吹口哨,钱才会滚滚而来。"最后我们说定,等赢的钱入了萨米账户后,他再把支票寄给我。这才能叫我相信,交易是真实的。他惊叹不已,说我这么相信他,太仗义了。我给了他戴夫的地址,遂起身晃晃悠悠出了门。萨米给我叫了辆出租车。他绝没有跟我争议两用机所有权之意,相反,我看他恨不得把整个公寓都叫我搬走算了。他帮我把两用机搬下楼,一块儿动手,塞进出租车前座,然后大呼小叫的,互道珍重,告辞分手。"这娱乐不赖!"萨米说。"改天再干一票!"

出租车把我拉到金鹰路,把我和两用机都搬上楼。我一头撞见戴夫和芬恩,疯了似的大笑。他俩问我有啥好笑的,我告诉他们找了个活干,要去给萨蒂当保镖——我如此这般叙述了一番,似乎一定是好笑的。至于雨果或萨米,我只字未提。两人听了我叙述,戴夫连讽带刺,芬恩饶有兴致。看来我是芬恩快乐的源泉。随后,我上了床,醉醺醺沉入梦乡。

六

约定的那天上午大约九点十五分,我来到维尔贝克街,之前先去了廷卡姆太太那儿一趟,取手稿。门开着,萨蒂正在厅里发火骂人。

"亲爱的,"她说,"谢天谢地,你总算来了。我说从黎明到黄昏,当真就是从黎明到黄昏。你让我迟到太多了。没关系,别那副德性,进来。看你这乱糟糟的手稿,够忙一年的。也好。听着,我要你今明两天,全天待这儿。介意不?知道有人整天都在这儿,我感觉会好些。有的是饮料,冰箱里装满了三文鱼、草莓,吃的应有尽有。不过别请朋友来,乖。要是百芳德或者任何人打电话来,就用严厉的男人口气,跟他说我不在,回来没日子。乖宝贝。现在我要以百米冲刺速度跑了。"

"你啥时候回来?"我问,被这些指令搞晕了。

"今晚,会很晚,"萨蒂说,"别等。挑间空屋。床都收拾好了。"说罢热烈地亲了我一口,转身离去。

门关上后,洒满阳光的宽敞公寓里,悄无声息,只能隐约听到远处街巷的嘈杂。我伸出双手,掠过一阵奢华之感,对栖身之所展开观察。来自哈萨克斯坦、阿富汗和高加索的地毯,各有特色,铺在拼花木地板上,踩上去脚感柔和。高档红木、椴木和桃花心木家具,曲线柔美,光洁闪亮,护理得很好。白色壁炉架上立着些小巧的玉石摆饰。锦缎窗帘在夏日微风中轻轻飘荡。自当年昆廷姐妹走红后,萨蒂一路风光。这儿还有瓷器动物,要不就是法国镇纸,下面压着一摞摞整齐的信件、简报、千法郎面值的钞票。我轻轻挪动,四处查看,一边吹着口哨。一张茶几上,摆着几只乔治时代的雕花玻璃醒酒瓶,瓶颈上镶有一圈珐琅标识;一只酒柜里,有大量剩了半瓶的酒,有雪利酒、波尔多红酒、味美思酒、法国绿茵香酒、杜松子酒、威士忌和白兰地。厨房壁柜里放着大量莱茵干白葡萄酒和波尔多干红葡萄酒,餐柜里满满地放着各种罐头肉酱、小红肠、蟹肉、鸡肉冻。饼干我看到十二种之多,但没见有面包。冰箱里有三文鱼、草莓、不少黄油、牛奶、乳酪。

我回到起居室,给自己倒了一大杯意大利味美思酒加苏打水,从冰箱取了冰块加上。又从一个小巧精致的镀金腿的赛福乐木盒里,取了根香烟。然后浑身一软,跌坐进一把坐垫厚厚的扶手椅里,让我的时间感沉静下来,融入缓慢规律的起伏,穿过身体,好似叹息。这是一个大热天。窗户都开着,隐约听得到远处断断续续的伦敦喧闹声。脑中茫茫一片虚空,四肢舒服得像灌了铅。过了好大一会儿,我取了些手稿来整理。一看稿子,萨蒂和最近的纷扰,都远远地置之脑后了。渐行渐远,直至杳无踪迹。我两条腿往开一撑,把一条精致的金黄和深蓝条哈萨克斯坦地毯,蹬得在脚下起了皱。如果现在瞌睡,肯定能睡个美觉,安逸解乏,长睡不醒。可我躺着睡不着,不过手里的涂改打印稿,很快就不再翻动了。手一松,滑落到地板上了。

后来,我目光游荡到房间的另一端,停在一个白色矮书架上。顶上摆着伍斯特和德累斯顿像。我看了一下,散漫的目光又回到了最高一层那排书上。这时,我猛一僵,被戳了一刀似的,跳了起来,把大号信封和打印纸踢得到处飞,大步冲到书架前。就在这排书的中间,插着一本《无言》。我有几年没见过这本书了。连外面的纸封皮还在。我又厌恶又兴奋地看了一下。随即抽出来,告诉自己别犯傻,再看见这本无聊书,根本不值得这么激动;书一拿在手里,我感觉起了变化,突然不反感了,而觉得亲切、奇特,有呵护的冲动。便在书架旁席地而坐,把书打开。

隔段时间重读自己的文字,是一种奇特的经历。它们很少不使人印象深刻。我翻着这部怪札记,感受到了自它问世后,与它分离的这些年,赋予它一种莫名其妙的独立感。仿佛一个很久前你认识的小孩,你见他已经长大成人。倒不是我更喜欢这文字了,而是它居然独立了;蓦然心生一念,现在终于有可能与它和解了。于是随性所至,翻看起来。

塔玛卢斯:但是思想就像钱。一定有公认的流通币。用于交流的概念基于成功。

安南戴恩:这就类似说,一个故事,信的人足够多,就是真实的。

塔玛卢斯:当然我不是这个意思。如果我用个比喻,或者发明个概念,必须检验的部分,也就是成功检验,在于它是否吸引世人去注意那个真实事物。任何概念都可能被滥用。任何句子都可能陈述虚假事实。但是词语本身并不说谎。一个概念可能有局限,但我把它放在自己的使用中,就不会误导。

安南戴恩:是的,这是谎言的庄严形式。把你充其量一半真实的情况记下来,称其为谎言,但仍使它站立不倒。等你的资格甚至被你本人遗忘后,它终将存活下来。

塔玛卢斯:但是生活是要过的,既要过,它必须被理解。这个过程叫作文明。你说的跟我们的天然本性相违背。在创造理论的动物这层意义上,我们是理性动物。

安南戴恩:当你无比热情地投身于生活,当你最大限度地感觉自己是个人,可曾有哪条理论帮助过你?难道你不是直接面对事物本身吗?可曾有哪条理论在你不知所措的时候帮助过你?难道这不是很简单的时刻而理论却飘忽不定?在这种时刻,难道你没意识到这现象?

塔玛卢斯:我的回答是两方面的。第一,我可能不会考虑理论,但我可能表达它。第二,既然世上有理论,比如政治理论,那么我们的思想就会涉及理论,做决定的时候也会。

安南戴恩:如果表述理论的时候,你的意思是别人能创造指导你行为的理论,当然这是真实的,平淡无奇的。我所说的是我们经历过的真正的决定;这里,离开理论和一般性,即走向真实。一切理论阐述都是思想的飞翔。我们必须跟从情况本身,这是无法言说得具体的。实际上,是我们从未足够接近,不管使多大劲在网下爬,都无济于事。

塔玛卢斯:那有可能。但我说的另外一点呢?

安南戴恩:真的,理论往往可能是人面对情况的一部分。但是各种明显的谎言妄想,都可能是这个情况的一部分;可你会说人必须善于甄别并远离谎言,而不是人必须善于撒谎。

塔玛卢斯:所以你认为应当剔除人生中的一切讲话,最简单的除外。这么做,就会取消了理解我们自身的途径,取消了让生活可以忍受的方式。

安南戴恩：为什么非要让生活可以忍受？我知道除了故事，没什么能给人慰藉，能给人正义——但这并不能改变一切故事都是谎言这个事实。只有最了不起的人，才能既要说，还要真实。任何艺术家都隐约懂得这道理；他知道，理论即死亡，而所有的表达都背着理论的负担。唯有最强的，才能甩掉这负担，卓然独立。对大多数人来说，几乎所有的人，真实是可以获得的，如果真发生，仅在静默中。唯有在静默中，人的精神才能触到神圣。这道理古人明白。普绪喀①被告知，如果她说出自己怀孕，她的孩子会是只能活一生的人；如果她保持沉默，孩子会是神。

这一部分，我读得全神贯注。简直忘了我对雨果曾做过那么出色的一番表演。我现在发现，雨果的论点没那么动人了，我忽然想到有多种办法，强化塔玛卢斯的重要性。我写这对话的时候，显然被雨果震住了，到了如痴如醉的地步。我当下决定，这书我没收了，自己用，从头到尾仔细研读，修改我的观念。甚至想到了出续集的念头。但是我立马否决了。有个事实仍在，安南戴恩就是雨果的龌龊漫画。雨果从来不会使用一些词语，比如"理论"或者"一般性"。我还没有达到超出雨果的最晦涩的观点表述的水平。

我一边思考着这些问题，脑子里一边缓缓流淌着一股回忆往事的细流，若隐若现。是什么？是想让我回忆起来的事情。我两手轻轻捧着书，从容和缓，任思绪跟随回想的轨迹，静候回忆的告白。我不禁纳闷，这书萨蒂居然会有一本。这可不是她可能感兴

---

① 普绪喀，希腊神话中爱神丘比特所爱的美女。

趣的东西。我翻到前头，看封面里边。上面写的名字不是萨蒂，是安娜。我细看了一下，依旧小心翼翼地轻捧着书，搜索到的记忆，猛然抓住了我的全部意识，猛烈如飓风。

那段对话要提醒我的是，安娜在那个哑剧场里念的台词；当时就觉得那不是她自己的话。那台词不是她所创。是雨果的话。是雨果的回音，拙劣模仿，如同我自己的话，也是雨果的回音和拙劣模仿。当时我听到安娜朗诵，根本没想到把她说的跟雨果这个人联系起来；想到雨果的时候，我也不会联想起安娜。这书是我把雨果的态度，做了个龌龊的复制，我突然醒悟过来，那是个源泉，由此安娜汲取了她所说的原则，剧场本身是个表达。我想也没想过，安娜居然从我书里获取思想。要打动像安娜这种极其简单、没有思想的头脑，这书并不适当，既不震撼，也不单纯。这是毫无疑问的。安娜所表述的观念，只是通过一个劣等媒介，对雨果的表达，如同我自己的观念，也同样是这么一种表达，只不过是通过另一种媒介；很奇怪，与原创相比，这两种表达的特点更加相像。

头一阵晕眩。我把书放回去，靠在书架上歇息。我有种感觉，世间一切，各在其位，形成一种自然格局，这现象等有时间了要好好研究一番。

这么说，雨果认识安娜。没任何理由他就不该认识安娜，再说他既然认识萨蒂，认识安娜也顺理成章。但是，一想到雨果认识安娜，我就惊讶不已，深感不安。我一向小心翼翼，隔绝生命中涉及雨果的那部分。我初次结识安娜是在和雨果分手前，不过是在这之后，才和安娜热乎起来的。我跟她聊过百芳德，话说得很含糊，就像说那些略知一二的熟人一样，那是在他如日中天之前。大概给了她个印象，雨果把我甩了。至于这书，我从没给她看过，也没提过，要提也是当作少儿读物，无厘头烂书。凡说到了，总好像是多年前出的,早就湮没无闻了。

我脑际萦绕着一大团问题,挥之不去。安娜什么时候拿到的这本书?我对雨果的背叛行为,她知道多少?哑剧场的意义何在?雨果和安娜是什么关系?关于我,还有什么事他俩可能互相没有说?我抬手盖住了嘴,可能性无限多,源源而来。突然,萨蒂的行为也合理了——我猛醒过来,雨果爱的不是萨蒂,而是安娜。安娜众多的爱情俘虏中,又添了一个雨果,安娜总那么看似无意却有意,道是有情又无情的,搞得身边男人晕头转向、魂不守舍。当然,安娜偏又是那种雨果可能爱上的女子。这情形让萨蒂醋意大发,妒火中烧,没准由爱转恨,与雨果为敌,偏巧我又撞进来,人家正筹划设局,便不由分说把我派了用场。难道是雨果对维尔贝克街感了兴趣,以为能在这儿见到安娜?真有上百种可能性。

这也就解开哑剧场之谜了。这怪念头分明出自雨果的头脑,借此起用了安娜,也许非她本人意愿吧。但她就硬着头皮上了,顺手选了个雨果思想的粗糙版,这才合乎情理呢。安娜敏感,雨果感人。也许剧场还就是为抓住安娜的兴趣和注意力设计的,意在弄成个镀金囚笼,将她幽闭其中。我不禁联想起雨果的早期电影,都是无声的表现手法。哑剧无言的单纯,可能真是雨果沉湎而不能自拔的爱好。但那个漂亮的剧场,就是安娜的寝宫,是雨果建造的宫殿,安娜就是这宫殿里的女王。一个不自由的女王;我回想起在剧场见她时,她不安,她紧张。显而易见,雨果为她量身定制的角色,没能让她心安理得。我遂又一顿悟。眼前浮现出一个场景,无比真切,那个高大魁梧的人物,就是在小剧场舞台看到的那个,当时一看到就觉得怪眼熟;此刻,我才明白过来,疑问顿消,那个人物就是雨果本人。

正在这时,电话铃响了。我的心狂跳起来,猛撞胸腔,像一只鸟儿撞上窗玻璃。我一跃而起。毫无疑问,打电话的是雨果。我看着电话,仿佛看着一条响尾蛇。我拿起听筒,说了声:"你好!"声调是装出来的,沙哑而颤抖。

电话另一端,雨果犹豫地说:"很抱歉。我能不能跟昆廷小姐说句话,她在吗?"

我呆站在那儿,一时无言以对。随即说:"听着,雨果,我是杰克·唐纳修。我想尽快见到你,有很要紧的事。"一阵死寂。我又说:"你能来萨蒂家吗?我独自在这儿。要不我去你那儿?"这句刚说了一半,雨果就挂电话了。

我气疯了。对着电话大吼一声,撂下了话筒。我抓着自己的头发,扯开嗓门大骂。我在铺着好几块地毯的房间里,跺着脚走来走去。足足过了十分钟,我才平静下来,心里开始琢磨,为什么我会如此暴躁。我觉得必须立刻去见雨果,就在当下,无论如何,尽可能一个钟头之内。不见到雨果,世界简直要停摆了。我一点都不清楚,为什么想见雨果。就是非见不可,如此而已,这事不办,我痛不欲生。我抓起电话簿。我知道雨果搬家了。他现在住哪儿,此前我是有意的不闻不问。我手指颤抖着,翻看电话簿。不错,他名字在电话簿上;列着一个霍尔本街的地址,一个市区电话号码。我的心脏狂跳不已,哆哆嗦嗦拨了那个号码。没人接。

我这才安静下来,坐在那儿想下一步。我决定直接去电话簿上这个地址,万一他正好在那儿呢,要不在我就去邦蒂百芳德制片厂去找他。如果雨果刚才是在找萨蒂,他就不可能在制片厂,因为萨蒂本人就在那儿。另一方面,他找的昆廷小姐有可能是安娜。所以也不能断定他不在制片厂。不管怎么说,先去霍尔本街,看他是不是藏在那儿却不接电话。当然他要是从家里打的电话,他肯定也会猜到,随即响起的电话是我打回去的。

随后我又想,他一听我报了身份,该有多么厌恨、憎恶啊。连一句话也不屑跟我说。我把这些念头搁一边,太痛苦了,我把地毯拉扯整齐,整理好我的东西。忽又想到,萨蒂特别叮嘱过我,整天都要待在公寓里。可我没遵守,心想反正我是要去寻找雨果的,我已经把他挡驾了一回,尽到了保护这里的义务。现在要做的,与防御策略相反,是主动出击,以收异曲同工之效,即不让雨果靠近维尔贝克街。如果能找到雨果,我自己把他占住,就等于用了另一种方法,实现了萨蒂的愿望。我心里这么想着,便迈开脚步朝房门走去。又回头向公寓里望了一眼,以示辞别,随即扭动了门把手。

房门没动。我又扭了一下。房门纹丝不动。耶鲁牌门锁转得动,但门下端还有个锁,构造不一样,没插着钥匙——显然是锁上的。我查看了下锁芯,发现是抽回去的。我推了下门,又铆足劲儿一拉。没戏,显然是锁了,抽走了钥匙。我被反锁在里面了。弄清楚没疑问了,我便去厨房推门,这门通向太平梯。也锁死了。

于是我查看每个窗户。唯一给了我点希望的是厨房窗户,离门只隔着几英尺。要是胆量够大,从窗口可以跳到太平梯上。我目测了下距离,看了看垂直落差,确定了,我的胆量不够大。我有点恐高。所以房子前面墙上的雨水管,我也不敢顺着往下爬。我只好在公寓里翻箱倒柜搜寻,看能不能找到钥匙;但没抱多大希望。当然我心里十分肯定,萨蒂是故意这么做的。她想抓住我,为的是她自己的打算,从早到晚坚守这堡垒,她叫我这么做的办法,是把我囚禁起来。实际上,她还挺有先见之明,预料到我会开小差,不过我对她的愤怒,并没有因此减少丝毫。我同时也拿定了主意,这事之后,我跟萨蒂的关系一准结束了。

找遍了也没找到钥匙,我只好作罢,最后的赌注是把厨房门锁捅开。那是个简易锁。开锁这事,我干得还不算太糟,这门技术是芬恩教我的,干这个他是行家里手。但是这个锁我不知道该怎么弄,主要是没合适工具。开锁最好的东西,是一截硬钢丝,或者是根结实的发卡。这两样我在公寓里都没找到,实在没辙,便也放弃了。现在,事情再清楚不过,我成了囚徒,别无选择,只能等萨蒂回来。这下我彻底安心了,平静了,或许郁闷才是更确切的词儿,才能描述我的心情。我把我所有的东西都收拾好,以便迅速撤离。我决定不理萨蒂了。我依旧打算一恢复自由,马上就去找雨果。我又拨了雨果的电话,还是没接。我琢磨给哪儿打电话能帮帮我,又一想,算了,谁也靠不住,没法跟他们讲我的难处。我取出个大玻璃杯,给自己倒了半杯杜松子酒,坐下来,忍不住放声大笑。

这之后我感觉饿了。两点多了。我起身来到厨房,给自己做了顿大餐,包括肥鹅肝酱饼、鲑鱼、鸡肉冻、芦笋罐头、草莓、罗克福奶酪、橙汁等。我决定,尽管萨蒂罪孽深重,我也不喝她的红酒。在一个壁橱里,我找到些白兰地,坐下来自斟自饮良久,只可惜萨蒂不抽雪茄。等到雨果和安娜又来乱我心绪的时候,我便去洗盘子。然后我又郁闷起来,靠近一个看得见维尔贝克街的前窗,探出去看街上的车流和行人。

我就这么看了一小会儿,一边哼唱一支法国歌,心情阴郁,正琢磨着萨蒂回来该怎么跟她说,突然看见两个熟悉的身影,从街对面走来。是芬恩和戴夫。他们看见我了,给我打手势,动作活像暗号。

"没问题,"我喊道,"就我一个。"

两人穿过马路,戴夫说:"天呐!我们真害怕示巴女王[①]在那儿!"

[①] 示巴女王,出自《圣经·旧约·列王记》第十章,为阿拉伯的一位君主。她十分钦慕所罗门的智慧英明,曾赴耶路撒冷觐见所罗门王。

两人扮鬼脸仰望着我。看见他们我太高兴了。

"好吧!"戴夫说,一副扬扬得意的神情,"喜欢当保镖吧?干得不错吗?"

芬恩冲我笑了笑,还是那副和善面孔,但我看得出这回他和戴夫同感。他俩都觉得这情形好笑极了。我不知道过会儿他俩会怎么想。

"我一天过得很安静,"我说,保持着尊严,"我干了些活儿。"

"咱要不要问问他干了些啥活儿?"戴夫对芬恩说。我知道接下来的半小时难过了。

"哦,你把一天的活儿都干完了,"戴夫说,"那怎么不出来喝一杯。这会儿酒店快开门了。要么你请我们进去。也许不让你带人来?"

"我出不去,"我若无其事地说,"也不能请你们进来。"

"为什么不能?"戴夫问道。

"因为我被锁在里面了。"我说。

芬恩和戴夫面面相觑,猛一下笑得前仰后合,站不稳当。戴夫笑岔了气,瘫坐在马路牙子上,芬恩也笑软了,斜靠在街灯柱上。两人笑晕了。我冷静地等待他们爆笑停下来,自己轻轻哼唱着。戴夫总算笑够了,抬起头来,对芬恩欲言又止,终于说:"事算办成了!"两人又是一阵大笑。

"听我说,"我不耐烦了,"别笑了,快想办法放我出来。"

"他想出来!"戴夫喊道。"可你试过没?雨水管行不?很简单啊,对不对,芬恩?"两人又笑弯了腰。

"都试过了,"我说,"赶紧闭嘴,照我说的做。我让芬恩试试厨房的门,看能不能捅开锁。你可以从后面的太平梯上来。我要有东西,自己也能弄开,可惜萨蒂不用发卡。"

"我们也不用发卡,"戴夫说,"不过要是你愿意,我们可以替你求求萨蒂。"

"芬恩,"我说,"你能帮我出去吗?"

"肯定会的呀,"芬恩说,"不过我啥也没带。"

"哦,去取呀!"我喊道。

到这会儿,我们有点莫名其妙的对话,引来路人不少注意,我不想再延续下去。后来总算商量好了,芬恩步行去附近街上找根发卡,拿来对付厨房门。即便是现在,你要找发卡的话,伦敦街头走不了多远,就能捡到。我担心的是,芬恩没准儿会忘记眼下的事,钻进一家酒吧。我心里明白,走路眼睛一直盯着人行道,谁也会打瞌睡的。

一商量好,我就把窗户紧紧关上了。感觉这会儿再跟戴夫聊下去,没啥好结果。不过几分钟后,就听见他猛敲厨房门,我只好过去隔着厨房窗户,和他说话,好让他别再聒噪。可他还是喋喋不休,讥笑揶揄,唠叨了有一刻钟,尽出些馊主意,说什么我只要有一点点胆量,就能沿墙拐角,爬上房顶,拿几条床单什么的接起来。我听了断然拒绝。终于听到芬恩沉重的脚步踏上了太平梯。他捡到一只漂亮的发卡,没用半分钟就解决了厨房门锁。戴夫和我看得惊叹不已。门开了,戴夫和芬恩想进来看看,但我连推带挡,逼着他俩下了太平梯。不见萨蒂的面,我没一点遗憾,也不情愿她这会儿回来,抓我们个现行。离开前,我把衣兜里装满了饼干。我问自己属不属于那个社会阶层,被一个女人非法拘禁后,顺走她两盒肥鹅肝酱饼罐头,回答说我就是。最后又朝阿富汗地毯和哈萨克斯坦地毯,投去悲愤的一瞥,遂抓起自己的行李撤离。

我们仨来到街上,当下我便叫了辆出租车。芬恩和戴夫正情绪高昂,显见得不想离我而去。我心下暗忖,他俩跟着我,一晚上有得玩,才不情愿失去这机会呢。我自己倒也不大确定要去做什么,照例也需要有人陪陪,免得孤独,便叫他俩上车了。我们先去了廷卡姆太太的报亭,把行李箱和手稿存那儿。

"我说,咱这是要去哪儿?"戴夫问道,圆脸上闪着亮光,活像个小男孩去野餐。

"去找百芳德。"我答道。

"你是说那个弄电影的人,"芬恩说,"你早以前就认识的那位?"

"是他。"我说,没再听他追问,随后的路程,戴夫只好接过话茬跟芬恩聊,连讥带讽,瞎猜一气。

我没听他俩说话。心里感觉很紧张,设想着见到雨果的光景,冰山一样隐隐压来。想跟雨果说什么,我真没有一点主意。我见他不见得是想弄清楚他对安娜的感情。其实我胸有成竹,确信我没有弄错,如同确信哑剧舞台上那傻大个,就是雨果,后来用阿尔维斯黑色大轿车带走安娜的,也是雨果。当然了,我更想弄明白,雨果对我是个什么想法。倒不是我有啥疑虑;毫无疑问,也可以理解,雨果肯定是对我既厌恶又鄙视了。不过,这情形倒是可能通过我的努力,有所改变的。其实见雨果也不全是为了这个。下午我忽然冒出一个想法,雨果还可能教我更多东西;从我们最初那些谈话开始,他逐渐改变了我的观念,所以我能从他那儿吸收的东西也更多了。这是瞬间悟出来的,是时隔那么久,又读了那段对话,突然想到的。对雨果的谈话,我的胃口没有麻木。也许我们之间会有更多谈话。我发疯似的要找他,难道竟是为了这个缘由?在我看来,归根结底,我只是为见他而见他。斗牛场上,斗牛士解释不了为啥要碰牛。雨果就是我的命运。

七

出租车停稳,我们下了车。戴夫付了车费。雨果好像住在霍尔本街高架桥口上,是一所办公楼顶层的公寓房。一段石台阶通楼门,门开着,一块上了漆的名牌上,列着商业公司及律师事务所的名称,他的名字赫然在列,百芳德。出租车开走了,撂下我们三个,孤零零站在高架桥上。如果你晚上来过伦敦城,你会明白,白天热闹喧嚣的大街,一到夜晚,便笼罩在那种莫名的孤独之中。高架桥是一处观景地。在这儿站得高,望得远,不止霍尔本街和纽盖特街,还有我们下方的法灵顿街,像条枯河,远近上下也是一览无遗,看不到一个活物。不见一只猫,不见一个警察。这是个温暖的黄昏,湛蓝的天空,万里无云,周围一片寂静,远处的声音隐约可闻,像车马声,要么就是夏日残阳的无奈叹息。我们伫立发呆。此时此景,连芬恩和戴夫都感慨系之。

"你俩在这儿等着,"我吩咐他们,"几分钟后我没出来,你俩就走吧。"

他俩一听不高兴了。"我们看着你上楼,"戴夫说,"你放心好了,你想叫我俩啥时走,我俩立马消失。"我暗忖,他俩是想看一眼雨果。

我实在没把握能不能相信他俩,不过也没再纠缠,三个人便一个跟在一个后面,沿石台阶拾级而上。我脑袋一片空白,只剩了一个不可名状的主意。我们上了楼梯,经过已经锁门的法袍制作室和公证室。快到四层的时候,听见响起奇怪的声音。我们不由得停下脚步,面面相觑。

"什么声音?"芬恩问道。

没应答。我们踮起脚尖继续上楼梯。声音来自楼顶,是一种类似尖叫的吵闹声。

"他在开派对!"我猛地想到了便脱口说。

"是女人!"戴夫说。"电影明星,我看是。上去!"

我们小心翼翼,继续往上走;我们和雨果的房门之间,就剩最后一截楼梯了。我把他俩推到身后,独自上去。门半开着。声音震耳欲聋。我把肩膀一挺,昂然步入。

只见里面空空如也。正对面还有个门。我快步穿过房间,过去打开那扇门。房间也是空的。我转身退出,在门口撞见芬恩和戴夫。

"是小鸟。"芬恩说。没错。雨果的公寓在顶层拐角,外围有一圈挺高的护墙。窗户上方,斜坡房顶伸出去,几乎挨到护墙;房檐深处,栖着几百只椋鸟。透过窗户,能看见它们扇动翅膀,拍打着窗玻璃,在窗户和护墙间,上蹿下跳,像被关在笼子里。鸟叫声在街上一定是听不到,要么就是我们浑然不觉,以为是伦敦的街市喧嚣。而这里的鸟叫声如洪水滔天。我感觉无比杂乱,却也无比轻松。连雨果的影子都没见着。

戴夫来到窗户跟前,想把鸟儿轰走,鸟儿不为所动。

"别管它们啦,"我说,"它们在这儿住。"

我四下打量了一番,十分好奇。里间是雨果的卧室,装修极简,和我了解的雨果风格吻合。一张铁床,几把软座椅子,一个抽屉柜,一个铁皮盒,上面放着一只玻璃水杯,此外别无他物。外面那个大些的房间,倒是显示了些雨果的其他特点。一张土耳其地毯覆盖了整个地板,有几面镜子,几张长沙发,条纹靠垫,看上去雍容优雅。四面墙上挂着不少油画原作。我认出两幅雷诺阿的小画作,一幅明顿的,一幅米罗的。看见这些画,我轻吹了声口哨。不记得雨果对画还这么有兴趣。书倒没几本。想起来挺好玩,雨果就这风格,开着门就走了,把满屋财宝就这么撂着。

芬恩在欣赏那群鸟儿。撇开能把人耳朵吵聋的叫声不说,这群鸟儿倒是极好的一景,上下翻飞,摩擦碰撞,展开锯齿状的翅膀,遮在每块窗玻璃上,仿佛是房间的装饰部分。我抬眼瞧了瞧,心想,何不坐等雨果回来呢。

恰就在这当儿,刚才狗一样嗅来嗅去的戴夫,突然叫道:"快看!"他指着贴在门上的一个便条,刚才我们进门没注意到。便条上写着:去酒馆了。

戴夫已经来到门外楼梯口。"咱们还等个啥呢?"他问道。看他那样儿,像是想去喝酒。这主意也进了芬恩脑袋里,他也想去了。

我犹豫不定。"我们不知道是哪家酒吧。"我说。

"一定是最近的一家,显而易见的呀,"戴夫说,"或者是最近的几家中的一家。咱们可以转一圈。"

他说着便和芬恩走下楼梯去了。我在楼梯口朝周围迅速扫了一眼。另一扇门通卫生间和一个小厨房。厨房窗户外面是一个公寓房顶,再往前是别的办公楼的窗户、天窗。这就是雨果的天地了。我用目光跟鸟儿们告了别,走出了雨果的起居室,跟在芬恩和戴夫后面下了楼。

我们在高架桥头的铁狮子旁边站定。晚霞光艳夺目,映照着一座座塔尖、楼顶,南有圣新娘教堂,北有圣詹姆斯宫,西有圣安德鲁教堂,东有圣塞普克教堂、圣伦纳德·福斯特教堂、圣玛丽里-波教堂。晚霞中清晰的楼宇和恣肆的白塔尖,宁静肃穆。宽阔的法灵顿街,空空荡荡。

"怎么走?"戴夫问道。

城区我熟得很。可以朝西走,去路德王酒吧和舰队街上那些酒吧,也可以朝东走,去小巷拐角和教堂脚下那些酒吧,去那儿的人少。我揣测了下雨果的性格,略加斟酌。

"东边。"我说。

"哪边儿是东?"芬恩问道。

"走你的!"我说。

经过圣塞普克教堂,径直走进桥口酒馆,是老牌酒商缪克斯开的店。我向吧台扫了一眼,知道雨果不在那儿,便抽身要走,不料芬恩和戴夫不干了。

"我想起来了,"戴夫说,"你以前告诉过我,不知道酒吧名字进去喝酒,或是进了酒吧不喝酒,都不好。"

芬恩说:"会倒运的。"

"不管怎么样,"戴夫说,"我想喝一杯。你呢,芬恩?"

将心比心,我肯定也想喝一杯,况且还是个炎热的晚上,便跟他们一道要了杯啤酒,一边喝,一边站开,心里琢磨着雨果。

酒杯很快见底了,我示意他俩继续走路。瞅了眼老贝利①,招呼他俩过马路。

前面有座漂亮楼房,是查林顿酒商所在地,底层临街酒吧叫"喜鹊树墩"。我把他俩甩开老远,独自进去瞅了一眼,没等他俩走到门口,便已闪出。"没有!"我喊了声。"看看下一个。"我感觉三人酒都上头了,让我们放慢了脚步,我便催着赶着,尽快走路,趁天

---

① 老贝利,伦敦中央刑事法庭的别称。

还没黑下来。

芬恩和戴夫猛加速超过我,闪进了乔治酒吧。酒吧所在的沃特尼酒商的楼房还算温馨,有几处墙皮开裂剥落,老式吧台,桃花心木加刻花玻璃结构,里面两个酒保活像牧师。没雨果的影子。

"这么找白费劲,"我对戴夫说,三个人同时举起了酒杯,"他没准去哪儿了。"

"别泄气,"戴夫说,"反正你总可以回那公寓找他的呀。"

这倒是真的;不管怎么样,一种难耐的不安吞噬了我。与其消磨一整晚,等雨果回家,倒不如找他一晚上。我脑子里把圣保罗大教堂周边筛了一遍。跟芬恩和戴夫一合计,同意去各家酒吧都喝一杯。后来,我紧着催他们走。出来直奔拉德盖特高地,上来便向圣保罗大教堂而来。高地有家杨格酒商的门店,雨果不在那儿。下一站是圣保罗大教堂院子里的肖特酒吧。我们在那儿又喝了一杯,我私底下翻来覆去想,到底要不要再去舰队街;不过最好还是在东边,反正此刻我不想放弃这地儿。再说,也觉得不情愿在舰队街地面儿见雨果,若在那里,我俩的好戏会被那群烂醉的记者搞砸。于是我便带领我的小分队走齐普赛街。

此时,天色渐晚。夜色在空中凝聚弥漫,悬而未落,倒把渐渐隐匿的色彩点染得越发气韵生动了。天穹呈深蓝,地面显绛紫。从圣保罗大教堂院子里的沉沉暮色中出来,走上齐普赛街,顿觉豁然开朗,仿佛来到一片光亮耀眼的赛场上,向南望去,只见大炮街对面有两堆废墟,中间立着圣尼古拉斯科尔修道院,整齐的长方形身影,灰白黯淡。修道院外围有排柳树,树影婆娑,向街上剩余的行人颔首致意。暮色苍茫,但房屋外壳仍泛着亮色,墙上、窗户上,影影绰绰。落日余晖把砖映得火红,把瓦照得晶亮,把偶见躺倒的一段石柱烤得温乎乎的。经过圣维达斯特教堂时,天顶上的蓝一阵阵黑下来,我们来到从前的自由人法院,进了一家喜力酒吧。

我们的协议执行不下去了,多半是因为刚才说过的,三人都不胜酒力,行动迟缓下来了。这会儿我琢磨着,怕是不可能见到雨果了,倒也不妨把这一圈走完。我们便又横穿齐普赛街,拐进弓箭巷,见亮起了街灯。小巷里橙黄的光从晃悠悠的街灯射出,洒在白墙上,照亮了刻在上面的先贤名字,也把灯上面的夜空衬得更暗了。我们看到几颗星星,仿佛挂在那儿很久了。到了华特灵街,我们进了那家老酒馆。这才是雨果喜欢的情调,可他还是不在。边喝酒,我边跟他俩说,一定要去斯金纳阿姆斯酒吧看看,返回拉德盖特广场再找一遍。

他俩不反对。"太久了,"芬恩说,"其实咱们用不着浪费这么多时间走路。"我横竖把俩人拽出来,来到斯金纳阿姆斯酒吧。这个酒吧在大炮街和维多利亚女王街交汇口,在圣玛丽奥尔德玛丽教堂阴影下。我们鱼贯而入。

进门一看满意了,里面没雨果,戴夫抓住我的手臂说:"这儿有个人,我想叫你认识一下。"

长长的吧台末端,有个打红领结脸色苍白的瘦子,倚靠吧台坐着。他跟戴夫打了个招呼,我们都朝他走去,叫我吃惊的是他那一对又大又圆的眼睛,带着忧郁瞧着我们,活像袋鼠,又像鲁奥①画里的耶稣。

"这位是左派托德。"戴夫说,也报了我的名字。

我们握了手。关于新独立社会主义者,我当然听说了太多,但以前从没见过他,便饶有兴致地研究起他来。

"在这儿干吗呢?"他问戴夫。那张贫血的面孔与生气勃勃、铿

---

① 乔治·鲁奥(1871—1958),法国宗教画家、雕塑家。善描绘人类的痛苦,曾在作品中表现耶稣受难。

锵有力的说话,形成巨大反差,说话间还朝芬恩随意摆了摆手,好像认识似的。芬恩是个从来不被介绍的角色。

"问唐纳修吧。"戴夫说。

"到这儿干吗来了?"左派问我。

我不喜欢被人这么直接问,一般遇到也就搪塞过去。"我们去明星办公楼看个朋友。"我答道。

"谁?"左派问道。"明星楼里的人,我都认识。"

"一个男的,叫希金斯,"我说,"新来的。"

左派盯着我。"好吧。"他说,又转过去对戴夫说:"你不常到这一带来。"

"猜你是把《独立社会主义者》拿床上编辑吧。"戴夫说。

"还不至于拿床上,"左派说,"我把它交给别人了!"

他又朝我转过来。"我听说过你。"

我还觉得不那么舒服。当一个名人对你说"我听说过你",我可没犯社交错误,回答"我也听说过你"。我的答复是:"听说了什么?"这话常常不中听。

左派倒不觉得不中听。他沉吟片刻,说:"听说你才华横溢,懒得工作,持左翼观点,但对政治不积极。"

话说得够直白。"你听说的没错。"我告诉他。

"至于前者,"左派说,"我没半点兴趣,不过我想问你几个关于后者的问题。你有时间吗?"他朝我晃了下手表。

他说的前者后者,还有他的生硬口气,以及我究竟喝了多少啤酒,我一时都有点捉摸不定。"你是说想跟我谈政治吗?"

"关于你的政治。"

戴夫和芬恩溜开了,远远坐在吧台另一头。

"没啥不行。"我说。

八

"那好,先把立场理清楚,好吗?"左派说。"你过去有什么政治经历?"

"我参加过共青团,"我说,"现在是劳工党员。"

"好,我们知道那意味着什么,对不?"左派说。"实践经验等于零。但你理论上是不是走在前列?你研究政治形势吗?"他以一个医生的轻快口吻说。

"很少。"我说。

"能不能说清楚点,为什么放弃了?"

我摊开两手。"没有希望……"

"啊,"左派说,"不能这么说。这是反圣灵的罪过。世上绝无什么是没有希望的。是不是,戴夫?"他对戴夫说,戴夫正好过来又买杯酒。

"绝对,想让你闭嘴除外。"戴夫说。

"你是说,你退出是因为不关心时事,或者是因为不知道怎么办?"左派问我。

"这两样有联系。"我说,想再多说几句,却被左派打断了。

"太对了,"他说,"我也刚想这么说呢。就是说你承认你还是关心的?"

"当然,"我说,"但是……"

"噢,这是水坝上的裂缝,"他说,"留在心里,就绝对会关心。这个时代还有其他道德问题吗?"

"忠于朋友,善待女人。"我脱口而出。

"你错了,"左派说,"是整个架构危在旦夕。船就要沉了,去扶一个人免得他摔倒,有啥用?"

"因为如果他摔折了脚踝,就不能游泳了。"我说了当下想到的。

"但如果能救他的命,为什么只保他不伤脚踝呢?"

"因为我只懂前者,不懂后者。"我测验性地回答他。

"好啊,那就弄懂,好吗?"左派说,热情丝毫未减。

他打开一个公文夹,取出一沓宣传单,飞快翻了一下。

"这份给你。"他说着举到我面前一份,好像那是面镜子。封面上用大号字印着一个问题:你为什么要**左派政治**?问题下面印着:**左派政治**需要你!底下印着价格:六便士。我把手伸进兜里摸索。

"不要钱,拿去,送你的,"左派说,"实际上,我们从没卖过这东西。但如果上面有价格,人们会觉得逮了便宜,就会读上面的字。明天你得空看看。"说罢他把宣传单插进了我上衣里。

"现在,你是个社会主义者吗?"

"是的。"我说。

"确定?"

"对。"

"好。说真的,我们还不知道它指什么,但看起来还不错。好吧,是什么具体情况让你感觉为社会主义斗争没有希望?"

"倒不见得是我感觉没希望⋯⋯"我说开了。

"来,来,"左派说,"我们承认有病,是不是? 那我们就积极治疗。"

"好吧,"我说,"是这样。英国社会主义很有价值,其实不是社会主义。是福利资本主义,要害是:工作是致命的。"

"好,好!"左派说。"咱们慢点说,不急。马克思说过的最深刻的东西是什么?"

我开始被这问答形式搞烦了。他提出每个问题,总以为会有精确答案。简直就是基督教的教理问答。"怎么可能说哪样东西是最深刻的呢?"我问道。

"你说得对,马克思说了很多深刻的东西。"左派说,不屑于去注意我的厌烦。"比如,他说意识不会发现存在,但是社会存在是意识的基础。"

"说真的,我们还不知道它指什么……"我说。

"知道的!"左派说,"它的意思并不是一些头脑机械的马克思主义者认为的那样。意思并不是社会机械地发展,意识形态紧随其后。革命时代的关键是什么?瞧,是意识。它的主要特征是什么?瞧,绝不只反映社会条件,而是反映于其中——在一定限度内,说真的,在一定限度内。所以你们知识分子很重要。哦,你怎么看国家独立社会党这种团体的前途?"

"竞选首相,拉选票超过别的政党。"

"绝不是!"左派得意地说。

"哦,那它的前途是什么?"我问道。

"我不知道。"左派说。

我突然感觉不公平,扔过一个问题来,自己却不知道答案。

"但这才是它的实质!"他接着说。"人们指责我们不负责任。但是那些人根本不理解我们的职责。我们的职责是探索英国的社会主义意识,加强它的责任感。新的社会形式很快就会来到。我们为什么要袖手旁观,抱住陈腐的观念不放呢?"

"等等，"我说，"人民怎么办？我指的是人民群众。观念产生于民众个体。这历来都是人类面临的麻烦。"

"你点出了要害，"左派说，"关于著名的理论与实践的统一，你怎么看？"

"实际上，"我说，"我对英国有个好得不能再好的祝愿，希望英国社会主义恢复活力、发扬光大。但是，如果不能发动人民群众，光知识界复兴有什么用呢？只有在非常特殊的条件下，理论和实践才能结合。"

"比如什么时候？"左派说。

"哦，"我说，"比如布尔什维克为夺取俄国政权斗争的时候。"

"啊，"左派说，"你为自己的论点挑了个糟糕的例证。对于这些人的无论什么思想意识，为什么那些层次高的，才能那么令我们感动？因为他们成功了。如果不成功，便是痴人说梦。回顾过去，我们看到的社会结构如同一台机器，他们了解机器的工作原理。你可以用每时每刻不断更新的方式，去判断理论与实践的结合。不结合的策略也是重要的。你的问题是，你真的不相信社会主义前景。而且你为什么是个机械论者？我来告诉你。你把自己叫社会主义者，但你是在不列颠帝国统治下长大的，和其他人属于同一时代潮流。你想跻身于一个更显眼的位置。所以你觉得没当共产主义者是个遗憾。不过你当不了——你的想象力不够，不能摆脱别的事。所以你看不到希望。你需要的是灵活性，灵活性！"左派用一根无比细长柔软的手指头指着我。"也许我们丧失了当欧洲领袖的机遇，"他说，"但关键是当得起。不妨说说另一个问题。"

"且慢，"我说，"你怎么看辩证法？"

"说得好，"左派说，"它如同邪恶之眼。你并不真信它，可它能致你于死地。哪怕是辩证法的拥趸，也都明白，未来谁都拿不准。

能做的就是先思考再行动。这是人类的工作。欧洲也不会永远存在。一切都不会永远存在。"

戴夫又来到吧台。

"犹太人除外。"我说。

"是的,你说得对,"左派说,"犹太人除外。"

我俩都看着他。

"怎么啦?"戴夫说。

"到时间了,请吧。"酒吧女招待说。

"这么说,你能看透那些迷局?"我问左派。

"对,我是个经验主义者。"他说。

我们把酒杯放回吧台。

此时我体内已有足够的酒精,不得不停止喝下去了,这让我陷入了绝望。而且我刚刚对左派有了点儿好感。

"我们可以在这儿买瓶白兰地吗?"我问道。

"我看可以。"他说。

"好,咱们买一瓶,找个地方继续咱们的讨论,怎么样?"我说。

左派犹豫了一下。"好吧,"他说,"不过一瓶可不够。小姐,半瓶的轩尼诗,劳驾来四个。"他对女招待说。

我们来到维多利亚女王街。这是个炎热、无风的夜晚,繁星满天,月光如水。几个醉鬼游荡过去,空荡荡的街上就剩我们四个了。我们站定,仰望着圣保罗大教堂,每人兜里插着一瓶白兰地。

"去哪儿?"戴夫说。

"让我定定神,"左派说,"我得去一趟邮局,寄几封信。"

伦敦中心的特征,在于你不论白天黑夜什么时候,都能买到邮票。凌晨三点半以后,连个女人也找不到了,除非你知根知底。我们朝邮政总局的方向走去,拐上爱德华王街后,我仰起酒瓶痛饮了一口,与此同时意识到,我其实已经醉得不轻了。

邮政总局里面开阔、宽敞、官气、庄严、昏暗。我们闹哄哄一拥而入,搅扰了几个职员和一些顾客的沉思,那些顾客夜里这个时候总能在那儿看到,正在写的要么是匿名信,要么是自杀遗言。趁左派买邮票发电报,我组织大家唱歌,唱《了不起的汤姆上舞台》,一遍接着一遍唱下去,根本没有停下来的意思,结果邮局管事的把我们撵出去了。来到外面,看到那些精致的信筒,我们仔细端详起来,大张着嘴,可以看到投进去的信掉落下去,掉到一口黑洞洞的深井里,底下灯光照亮的空间,有一个托盘,接着落进来的信。真奇妙,芬恩和我决定,以后一定要写信,然后我们又回到邮局买了两张折叠信卡。戴夫说他收到的信太多,超过了他的期待,没必要再发起新的通信联系。芬恩说他要写给爱尔兰的那谁。我就给安娜写,把信卡垂直按在邮局墙上;可我不知道说什么好,除了"我爱你",这句写了几遍,字迹难看得要命。末尾添了一句"你很美",才封上。我把信整个伸进邮筒里才松手,它转圈掉下去,像片秋天的落叶。

"来吧!"左派说。

"去哪儿?"

"就这儿。"他说,领着大伙儿贴着邮局的边,往下走。我茫茫然见左派在我前头从地面跃起。在墙头上招呼我。那一刻我觉得我能沿圣玛丽教堂的墙面走上去。我跟上去了,他俩也跟上来了。转眼间,我们便来到一个绿树四合、杂草丛生的小花园里。在夏夜的黑暗中,我辨认出一棵无花果树,斜靠在一个铁大门上。白石堆中,野草没膝。我们坐下来。这时我意识到,所在之处曾是圣伦纳德教堂的正厅。我仰躺在厚厚的野草上,璀璨繁星,映满眼帘。

少顷,左派开口对我说:"你需要做的是,投身进来。只要你做事,跟人打交道,你就会对其中几个产生憎恨。没什么比憎恨更能毁灭空想的了。"

"这是真的,"我懒懒地说,"眼下我谁都不恨。"

我们声音很低。旁边的芬恩和戴夫彼此也在小声说话。

"那么你该为此感到羞愧。"左派说。

"但我能怎么做呢?"我问他。

"可以研究一下,"左派说,"我们对待自己的成员很科学。我们问每一个人:他的需要和我们的需要的结合点在哪里?他最喜欢做什么,同时又对我们最有益?当然,我们也要求做一些简单的日常工作。"

"当然。"我说。透过森林一样的草丛,我看到已升起的猎户座。

"根据你的情况,"左派说,"你能做什么很清楚。"

"什么?"

"写剧本。"左派说。

"我不能,"我说,"难道小说不行?"

"不行,"他说,"现在谁还读小说?试过写剧本吗?"

"没有。"

"越早开始,越好。自然要以伦敦西区为目标了。"

"在西区上演一出剧,比登天还难。"我告诉他。

"你别信!"左派说。"添点儿料,满足一下大众口味就是了。开始前,你可以先拿近期成功的剧目,进行科学分析。你的问题是不能吃苦。先确定正确的结构,然后你可以任意填入观念信息。下周找个时间,你最好过来跟我讨论一下。那么,你哪天能过来?"

左派掏出他的日志本翻看,上面标记得密密麻麻。我心里琢磨着借口,以便推说不可能,但想了半天竟没想起来。猎户座正把他的脚往我眼睛里戳。

"周二,周三,周四……"我对他说。"我定不下来。"

"时间都占满了,"左派说,"周五三点一刻如何?四点前我有时间,幸运的话,还可以再久些。来我办公室。"

"好吧,好吧。"我说。我能看到左派那张苍白的脸,正转过来对着我。

"你会忘记的。"他说。接着他掏出一张卡片,写上时间地点,插到我兜里。

"好了,现在,"他对我说,"也许你该告诉我,你到这儿来做什么?"

这个问题触动了我,部分是因为它是头一回直接表明,左派还有人味,部分是因为它让我想起了雨果,过去几个钟头里,他莫名其妙地在我心里消失了。我两手托地,坐起身来。我的脑袋恍如连在一根弹簧上,而有人正试图把它扯下来。我举起双手拼命抓住它。

"我在找百芳德。"我告诉他。

"雨果·百芳德?"左派说,声音里杂着一丝兴趣。

"正是,你认识他?"我问道。

"我知道你指的这人。"左派说。

我望着他,但他苍白的脸上,那双巨眼只是两片黑影。"今晚你见过他吗?"我问道。

"他没来斯金纳酒吧。"左派说。

我想再问左派几个问题,想知道他怎么看雨果。当资本家看?可是这时脑袋昏昏沉沉,痛得厉害。

又过了会儿,一准过两点了,芬恩说想去游泳。左派在跟戴夫聊天,我又恢复了精神。万籁俱寂,夜色温柔。芬恩一提议,除了戴夫,其余几个都觉得很诱人。我们讨论了下去哪儿。蛇纹石公园太远,摄政公园也一样远,圣詹姆斯公园总是戒备森严。显然,只能在泰晤士河游泳了。

"潮水会把你们卷走的。"戴夫说。

"潮流转了向再游就没事。"芬恩说。太棒了。问题是什么时候转向呢?

"看看我的日志本就清楚了。"左派说。他划了根火柴,我们都围拢来。伦敦桥的高潮时间是两点五十八分。太完美了。转眼间,我们就循原路翻墙了。

"注意警察,"左派说,"他们会以为我们要抢库房。看到警察,假装喝醉了。"

这叮嘱有点多余。

穿过一片月光普照的空地,我们走进一条曾经叫费福特巷的小胡同,里面满目凄凉,告示牌林立,指示废墟中原来哪儿是教堂,哪儿是酒馆。我们经过兀自独立的圣尼古拉斯修道院塔楼,来到上泰晤士街。听不到一点声音;没有钟声,没有脚步声。我们轻轻迈步。离开月光下,走进一片迷宫般的黑暗小巷,只见一座座敞开的库房,里面一片漆黑,放着一堆堆不可名状的货物。街上散丢着烂报纸,寂静的深夜,死气沉沉。稀稀拉拉的街灯映亮了砖墙,上面坑坑洼洼,偶尔映出一只猫的影子。街又深又黑,像口井,终于走到尽头,挡着一道防波堤,另一边台阶通向水面,水在晃动,映出了月亮的碎影。我们翻过去,在台阶上安静地坐了一会儿,让水拍打着脚。

两边都有库房的墙壁伸出,挡住了我们的视线,罩住了流过来的河水,水稠糊糊的,漂着浮渣泡沫,浮着木头,流淌在伦敦的心脏。一股烂菜味扑鼻而来。芬恩脱了鞋。见过都柏林利菲河的人,另一条河再脏,也不会吓着他。

"小心,"左派说,"在台阶上尽量压低,别让街上的人看见咱们。别大声说话,别跳水。附近也许有水警。"他边说边脱掉衬衫。

我看着戴夫。"你下水吗?"我问他。

"当然不!"他说。"我看你们几个都疯了。"说罢背靠着防波堤坐下了。

我心跳得厉害。也开始脱衣服。芬恩赤条条立在那儿,脸色苍白,脚没在水里。用脚扒拉开漂浮的杂物,沿台阶慢慢往下走。水没了膝盖,淹了屁股,轻轻一扑,游出去了,搅起一团旋涡,卷起木块,梆梆敲打石台阶。

"瞧他这划水姿势,惨不忍睹!"左派说。

我的胸口一阵冰凉,浑身颤抖。脱掉了最后一件衣服。左派已经脱光了。

"别弄出声响来,"他说,"我可不想为了这个被警察抓起来!"

黑暗中,我们互相看了一眼,笑了笑。他转向河水,开始往下走,动作踉踉跄跄,身体渐渐消失在黑乎乎的河水中。夜气轻拂我的身体,不热也不凉,只感觉柔柔的,以前没有过的感觉。血液在皮肤下面飞快流动,令我紧张。悄然无声中,左派跟在芬恩身后游。水到了我的脚踝。下水时瞥见戴夫蹲在我上方,像座碑。等水没到我脖颈,我往前一扑,游向开阔的河水。

上方的天空豁然开朗,像一面铺展开的巨幅旗帜,点缀着星星,被月光涂成白色。驳船的黑色船体,把河水遮黑一片,依稀看到河对岸高耸的塔楼、尖顶。我游出去很远。视野中,河面宽阔无比;我分别朝上游、下游张望了一下,能看到一边黑修士桥墩下水面上的片片黑影,另一边南华克桥墩在月光下熠熠生辉。整个水面载着月光流淌。好像在一条水银河里畅游。我四顾寻找芬恩和左派，很快看到两人的脑袋，在不远处的水面起伏。他们朝我游过来，我们便一块儿游。潮流变了，我们顺水游得很畅快，一点儿都感觉不到水在流动。

我是三个人里游得最好的。芬恩游得激烈但笨拙，浪费了力气，做些没用的动作，左右侧滚动幅度太大。左派游得还利落，但少气无力。我猜他很快就累了。我游得很棒，如鱼得水，轻松爬泳，毫不费力，可以一直游下去。游泳与柔道有天然的密切关联。两者的关键都靠身体的灵活放松，不能紧张僵直。两者都要求全身的肌肉参与。两者在身体活动的范围内，都要求消除无用动作。两者都像多岔流水，高低终究归一。实际上，一旦学会控制身体，深藏意识里的原始恐惧被克服，一般不会看到的那些身体动作和姿态，都会展现出来，或者起码做起来容易些了。就拿我来说吧，舞跳得好，网球打得很不错。如果有什么能弥补我身高的欠缺，那就是这些了。

那俩人回到了堤岸台阶。我游到了一个驳船跟前，抓住缆绳歇了会儿，仰头望天，旋转脑袋，依次进入视野的是墨蓝的天，黑粼粼的水。身体静止不动，掠过一阵沉寂。我又顺着缆绳往上爬，直到身体完全出了水面，像只白色毛毛虫，爬在绳子上。然后我松开了脚，两手交替下行，悄无声息地回到水中。两腿伸进水里时，感觉一股温柔而持续的牵拉。潮流又开始往外走了。我便向防波堤台阶游去。

芬恩和左派穿上了衣服，模样乐不可支，但克制着不喊叫。我也加入了。紧张消除了，仪式进行完毕。现在我们可以叫喊打闹了。但是保持安静的必要性，压制了我们的精力，我们只是大笑而已。穿好衣服，我感觉暖和，脑袋也清醒多了，但感觉饥肠辘辘。我在防水外套的衣兜里摸了一遍，摸出些饼干和鹅肝酱饼，是从萨蒂那儿拿的。大伙儿见了都小声欢呼不已。我们在台阶上坐稳，随着潮水退去，台阶在延长。脚下堆积了些破碎的板条箱、罐头盒、各种烂菜、垃圾。我用小刀把酱饼罐头打开，把饼干分给大家。除了我的酒瓶，别人的瓶子里都还剩了些白兰地；不过戴夫说他喝够了，把他的给了我。左派宣布他必须马上走了，因为当天上午党支部要搬进一间新办公室。他把自己剩余的酒递给芬恩，芬恩没推辞。我们吃得很开心，不断传递着罐头盒子。白兰地一下喉头，竟像圣火，霎时点燃了我的血液，使之以光速流动起来。

那以后发生了什么，我不太确定。当夜剩余时间竟断片儿了，支离破碎，云雾般悬在记忆里。左派走了，临走前我们发誓永久做朋友，我自己也立誓，献身社会主义事业的研究。我跟戴夫有过一场动情的谈话，谈啥了，反正不是这就是那，也许是欧洲。芬恩比我还醉得厉害，居然走丢了。我们丢下他的时候，他脚还泡在水里。戴夫过了会儿说，感觉他没准儿是脑袋在水里，于是我们又返回来找他，人却不见了。我们在苍白的天空下，走过那些空旷的街道，一种奇怪的声音在耳朵里鸣叫，也许是钟声，来自圣玛丽教堂、圣伦纳德教堂、圣维达斯特教堂、圣安妮教堂、圣尼古拉斯修道院、圣约翰教堂。当夜已经把第二天耗去一大块。令人吃惊的是，天冷不丁就亮了，恍如一场弥天大雾忽然散尽。当我们经过圣安德鲁教堂，我喝完最后一口白兰地的时候，地平线已经染了一道鲜绿。

九

记忆中的另一件事,是我们在科芬园市场喝咖啡。有个为搬运工设的清晨咖啡摊,不过来喝咖啡的好像就我们几个。这时天已大亮,我相信已经亮了有一阵子了。我们站在市场的鲜花销售区。环顾四周,满眼全是玫瑰,我立刻想到了安娜。决定当天上午送花给她,也把这话跟戴夫说了。装满鲜花的板条箱排成几条通道,我们在中间闲逛。周围没人,满是鲜花,似乎可以顺理成章地随心所欲,动手拿就是了。我来到一条通道,两边都是带长花茎的玫瑰,花瓣上还浸着夜里的露水。我挑了几枝白玫瑰、几枝粉玫瑰、几枝黄玫瑰。在通道口,见戴夫拿着大把白牡丹,绽开的花尖上,点染着红色。各自的花归一块儿,相当可观。毕竟不宜久留,我们手上拿了几个装紫罗兰和海葵的木条箱,又把衣兜里装满三色堇,袖子都湿透了,还被花粉呛得喘不过气来。随即带着战利品,溜出市场,坐在朗埃克街的一个门洞里歇脚。

我头痛欲裂,远没有清醒过来,恍如梦游,只听戴夫说:"天哪,忘掉了。我有封信给你,两天前寄来的。收到就一直装兜里了。"他掏出信塞给我,我懒洋洋地接了。扫了一眼,见是安娜的字迹。

我撕开信封,因心里害怕,手指僵硬,哆哆嗦嗦。信在我眼前摇晃跳动。终于拿稳才看清了,就两句话:我要尽快见你。请来剧场。我两手抱住脑袋,连连呻吟。

"怎么啦?"戴夫问道。

"给我叫辆出租车。"我哀声求他。

"我跟你一样难受,"戴夫说,"你他妈自己打车吧。"

我一听起身就走,带着那些鲜花,把戴夫丢在那个门洞里,他正闭着眼靠在门上。

我在河岸街打到一辆出租车,告诉司机去哈默史密斯。心狂跳不已,一遍又一遍地重复:太晚了。一路上我一直向前倾身坐着,有些花茎在手里攥折了。都快到了,我才发现,花茎上的刺,深深扎进了我手里。我用衬衫袖子把手上的血擦干,袖子夜里弄脏了,沾着泥。到了哈默史密斯林荫道,我付了出租车费,朝向河边走去。我走起来晃晃悠悠,几欲撞墙,我的心在痛,痛得几乎喘不上气来。剧场到了。但好像发生了什么异常情况。门开着。我紧走几步。外面停着两三辆卡车。我冲进门厅,地上没铺地毯,我的脚踩得地板咚咚响。我飞也似的上了楼,几乎脚不沾地,一头撞进安娜的房间。

房间全空了。我定神想了想,才确定这就是安娜的房间。那些五颜六色的东西,都不翼而飞了,连一个那种闪光的小碎片也没有了,一条丝线也不见了。房间清空了,也打扫干净了。朝河的窗户全大开着。只在房间另一端,摆着两张支架桌,上面堆着一摞文件。我被眼前的景象惊呆了,愣在那里。半晌才退出来,挪到楼梯口。显然整座房子全变样了。到处吱呀作响,回音阵阵。我能听到几个房间里的说话声和沉重的靴子踏在光地板上的声音。门在砰砰作响。每个窗户都传进来夏日清晨的喧闹。房子受了重创,遭了劫难。我猛地想起什么,马上来到观众席那个门前。我使劲扭门把手,但它仍然是锁上的。无论这奇怪的楼房的中心里藏着什么秘密,在一段时间内,秘密至少还会留在这儿。

一个面容愉悦穿牛仔裤的女孩,吹着口哨上了楼梯。见我站那儿,问:"噢,你是来买那些人像的吗?"

我像个疯子一样盯着她,她马上又说:"不好意思,我以为你是从帕丁顿来的呢。"

"我在找一个剧场演剧的人。"我说。

"哦,怕是都走了吧。"女孩说。随即进了安娜的房间。

我还愣站在那儿,一手抓着楼梯栏杆,一手满抱着花,面前走过两个穿灯芯绒裤的汉子,抬着一张大木板。木板上刷着几个字:国家独立社会党。

我恍惚着来到街上。又开来两辆卡车。我顺着沿河的路往前走。排在末尾那辆卡车,刚才我到的时候就在那儿停着,当我走到跟前,眼睛忽然被里面什么东西抓住了。我便止步靠近了些。接着我心里涌起一种莫名的滋味。车上装的全是安娜房间里的东西。巨大的车厢尾部,挡上了后挡板,装得满满当当,杂乱无章,全是我记着的那些宝贝。我四下飞快看了一眼,见没人看守。我便一个鹞子翻身,越过后挡板翻进了车厢,把鲜花全塞进去,花瓣雨点般掉落,人一头扎进毛绒玩具、彩绸花布堆里。我环顾周围,见我的老朋友都在:摇摆木马、仿真蛇、音板、面具。我一件件看过,不觉悲从中来。火辣辣的阳光照射下,它们看起来就是一堆破烂。在剧场那个房间里,曾经堆得那么满,那芜杂、神秘而又温馨自然,那挤挤挨挨的笨样憨态,那魔幻般的神奇,全消失得无影无踪了。

我正端详着这些东西,卡车摇晃了一下开动了。我被朝前一甩,脸撞在一个硬物上划破了,杂物哗啦哗啦瀑布一样倾泻下来,几乎把我埋在车厢里。我没挪窝,静静躺了一会儿,我的脸贴近一个面具,就是那些怪模怪样的面具中的一个,我的脊背压着一个铁皮喇叭嘴。我推开杂物,慢慢起身。卡车走的是国王街。我心里琢磨,要是一直藏在这儿,有没有可能把我拉到安娜那里。我反复思索后,觉得绝对不可能。周围这些东西散发着一股弃物的味道,更有可能是去哪家拍卖场的库房。我睹物思情,不禁动容,一个一个拿起来细细观赏了一遍。鲜花都压碎了,玫瑰和牡丹花瓣在这堆玩意儿上盖了一层,仿佛一项事业夭折,由我来祭奠,向它坟头散花。

我正蹲坐着,把缠在脚上的一串玻璃项链解下来,突然,我的目光被一件东西磁铁般吸住了,是拴在摇摆木马脖子上的缰绳,一半埋在乱东西里。缰绳上扎着一个信封。我心里掠过一阵惊恐和焦虑,趋近细看。信封上写着个大写字母J。我把信封摘下,顾不上喘气,连忙抽出信纸展开。上面写着:对不起,我不能再等了。有人向我提请求,尽管我不情愿,但不得不接受。安娜。看到这字句,我登时懵了,感觉心如刀绞。这是什么意思?噢,我怎么没有早点来!这是个什么请求?也许是雨果……我把脚一扭,从缠绕物中抽出,把细绳挣断了,玻璃珠子散得到处乱飞,弹跳几下,便掉进这堆摇摇欲坠的杂物缝隙里没影了。我屈膝跪在烂绸布上,匍匐着爬向后挡板。车刚好经过阿尔伯特音乐厅。

我向安娜这堆物品缓缓投去最后一瞥。看见有块条纹披肩,把那个镀金王冠遮住了一半,我曾亲手给她戴上,加冕她为女王,让她统治自己宁静多彩的王国。我把手伸进王冠,拉上来套在胳膊上,随后准备跳车。卡车在骑士桥街口的红绿灯前减速了。我起身还没怎么站稳,又瞥见那块雷板,一角插在杂物堆里,露出的部分晃晃悠悠。我一把抓住,使足浑身力气抖了一下。然后我从车上跳了下来。卡车又开动,拐上布朗普顿路,雷板发出的巨响,依旧在十字街口回荡,每个路人都止步观望,听响声。等轰鸣声在我耳朵里消失后,我便走进海德公园,瘫倒在草地上,几乎立刻昏睡过去。

十

仿佛过了几天我才醒过来,一看表,发现才十一点半。我花了不少工夫,好不容易才整理出个头绪,回忆起为什么会如此悲痛。我盯着镀金王冠看了几分钟,我睡觉时一直把它攥在手里,茫茫然不知它为何物,也不知怎么竟攥在手里了。近来有不少事情令我悲伤,此刻全涌上心头,不知道下一步该做什么。第一件事,似乎是给自己开个药方,弄点药来,治治头痛。这个做到了。接着我感到干渴难耐,喉咙像着了火,赶紧去找饮水机。干渴时喝到水,感觉真好,舒服到了极致,要说这感觉转瞬即逝,真是无稽之谈。随后,我在海德公园找了条长凳坐下来,揉搓脑袋,打算琢磨出个计划来。

到现在我才彻底搞清楚,过去的生活模式,一去不复返了。从命运中我倒可以接受一点启示。不过新的模式会是什么,我还无从说起。与此同时,不用说有些问题依旧令我不安,除非我花些心思处理一番。此时我又几欲起身,去霍尔本街高架桥口。但我又一思量,决定先恢复一下元气,再尝试去面对雨果。我还是感觉很奇怪。无论如何,白天雨果不可能在家。前面那条原因也打消了我去电影公司找他的念头。我最好安静下来,把这一天过完,也许睡一下午,起来再去找雨果。其实我更想去找安娜。但我不知道从哪儿找起。我也一心想赶快了结心中那个可怕的狐疑:如今能找到雨果的地方,也能找到安娜。此念不堪多想,我也就不再想了。

我又仔细回忆了一遍过去几天的戏剧性事件,边回忆,边恼火地想起了一个细节,离开萨蒂的公寓前,我匆忙中忘记带那本《无言》了,本来已经定了收归自己专用的。这事越想越气。还不知道什么时候,我才能再有机会和雨果谈话;但无论如何,似乎是时候再检验一下那对话了,看看有什么值得挽救的没有。我感觉对自己的过去,谁都不能大肆挥霍。写那本怪书的那个我,仍在我心里盘桓,也许还会写别的东西。显然,《无言》是个没做完的事。

哪儿能找一本来?去图书馆和书店不行。最可行的是回萨蒂家取那本。我不想再见到萨蒂。不过很可能她不在家。至于怎么进去,可以仿照芬恩进去的方法。如此这般想过一遍后,感觉这计划很完美。我要做的事,既重要又有趣,还免得心里老惦着安娜和雨果。大致定下来了,我便搭乘七十三路公交车到牛津街,把王冠放在行李寄存处,喝了大量黑咖啡,又在伍尔沃斯商店买了一盒发卡。

我这人宁走二十分钟,也不在车站等五分钟、坐五分钟车。我要担心着什么,一动不动地等候,就成了一种折磨。但是,不管希望多渺茫,一旦具体计划在实施中,我就又会满足了,对其他一切都可以视而不见了。于是,当我大步走在维尔贝克街,我感觉自己在做有用的事,尽管心还在痛,头还在疼,而我已平静下来,不再狂躁了。我拐出维尔贝克街,沿后街小巷下坡,没费事就找到了萨蒂公寓的太平梯。我轻轻登梯,摸出发卡。心里企盼事情会顺利。

可是,快到萨蒂的门口,我却听见有声音,分明是从厨房传出来的。真令人失望。我呆站着,进退维谷。忽然想到说话的也许是佣人,也许是她的朋友,说不定会放我进去,也未可知。我又上了一两级台阶,听出像是萨蒂的声音——我便转身要溜,这时忽然听见有人在说雨果的名字。我冥冥中意识到这跟我有关。再听一会儿也没害处,我便又上了几个台阶站定,离萨蒂门口的平台仅咫尺之遥,我的脑袋刚刚低于门上起了雾气的玻璃。屋里传来笑声,有男人的也有女人的。听见萨蒂在说话:"不爱写信的人,就像爱写的人手里抓了蜡!"又是一阵笑,好像掺杂着冰块碰玻璃杯的响声。一个男声应答。我听不清说什么,因为我一听出来是谁就像猛然遭电击一样僵在那儿了。是萨米的声音。

我两腿一软,坐在了台阶上,拧紧了眉毛。这么说,萨米是萨蒂的朋友,是吗?我凭直觉立刻明白,这两人在一起没好事,心里很替玛琪难受。此时此地,我这处境,尤其是用还在脖子上的这脑袋来想这事,还真没用。我能做的只不过是多记几点印象。日后再思考吧。坐下来我才发现,听不见里面的声音了;站起来吧,又费力气,尤其是我还想多听一会儿。于是我爬上通往萨蒂门口平台的最后那几级台阶,盘腿坐着,背靠在萨蒂的门上。在这儿,我和说话的人仅隔咫尺,但很安全,不会被发现,除非他们碰巧开了门;我自然希望他们不会这么做。

萨蒂说:"他一到伦敦我们一定逮住他。他是那种不撞南墙不回头的人。要先发制人。"

萨米答道:"你觉得他会干吗?"

萨蒂说:"要么干,要么不干。如果不干,也没什么害处,如果干……"

"如果他干,"萨米说,"做一场黄粱美梦!"

又是一阵大笑。他们也许喝得有点醉了。一定是在私下聊天。

"你肯定百芳德不会找麻烦?"萨米问道。

"我跟你说这是个君子协定。"萨蒂答道。

"可你不是君子!"萨米说,差点笑岔了气。

现在我才明白过来,我来偷听对了。萨蒂和萨米绝对是图谋不轨。但图谋什么呢?要在伦敦逮谁呢?从逻辑上分析,萨蒂在出卖雨果,毫无疑问,因为她嫉妒雨果喜欢安娜。要再听听,我心想,便坐在那儿瞪大了眼睛。不过,我注意到个心烦的情况。萨蒂的房子背面,对着另一条街上一座房子的背面。其实两座房子各在对方的视野里。对面的房后也有一个太平梯,和萨蒂的太平梯如出一辙,之间的距离也就约莫十五英尺。现在我偷听的位置,正好可以直视对面房子的一个房间。也就是说我的脑袋不由自主地转向那个方向,尽管我的心思全在这边,这时却也猛然注意到,对面的房间里有两个女人在密切地注视我。其中一个穿红色无袖连衣裙,另一个面目凶悍,戴着帽子。我低下眼睛,注意力又被背后的谈话吸引回来,我听见提到我的名字了。

那句话没听完整。下一句是萨米说的:"电影剧本,一定都要有。"

"玛琪真行!"萨蒂说。"她会选择赢家。"

"真够惨的,玛琪也不拉他一把!"萨米说。又是一阵大笑。

"你肯定他不会反对?"萨米问道。

"他没那么精明,"萨蒂说,"关键就在这儿。他也许压根儿就没有书面凭据,就算有,也早弄丢了。"

"他倒是可以拒绝给我们使用许可。"萨米说。

"难道你看不出来吗?"萨蒂说,"那没关系。我们需要的,不过就是让 H. K. 在虚线上签字罢了。"

这事也太有意思了,真够吊人胃口的,可我都快玩了命,还没闹明白这俩家伙葫芦里卖的是什么药。

这时对面又来添乱,那两个女人把窗户大打开,用怀疑的眼光盯着我看。仅隔十五英尺,被人盯着眼睛,你没法一直回避,特别是周围上下没什么东西可看,没法让对方合情合理地感觉自己在注意什么。我便彬彬有礼地朝她们微微一笑。

只见她俩交头接耳,嘀咕了一阵。接着,戴帽子的那个对我大声问道:"你没事吧?"

这下弄得我尴尬极了。我用了铁一般的意志,才控制住自己没站起来一走了之。心里暗自祷告,千万别让萨米和萨蒂听到。一边使劲点头,冲对面俩女人开心一笑。

"你肯定没事?"她又问了一遍。

我简直要疯掉了,连忙点头,除了笑,还加了些手势,表示我好得很。背靠着门坐着动弹不得,也不可能用别的动作来表示了。就把两只手互相握了一下,用拇指和食指做了个O形,笑得更动人了些。

"依我看,他十有八九是从疯人院里逃跑出来的。"另一个女人说。两人不由得从窗口退后一步。

"我要去告诉我老公。"我听见其中一个女人说。

萨蒂和萨米还在说话。我现在几乎把耳朵从脑袋上拿下来,贴在我背后的门上。

"你紧张什么?"萨蒂在说话。不用问也知道,在这两个恶人的密谋中,是谁在利用谁。"给他明星、剧本、合同,马上开工。在法律方面,百芳德不能把咱们怎么样;如果他抱怨,我会拿出更多抱怨,抱怨他给我的待遇。至于唐纳修那小子,这周哪天都能搞定。"一听见这个,把我气炸了,我差点儿站起来擂门。

但萨米立刻答道:"我没把握。这些家伙脾气怪。"

萨米够意思!我暗忖,突然一阵痉挛,忍不住要笑出来,赶紧用手使劲捂住嘴。

穿无袖连衣裙的那个女人又出现在窗前,那个戴帽子的女人,显然是住在上一层公寓里,这时站在上面一个窗户前,旁边站着个男人。

"他在那儿!"她说,一边指着我。然后两人出来到了太平梯上。

"也许他是个聋哑人。"穿无袖连衣裙的女人说。

"你能说话吗?"站在太平梯上的男人喊道。

这让我很尴尬。我瞅着他,指指自己的嘴巴,使劲摇头。我闹不清点头是不是能把意思表示得更明白,但是误解的可能性无论如何都很大,所以,好像哪种表示都无所谓。

"他饿了。"穿无袖连衣裙的女人说。

"为什么你不能做点什么帮帮他?"戴帽子的女人对他老公说,激动得像女人们通常那样。我很替这位先生难过。

他伸手抓了把脑袋。"为什么不能让他自己待着?"他说。"他又没造成什么伤害。"

这话说得真有道理,我忍不住向他挥手致意,分享爷们的情感。那效果一定是够吓人的。他吓得缩回去了。

"你不能不管不顾,就让他在那儿待着。"穿无袖连衣裙的女人说。她出来也站在太平梯上了。"他直勾勾看咱们的房间。要是孩子们看见他,还不吓着?"

"我告诉你吧,他肯定是从哪儿逃出来的!"上面那女人说。

一个佣人模样的女人从下面的厨房门出来,把整个故事听了一遍。这当儿,我出了一身冷汗,生怕吵吵闹闹的把萨蒂和萨米吸引出来;但他们要么是喝得太醉,要不然就是对他们的谋划太投入了,眼下还一点都没注意到外面的动静。

"我要再看一遍,才去见 H. K. ,"萨蒂说,"顺便问一下,在哪儿呢?"

"在我公寓。"萨米说。

"可不可以打电话,马上叫人送过来?"萨蒂问道。

"那儿没人,"萨米说,"除非咱们的新星来了。但这不可能。"他大笑一声。

"你知道,我觉得你这可是个馊主意,"萨蒂说,"那东西都过时了。"

"你忌妒了!"萨米说。"瞧,我今天晚上打电话给你,然后带过来行不?"

"行。"萨蒂说。

"会很晚!"萨米说。

"没关系!"萨蒂说。

笑声里夹杂着脚步声。我祝愿他们彼此快乐。但最要紧的是,我想弄清楚他们究竟在搞什么鬼名堂。

"那唐纳修就交给你来摆平吧。"萨米说。

"我们的关系不很好,"萨蒂说,"我想雇佣他当看门人,可他开溜了,我告诉你了没?"

"有百芳德来死缠烂打,你还真需要一个武装保安,"萨米说,"可是为什么雇一个像唐纳修一样的蠢货呢?你真没见识。"

"我喜欢他。"萨蒂说得很简单。这话戳到我心窝子里了。

"好,那你来收拾他吧。"萨米说。

"哦,别担心,好吗?"萨蒂说。"一种翻译和另一种没啥差别。要是他不让我们用他的,我们一夜之间就可以买到别的译本。我们需要的是,让 H.K. 看英文本。至于那个法国人,有美元他连他奶奶也肯卖。"

这可把我听懵了,正琢磨呢,萨米给答案了。"标题不错,是不是?"他说,"《香木夜莺》。"

我坐在那儿,惊得目瞪口呆。可我没时间考虑。对面的光景又把我吸引过去了,那边的情形急转直下。

"叫我说,最好叫警察,"那个佣人说,"最好叫警察跟这种人打交道,反正我总这么想。"

对面的房子位于一条宽阔的鹅卵石道一侧,连接安妮女王街。只见石道拐角上,有伙人聚拢来,是被太平梯上这一幕吸引过来的。

"瞧那人往下看呢!"佣人说。"他知道出啥事了!"

"你去打九九九。"戴帽子的女人对他老公说。

那个佣人离开一会儿,这时又出现了,拿着一根特长的蜘蛛网刷。"要不要捅他一下,看看有啥反应?"她问道,一边说一边上了太平梯,两手举起了长刷,照我脚腕子狠戳了一下。

这太过分了。无论如何,我已经偷听够了。需要的材料都到手了,只等解决问题了,我也担心得要命,怕萨蒂和萨米两人随时会推门出来。

于是我不慌不忙,在众目睽睽之下,伸展两腿,肚皮着地,爬下太平梯最上面两三个台阶。然后站起来,揉了揉已经很僵硬的胳膊、腿,从容不迫走下太平梯。

"我告诉过你他是个疯子!"穿无袖连衣裙的女人说。

"他要走掉了!做点什么呀!"戴帽子的女人说。

"哦,让他走吧,可怜鬼!"他老公说。

"快点!"佣人说。一干人都从对面太平梯上下来,加入了下面那一小伙人中。

快下完底层台阶时,我迅速回头瞥了一眼,看看有没有人从萨蒂屋里出来。没有人。那些跟我过不去的家伙都聚在石道口上。我们默默注视着对方。

"慢慢包围他。"佣人说。

"注意,说不定他会伤人。"有人说。

他们都犹豫不决,站着没动。我朝身后看了眼,通维尔贝克街的巷子空无一人。我猛吼一声,朝他们冲过去;吓得一伙人四散奔逃,有些人回到太平梯上,有些人顺着石道后退。我猛地掉头跑上维尔贝克街,逃之夭夭。

十一

我直奔我知道的最近的安静去处,碰巧是华莱士收藏馆,我进去一屁股坐定,整理头绪。面对弗兰斯·哈尔斯的骑士那玩世不恭的微笑①,我细细想着自己的问题。我的头脑转得还不太快。让·皮埃尔·布勒特伊那本《香木夜莺》,我的译文是放在玛琪那里的,居然被萨米盗窃。为什么?想拍电影。谁拍?有个叫 H. K. 的家伙,不懂法文。也许是个美国人。这里面萨蒂算什么?萨米把这点子卖给了美国佬,也把萨蒂连带推销给他。那邦蒂百芳德公司怎么了?萨蒂把他们甩了。对此他们能做什么呢?显然毫无办法,他们并没有把萨蒂绑死。我算什么?如果我不干,没有半毛钱的关系,只要萨米把点子卖给 H. K.,就没我什么事了。让·皮埃尔能不能保护我?当然不能。他会直接找美元打交道。那么我享有什么权利?没有。那我还有什么好抱怨的?我的打字译稿被盗。被盗?玛琪拿给萨米看,萨米又拿去给 H. K. 看。被盗?那么玛琪想怎么样呢?玛琪被萨米欺骗了,萨米为了萨蒂背叛了玛琪。萨米利用了玛琪,萨蒂再利用萨米,既报复了雨果,又能大赚美元。我渐渐理清了脉络。最出人意料的是,《香木夜莺》竟然要拍成一部精彩的电影。这计划可够周全的。曾几何时,玛琪以为能说服

---

① 这里指荷兰肖像画家弗兰斯·哈尔斯(1580—1666)的名画《微笑的骑士》,藏于伦敦的华莱士收藏馆。

我去赚钱,真还应验了呢。可怜的玛琪!她选择了赢家,但中彩的是萨蒂和萨米。

"绝对不行,只要我能办到!"我大喊一声,夺门而出。

"故事很有意思,"画中骑士似乎在说,"可喜可贺的决定。"

我有什么决定?事情别无选择。我必须马上取回我的打字稿。这么做既是保护我自己的利益,也是保护雨果的利益,而且,最重要的是,让萨蒂和萨米的计划落空。对玛琪也是个教训。打字稿在哪儿?在萨米的公寓。萨米的公寓在哪儿?上回用过的信息源告诉我,萨米住在切尔西。显然我需要火速行动。我必须在H.K.看到以前,拿到手稿。萨蒂提到这稿子的时候,那意思好像是说稿子还没复制。萨米的意思是晚上才回公寓。他说过公寓里大概没人。我拨打萨米的电话号码,没人接。这时我感觉很需要芬恩。

我拨了戴夫的电话号码,过了好一会儿,芬恩接了电话,听声音还挺晕乎的。我告诉他,我很高兴他没淹死,需要他马上来我这儿,越快越好。他听出是我,就用盖尔语咒骂起来,骂了很久,说他要睡了。我奉承他几句吉利的话,就问他多快能过来。他嘟囔抱怨了半天,最后才说,他到国王大道会我。三刻钟后我们在那儿碰了面。这时候,时间是差二十分三点。

我嘱咐芬恩带件工具,我们管这工具叫万能钥匙,是我们依据科学原理共同设计的一种简单实用的开锁工具。听起来也许挺怪,像我和芬恩这样两个遵纪守法的公民,居然肯动这个脑筋,弄出这么个物件。不过我们凭经验发现,你要保护自己权利的情况多的是,就像眼下我遇到的,你需要进入一个上锁的门,又没有钥匙,社会上这种情况实在是太多了。再说,你可能发现你把自己锁在家门外面了,你也不能回回都打电话叫消防队。

我们又拨了一遍电话,确定公寓里没人;然后步行上路,我边走边给芬恩讲了故事梗概。他觉得这故事太有趣了,竟收敛了他的坏脾气。不过,他显然还没有从醉酒中完全恢复过来。他有点斜视,这是他的醉酒标志,而且走路脑袋老晃。我常问芬恩,为啥醉后摇头,他告诉我要把眼里几块黑影从眼前摇开。我很惊讶,芬恩纯粹是爱尔兰文化习俗熏陶出来的人,还这么不胜酒力,连我都不如;不过这回,我虽然像那头海象一样大快朵颐,芬恩却像那个木匠一样实际卜吞掉得更多。① 他有种能力,类似特异功能,不论什么时候都能找到酒。不管什么原因吧,他状态不好,我倒感觉蛮不错,只是肠胃有点虚弱。

能不能顺利进入萨米的公寓,我心里没底。萨米是那种人,可能会想到装一只安全锁,或者更糟些,装着防盗警报器。再说,他住在那么大一套酒店式公寓里,我们正干活儿的时候,很有可能被什么人撞见,比如门童、打杂的。一到那个住宅楼,我就让芬恩绕到楼房另一侧观察一下,看看有没有服务人员专用通道,以备撤退,我自己从正门进去,眼角注意着门童。我俩在萨米门前会合,是在四层。芬恩说有一条挺不错的服务人员专用通道,很安静。我告诉他只看到一个门童,坐在靠近大门的一个玻璃格子里,看上去不太像到处走动的样子。芬恩一把掏出万能钥匙,我盯着走廊另一头。就一两分钟的光景,萨米的门便悄然开启,我俩一闪而进入。

进门先是一个宽阔的门厅,很气派。萨米住的是拐角大公寓。我们推开一扇门,进了厨房。

"主要看起居室和卧室。"我说。

---

① 海象和木匠,是英语世界家喻户晓的形象,来自刘易斯·卡罗尔《爱丽丝镜中奇遇记》中的一首叙事诗,诗中讲述了海象和木匠吃牡蛎的故事。

"这是他的卧室。"芬恩说,一边就开始拉抽屉。把东西一件件拿出来,再放回去,动作敏捷熟练,活像工厂的计件工;用他自己的话说,就是宛如春风轻拂,动过东西绝不能被察觉。当然,我俩都戴着手套。我盯着他看了下,便去找大起居室。门一推开,没错,是拐角上的大房间,两边都有窗户。但开门所见,把我立刻惊呆,迈不开腿了。

我看了会儿就叫芬恩:"快来看看这个!"

他连忙过来。"圣母玛利亚!"他惊呼。

房间正中,放着一个亮闪闪的铝笼子,约莫三英尺高,五英尺见方。笼子里,一条硕大的黑棕色阿尔萨斯狼狗,警惕的眼睛瞪着我们,狺狺低吠。

"它会出来吗?"芬恩说。

我走近笼子,狼狗叫声大了些,使劲摇着尾巴,是狗摸不清情况时的动作。

"小心这畜生!"芬恩说,他不喜欢狗。"当心它扑出来咬你。"

我查看了笼子。"它出不来。"我说。

"好,谢天谢地。"芬恩说,一弄清楚,似乎就没兴趣再看了。"这会儿别逗它,"他说,"免得它大叫,招来警察。"

我好奇地打量着狼狗;它面善而聪明,似乎在微笑,尽管在低叫。

"你好。"我说,把手伸进栅栏,它立刻安静下来,大口舔我。我顺手抚摸它的长鼻子。

"别跟它磨蹭了,"芬恩说,"我们没那么多时间。"

我知道我们没那么多时间。芬恩又回萨米卧室了,我开始查看起居室。急于找到稿件。找一会儿就停下来想象一下,萨米发现稿子失踪气急败坏的样子。我把萨米的书桌和一个抽屉柜,翻了个底朝天。又去搜壁柜。翻了好几只行李箱,公文夹,坐垫下,书背后,连萨米外套的衣兜都没放过。看到了各种有意思的物品,唯独没有那部手稿。连个影儿也没有。芬恩也一无所获。又去搜别的房间,但希望渺茫,因为看上去不像用过的房间。

"还他妈能搜哪儿呢?"芬恩问道。

"我肯定他有个秘密保险箱。"我答道。书桌没上锁就说明有。以我对萨米这活宝的了解,他藏有不少秘密。

"哼,要有的话,找到也没用,"芬恩说,"打不开啊。"

恐怕他说得没错。但我们还是又把里里外外都搜了一遍,地板也敲了敲,画背后也都看过,确定抽屉和壁柜都搜过,没有遗漏。

"好了,"芬恩说,"咱赶紧撤吧。"我俩已经在那儿停留了三刻钟。

我站在起居室咒骂起来。"这鬼东西肯定在哪儿放着呢,"我说。

"没错!"芬恩说,"有可能。"他指了指手表盘子。

狼狗一直盯着我们看,粗大的尾巴梆梆抽打在栅栏上。"你是条好看家狗!"芬恩对它说。

笼顶和笼底一模一样,都是用实铝做的,顶子高高隆起,让狼狗能站直,但也没那么高,站直了耳朵立不起来。

"可怜的孩子!"我说。"你知道,"我跟芬恩说,"怪得很,把狗放在这儿。我从来没见过谁把狗笼子这么放,你见过没?"

"我看这家伙是条特种狗。"芬恩说。我听了吹了声口哨。突然想起萨米说过什么一个新星;那一瞬间,我认出了这条狗。

"你看过《红毛戈弗雷复仇记》吗?"我问芬恩,"或者《洪水五命》?"

"你脑残了吗?"芬恩说。

"或者《观星农场》,或者《露水晶莹》?"

"你到底要干吗?"他说。

"它是火星先生!"我喊道,手指着狼狗。"是可爱的火星先生,狗明星。你没认出来吗?萨米一定是为开新公司买了它!"这发现真让我激动,把稿子的事忘了个一干二净。没什么比遇见电影明星更让我如此激动的了,我可一直是个火星粉,好多年了。

"咳,傻吧你,"芬恩说,"阿尔萨斯狗长相都一样。赶紧走,再不走,他回来咱可被他逮个正着。"

"但这可是火星!"我叫道。"你是不是火星先生?"我对狼狗说。它欢腾起来,尾巴摇快了些。"就是!"我对芬恩说。

"毫无根据!"芬恩说。"你是不是神犬丁丁?"他对狼狗说,狗一听尾巴摇得更快了。

"嘿,看见了没?"我说。

笼子顶上不显眼的地方,刻着字:可爱的火星先生——另一边是普兰塔西电影有限公司财产。

"这字已经过时了。"我说。

"我不跟你争了,"芬恩说,"我走了。"他边说边朝门走去。

"噢,等等!"我说,声嘶力竭,失望之极,他禁不住停下了脚步。

一个绝妙的念头渐露端倪。与此同时,我举起两手,按着太阳穴,目不转睛地盯着火星先生,它温和地叫了一两声,表示愿闻其详,仿佛知道我脑子里转什么。

"芬恩,"我缓缓说,"我有个超绝的主意。"

"什么?"芬恩满腹狐疑。

"我们绑架这条狗。"我说。

芬恩瞪着我。"这又干吗?"他说。

"你看不出来吗?"我叫道,计划越来越清晰,是个简单的壮举,我兴奋地在房间里踱步。"我们拿它做人质,交换手稿!"

芬恩本来茫然不解的表情,温和下来,变成了耐心倾听的样子。他靠在门边。"他们不会买账,"他说,话说得很慢,好像听他说话的是孩子,或者是个精神病人,"说真的,他们怎么会呢?我们只会给自己惹麻烦。反正也没时间了。"

"我不想空着手离开!"我告诉他。

时间肯定很紧迫。但我感到一种强烈的愿望,想演这出戏。值得跟火星冒一回险。萨米拿我手稿很不正当,自然硬不起来。如果我扣留火星,拿他一把,甚至告诉他火星危在旦夕,也许他会被迫跟我谈判手稿的事。其实,我还没到胸有成竹的份儿上。我是那种直觉敏锐的思维类型。我知道的就是手上有这么好的谈判资本,傻子才不利用呢。即便整个行动,萨米知道了,只是稍微觉得不舒服,也值得做。我给芬恩解释了一遍,一面开始检查笼子,看怎么打开。芬恩见我主意已定,肩膀一耸,也过来查看笼子,火星在里面随着我们团团转,盯着我们的动作,显然是赞同的。

这笼子很神奇。我们查看了一圈,发现压根儿没门,没锁,没插销,没螺钉。一根根铝条上插笼顶,下插底座。

"说不定一边可以取下来。"我说。但没看到任何紧固装置。笼子整个像块石头。

"是放进去后焊死的。"芬恩说。

"不可能,"我说,"肯定没人能连笼子带狗搬上楼。"

"哦,是一种新式装置。"芬恩说。依旧束手无策。"要是有把好榔头,知道敲哪儿……"他说。但没有。我踢了几下,没反应。

"咱能掰断栏杆吗?"我问道。

"结实得像鬼骷髅。"芬恩说。

我到厨房找工具,连个改锥也没找到,更不用说一条撬棍了。

我们用拨火棍撬了撬栏杆,结果撬弯了拨火棍,栏杆纹丝没动。我急疯了,本想派芬恩去外面弄把锉刀来,可是时间来不及了。他一直在看表。已经四点十分了。我知道他急于离开,但我也知道,既然同在一条船上,执行一件特殊任务,只要我需要他,他就会跟我在一起。他蹲在笼子旁,他和火星都看着我,芬恩还是那副紧要关头仍不改色的和善面孔。

"每次听见楼梯响,我就犯心脏病。"芬恩说。

我也是。但我不想丢下火星离开。我脱掉手套,感觉事情到了一个新阶段。

"那我们连笼子一块儿端。"我说。

"出不了门,"芬恩说,"再说出去也一定会被拦住的。"

"试一下,"我说,"要出不了门,我保证放弃。"

"那你没退路了。"芬恩说。

我心里肯定能出得了门。必须一边一个抬着出门。笼子铝底板上放着个盛水碗。

"看见了吧,"芬恩说,"他们肯定是在楼上装起来的。我们搬不出去。"

我取了只花瓶来,靠在栅栏上,伸手进去把碗里的水倒进花瓶。然后,我们轻轻斜倒笼子。火星直勾勾盯着我们,激动起来。

"当心,"芬恩说,"别让他咬掉你的手。"我们把笼子侧面朝下放倒,火星滑下去,四脚站在栏杆上。它变紧张了,叫起来。

"别嚷嚷,"我对它说,"想想你在《洪水五命》中的遭遇吧,结果不错!"

我们抬起笼子的时候,芬恩说:"它的脚会掉出栏杆空隙,一挣扎会折断腿的。"

言之有理。我们站着想对策。我们已经不再担心时间了。哪怕还需要两个小时,我们也要继续下去。

"必须在栏杆上铺一层东西。"我说。我抓了一块桌布过来,填进笼子里,在火星脚底下铺展开。可它立刻撕咬起来,并用爪子刨它。

"你得固定住,"芬恩说,"不然它肯定几脚就蹬开了。"

"绳子。"我说。

"会滑脱的,"芬恩说,"要足够长,能折回来在下面绑成一个整体才行。"

他转身走开,转眼又回来,拿着一张床单。我们用笼子边量了量床单。

"不够长,在底下合不拢。"芬恩说。

我想把床单角挨个捆在笼子四边,但床单浆洗得太挺,打了结一松手就开了。我俩一时都束手无策。

"那窗帘如何?"我又提出个建议。

"需要有梯子才能取下来。"芬恩说。

"顾不上那么多了。"我一边说,一边过去拉住窗帘猛一拽,把固定窗帘杆的螺丝生生从墙上拔出来,窗帘环哗啦啦掉下来,布帘盖在我俩头上。我们把窗帘拆下一片来。这一片特别长。我们把它放进笼子里拉展,让火星站在上面。两边都还富余很多,折回来在底下捆上,仍绰绰有余。可是我们没法翻到底下。

"我们需要个千斤顶。"芬恩说。

我拖过来两把椅子,在笼子两边各放了一把。"抬起来架在椅子上。"我说。

我们便开始抬,可是笼子刚一离地,火星就乱刨一气,脚又滑出栏杆空隙,把窗帘弄得乱七八糟。它还忍不住大声吠叫起来。我们连忙把笼子放回地板上。

我看着芬恩。他汗流满面,也看着我。

"我另想了个办法。"他平静地说。

"什么?"我问他。

"哪怕咱们把窗帘在底下两头捆上,"芬恩说,"里面也会拉成一股绳,没法在它脚下铺展。你明白我的意思吗?"

我明白他的意思。我俩靠在笼子两边仔细考虑。

"也许还是扭起来的好,"芬恩说,"要能在两边把窗帘环里穿进去两条,挖两个洞……"

"去你的!"我叫道。"算了吧。"我说着就把窗帘从火星脚下拽出来。它冲上来咬住窗帘一角不放。

"拉出来,让它松口!"我对芬恩说。

"你自己来吧,"芬恩说,"我来拉着。"

我费了些力气,才让火星张开嘴,把劫后余生的窗帘救下来了。然后我在坐在地板上,脑袋抵着栅栏,爆发出一阵歇斯底里的狂笑。

"我在琢磨。"我告诉芬恩。

"什么?"

"也许根本就出不了门!"

我大笑不止,一时说不出来。芬恩也哈哈大笑,我俩索性躺倒在地板上,笑得像疯子,直到笑声变成了长吁短叹。

然后我俩开始找萨米放威士忌的地方,找到后发现只存有两瓶烈性威士忌。芬恩显得想喝,但我把他拉回到笼子旁边。

"来吧!"我用无所谓的口气对芬恩说,"不管了,它脚爱怎么搁就怎么搁!"

我俩各抓一边栅栏,把翻转的笼子抬离地板。刚开始火星先生还连跌带滑的;但很快我们就发现,刚才只担心它的舒适,忽略它的智慧了。它一发现自己除几根栅栏外,别无立足之地,便蜷起腿,伸展身体,卧在栅栏上,显出不太舒服的模样,但彻底安静下来。见此情景,我俩又禁不住笑得前仰后合,只好又放下笼子。

"天哪!"我喘过一口气来说,我俩又抬起笼子朝门口走。

笼子本身很轻,重量主要是火星。抬起来走不难。我屏住气,到了门厅晃悠起来。

"稳住!"我对芬恩说。他在前面倒着走,跟我面对面,两眼瞪得铜铃一般。我们一声不吭,抬着顶着一步一步挪。芬恩退进了门厅,笼子蹭出了门,像活塞滑出气缸,空隙连半英寸也不够。

"干成了!"芬恩叫道。

"别急,"我说,"还有一道门。"

我们打开通走廊的大门。笼子滑出门框,像抹了凡士林。我们把笼子放在外面,互相握手庆贺。我又退回萨米的公寓,最后看了眼起居室;像极了战场,面对这景象,我实在无力回天。

我正要关上公寓大门,只听芬恩说,"瞧,就算出得去楼房,又怎么能搬得走呢?警察会来盘问。"

"我们叫辆出租车。"我说。

"一般的出租车装不进去,"芬恩说,"必须叫那种车篷能放下来的才行。"

"那就雇辆卡车,我不在乎。"我对他说。

"可是拉到哪儿去呢?"芬恩问道。

我深呼吸一口。"瞧,"我说,"当然,你说得对。你去外面找个混账出租车,混账车篷能放下来,或者找辆卡车,或者随便你找什么车,十分钟能找来就行。十分钟找不到,你就回来,我们抬出去,听天由命。我就在这儿等着。"

"在里面等不是更好吗?"芬恩说。

我们彼此深望了一眼。便又抬起笼子回到萨米的公寓。

"我在走廊等,"我说,"如果萨米出现,我就溜掉。你回来见我不在这儿,就是他回来我溜掉了。"

我们又握了握手,芬恩回身便走。我站在走廊,牙咬指关节,听着每一个响动。一想到都到了这一步,火星还可能从我指缝滑脱,我就气急败坏,无法忍受。我去看它,隔着栅栏跟它说话。又去萨米的厨房找了一两块猪排,拿给它吃。然后又回到走廊,在老位置待着。

五分钟后,我听到楼梯上有脚步声,便准备飞跑,原来是芬恩。他显得异常冷静。

"我叫了辆出租车,车篷能放下来。"他说。

我们又把笼子抬到走廊。我把萨米的房门关上,便向楼梯移动。

"我们走后门,"我说,"避开门童。"

"出租车在前门。"芬恩说。

"好吧。那我们抬着这混账玩意儿绕楼一圈!"

火星把一块猪排弄掉了,我一脚踩在上面,我们差一点摔倒在第一节楼梯上。还好,我站稳了。等到了底层我们立马拐向服务人员进出口,芬恩在前面引导。

当我们到了门跟前,却发现门是锁着的,随后便听到有人在我们后面叫:"嘿!"把我俩惊得跳了起来,仿佛被人拿枪打中似的。是那个门童。他人高马大,模样迟钝,一脸执拗的表情。

"不能走那边,你们知道。"他说。

"为什么不能?"我问道。

"因为四点半锁门。"他说。

"好吧,我们就走另一边吧。"我对他说。当时我为把火星弄出楼门,扭断他脖子的心也有。"抬起来!"我对芬恩说。我俩抬起了笼子。

"嘿!别着急!"门童说,挡住了我们的去路,嘴里还嚼着口香糖。

"我们急,"我告诉他,"往前走!"我对芬恩说,我们便朝前门走去,把门童挤到了一边。透过玻璃门,我已经看见了等在外面的出租车和司机,仿佛瞥见了乐土之光。

门童抢在我们前面,伸手挡在门上。"我说了别着急。"他说。

"我说了我们急。"我说。

"我必须知道你们在干什么,要知道,"门童说,"谁派你们来的。"

"我们从楼里搬运这条狗,"我说,"斯塔菲尔德先生派我们来的。你反对吗?"

门童不吭气了。接着他说:"反对?我才不会!一次又一次,我告诉斯塔菲尔德先生,在公寓养宠物违反规定,我告诉过他。他说这不算宠物,是条表演狗。表演狗!我告诉他最好别在这儿表演,不然我会报告上边,我说。我告诉过你这违反规定,我说。如果我愿意,我可以把你轰出去,我说。你给我钱也没用。我不想丢工作,对不?我要尽责,你带狗来对我意味着什么,我告诉过他。我不嫌弃狗就像不嫌弃女人,我告诉过他。但规定就是规定……"

我们一边听门童饶舌,一边把火星抬到了街上。司机已经把车篷放下来了,这时赶忙跑来帮我们把笼子抬车上。车后半部全被笼子占了,笼子斜放着,一边抵在地板上,另一边翘起架在放下来的车篷上。可怜的火星又踩在它的铝地板上了,不过是个四十五度角斜坡,所以它滑在底下紧靠着栅栏,挤在盛水碗上,我们把笼子调整了几下,水碗在栅栏上磕得叮当乱响。幸好它紧咬着剩余的猪排,没法咆哮。

"可怜的家伙!"司机说,面对这情景,他十分镇定。"它不大舒服。咱们再调整一下。"他想再搬动一下笼子。

"就那样吧!"我叫道,"很不错了!"

"可是你俩坐不下了。"司机说。

"地方大得很。"我告诉他。我给了门童半个克朗①。芬恩上车坐在司机旁边,我爬到了笼子顶上,斜坐在笼子顶和驾驶座靠背形成的斜角上。

"这不太好吧,"司机说,"要是你……"

"走吧,好吗!"我喊道。就差出租车没有启动。但车走了。门童向我们挥手告辞,我们上了国王大道。

芬恩扭头看着我,我俩不出声地相顾大笑,是胜利的笑,成功的笑,笑了很久很久。

"你们还没说去哪儿。"司机说,在国王大道停了车。

"去富勒姆,"我告诉他,"过会儿告诉你具体地址!"我不想冒险碰巧撞上萨米开车回萨蒂家。我们一定是十分引人注目,一路招来很多目光,盯着我们看。

"瞧,"我对芬恩说,"第一件事就是去买把锉刀来,放这东西出来。"

"商店都关门了。"芬恩说。

"哦,我们去敲开门。"我告诉他。

"见五金店就停车。"我吩咐司机,这一路上他连眼皮都没眨一下。什么都不会惊到一个伦敦出租车司机。他把车停在富勒姆宫路的一家五金店门口,我们敲门理论了半天,总算买到了锉刀。

---

① 克朗,早年英国硬币,等于两先令六便士。

"好了,"我对司机说,"带我们到附近一处安静地方,我们这东西需要处理一下,不想被打扰。"

司机对伦敦了如指掌,带我们来到一家废弃的木材场,离哈默史密斯大桥不远,帮我们抬下笼子。我想就在那里打发他走,可是又怀疑身上钱不够付车费。芬恩照例只带了三先令八便士。看见我们搞的这勾当,司机心里怎么想,只有天晓得。不管他怎么想,反正他没评论。也许他在想,我们的勾当越可疑,他能得的小费越多。

我们用锉刀开工了,轮流锉;我们费了很大力气,足足花了半小时才把火星先生放出来。栅栏很硬,一头断开了还弯不动,只好把两头都锉断。在我们干活时,火星舔着我们的手,呜呜欢叫。它很清楚我们在干什么。我们终于锉掉三根栏杆,当锉刀锉开第三根连接的最后一丁点金属,栏杆倒下去时,火星已经从空隙间往外挤。这毛色光亮的大家伙,一头扑进我的怀抱,跟我亲热得难解难分,一时间狗叫人欢,在场子上团团转,同庆它恢复自由。

"当心它跑掉。"芬恩说。

我不相信它会这么忘恩负义,我们为了它历经千辛万苦,它却要离我们而去,不过当我召唤了一声"过来,先生!"它便顺从地跑过来时,我还是松了口气。

然后我们讨论了一下笼子怎么处理的问题。芬恩建议我们把它扔进河里,我不同意。没什么比看见人往河里扔东西更让伦敦警察厌恨的了。我们最终决定就搁原地算了。我们并不是真的想消除踪迹,而且这东西也不大可能暴露我们的踪迹。

我们正商量着,出租车司机看着笼子,若有所思。"插销锁靠不住吧,"他说,"中看不中用。老是卡住,是不是?"他把手伸进栅栏按了笼顶内侧的一个弹钮,一边的栅栏便滑开了。我们的讨论戛然而止。芬恩和我仔细端详着出租车司机。他也看着我们,表情毫不奸猾。我们的感觉非言语所能形容。

*　　*　　*

"我跟你说,"芬恩说,"我累了。咱能去哪儿歇一歇吗?"

我没打算休息,不过我觉得最好让芬恩走吧。而且我忽然想单独和火星在一起。我给了芬恩五先令,只剩这么多了,告诉他打车去金鹰路,不够的话跟戴夫借。他不情愿撇下我,我费了半天口舌,才说服他,我真想这么着。出租车终于开走了,火星先生和我步行出发,向哈默史密斯百老汇走去。

我大步向前走,旁边有火星陪着,我感觉自己像个国王。我们不断地互相看看,我不禁感觉它喜欢我,就像我喜欢它。它的服从让我感动。任何动物,只要我叫它做啥它就做啥,我就总觉得十分惊奇。这时我想,偷走火星是我此生最富灵感的一件事。倒不是我觉得会跟火星做什么特别的活动。此刻我脑子里除了萨蒂和萨米,什么也不想。费这么大辛苦弄到了火星,我满心欢喜。我俩昂首阔步,一块儿来到哈默史密斯百老汇,走进德文郡阿姆斯酒馆。

火星引起了很多人的注意。"你的狗真漂亮!"有人对我说。我看酒单时,见柜台上有份晚报,顺手拿起来。我想起这会儿该弄清楚 H. K. 的身份了,再顺藤摸瓜,搞清楚萨蒂和萨米的时间安排。我浏览了报纸。没翻几页就看到了。有条醒目的大标题:**影业巨头乘伊丽莎白女王号漂洋过海**。下面有个副标题:好莱坞大腕来英国求点子:

> 伊丽莎白女王号客轮将很快进港停靠。轮船上一间顶级豪华客舱中,坐着一个矮小的男人,喝着可口可乐,

他的名字并不为人熟知,但在好莱坞却大名鼎鼎。真正了解电影业的人,都知道荷马·K.普林斯海姆是许多大牌背后的推手,许多影人事业的成败,都在他的掌握之中。普林斯海姆先生生活简朴,从不出头露面,在纽约记者招待会上说,来欧洲"主要是旅游"。然而众所周知,这位在洛杉矶被人亲切地称作H.K.的令人敬畏的人物,实际上在物色新影星和新点子。被问到是否打算加强英美影业合作,普林斯海姆先生说:"哦,有可能。"

这下就水落石出了。我真想知道萨蒂有什么办法接近H.K.,她多久才能让他签下自己。我不怀疑萨蒂清楚自己在做什么。她大概在之前的会面中就已向那矮小的男人施展了魅力。我必须加快速度。再要搞清楚的就是,伊丽莎白号的准确停靠时间。

我把剩下的版面翻完,看看有没有这条信息,却突然注意到有一版下面的短文:

安娜·昆廷进军好莱坞?

歌坛行家们都熟悉安娜·昆廷这个名字,她是著名的布鲁斯歌手,多才多艺的歌唱家。昆廷小姐最近退出了舞台生涯,令她的粉丝感到惋惜,据报道说她将进军好莱坞,粉丝们感情又很复杂。昆廷小姐要离开英国,去巴黎小住。据传她已经签了在美国工作的长期合同,不久后,她将乘坐自由号远航。昆廷小姐是著名的女演员萨蒂·昆廷的姐姐。

我把这消息琢磨了十分钟,想读出言外之意。跟昆廷小姐其他的粉丝一样,我的感情也是复杂的。总体上我感觉如释重负。毫无疑问,安娜接受这份好莱坞合同,不是那么情愿。有可能她已经清楚摆脱雨果纠缠的唯一途径,就是逃离。另一方面,我知道安娜并不情愿离开欧洲。就我个人而言,我倒宁愿她去好莱坞而失去她,也不愿雨果得到她。她有可能从好莱坞回来;不管怎么说,她可能还没最后拿定主意去呢。以我对安娜性格的了解,知道她一旦决定了要干什么,这事又叫她十分伤脑筋,她就会立刻让每个人都知道。

这是我最初的反应。但是,我最大的恐惧消失后五分钟,就像一个人感冒刚好又开始牙疼,我感觉事情本身也足令我悲从中来。实际上,我并没有非要赶回剧场去纠缠安娜的冲动。但我知道安娜就在那儿,而且我肯定,用不了多久她就会召唤我。我不无痛苦地回想起,她以前的确这么做过。然而,安娜在美国,是非同寻常且令人深思的事。我忽然想到,假如我立刻动身,也许能在巴黎见到她,劝阻她去美国。

这主意有一会儿特别吸引我。然而我的沉思被火星打断了,它伸出一只干燥的大爪子,放在我膝盖上。"哦哦,"我对它说,"我把你给忘了。"当然,反正我总可以把火星还给萨米。如果我不想看见萨米那张丑脸,我还可以把火星送回切尔西,把它拴门外就是了。再不行,也可以交给警察局。真的,我对《香木夜莺》在意什么?让他们搞去好了。我又开始觉得,偷走火星是我平生干得最蠢不过的一件事。如果没走错这一步,我可能会拿出高风亮节,与萨蒂和萨米讨论那部手稿——对此,萨米无论如何都于心不安——好好敲他们一笔钱。再说我还被这狗拴住了。要不是为了它,我本来是可以丢开这一切,去追寻安娜的芳踪。

但实际上,我又琢磨,这会儿走开不是个事。我肯定要做的事情，是告诉雨果萨蒂的计划。倒不是雨果会有啥办法应付，但是只有他知道了，我才能心安。至于我与萨米和萨蒂作战，只是个良好的直觉。这一对儿卑鄙的家伙，至少是被什么意料之外的东西迷住了心窍；想起萨米那样对待玛琪，我恨不能设计出什么把戏，给他更大的惊吓。就算是敲诈，火星能派上多大用场，还得走着瞧。我吃了块肉饼，火星吃了另一块，我看了看表。差十分八点。越早找到雨果越好；实际上，只要他那虎背熊腰的模样清楚地出现在我眼前，我就禁不住渴望见到他，而一想到是诡谲的命运把我们分开的，就更是如此了。找到雨果是我精神上的需要。

几分钟后，我给劳埃德商船协会打了电话。伊丽莎白女王号后天进港。还不算太坏。我拨了雨果在霍尔本街那个电话号码，没人接。便立即给邦蒂百芳德制片厂打。有人接了电话，告诉我所有的人都在摄影棚。至于百芳德先生在不在，他们说不好。傍晚在那儿来着，也许走了。这就够好了。我决定去制片厂。

十二

邦蒂百芳德制片厂位于伦敦南郊,这地方乱得让人恶心。我打车走到身上的钱够付车费的地方下来,剩余的路程坐巴士。这一路走下来,最后我身上一文不名,不过我顾不上多想,只管眼前。如果你见过一个电影制片厂,你就会知道那是个什么光怪陆离的怪模样,耀眼华丽与衰败破旧并存。邦蒂百芳德喜欢后一种风格。地方很大,一边靠铁路,另一边挨着一条大街,沿大街这边隔着一道很高的螺纹铁栅栏。大门在一排临时房屋中间,看起来像个动物园的入口;大门上方,霓虹灯日夜不停地亮着公司的名称:邦蒂百芳德。女孩们从这儿经过,去老肯特路一带上班,看到这几个字,会禁不住胸中一声叹息。

火星和我下了巴士。假如你曾打算进入一个制片厂,你就知道,你作为未被授权人员被拒之门外的可能性很高。我自己是个职业未被授权人员;我敢说,我被拒之门外的地方之多,远超英国知识界任何一员。当我站定打量这门面,不禁开始有点担心,说不定我进门都有困难。不但两扇铁门紧闭,而且少说也有三条汉子把守,他们坐在一个小岗亭里,面朝大路,任务是见了光鲜亮丽的,点头哈腰,开门指路,见了卑贱寒酸的,凶神恶煞,轰出门外。我知道走上前打听雨果不会有结果。所以我想不妨在外面转一圈,看看有没有更好客的入口。我已经引起了那三头地狱犬的注意,他们瞟过来的目光让我确信,去溜达一圈是上策。忽然我还有了另一层担忧,特别是在这种环境下,火星可能被认出来。于是我还真要用上芬恩的看法了,阿尔萨斯狗外形都差不多;但是,总有人辨得出刚孵出的小鸡哪个是哪个,中国佬谁是谁。我显出若无其事的样子,带着火星转身走开了。

我们沿着铁围栏走到铁路为止。铁围栏上有个电影预告,显然是里面正在拍的片子。我记得在报上看到过这电影的相关报道。电影说的是喀提林阴谋的故事,在表现这广受争议和历来误解的故事上下了工夫,制作精心,会是非凡之作。终于!海报向毫不知情的伦敦人宣布,关于喀提林的真相!不少于三位知名古代史学家应邀参与。萨蒂扮演喀提林的妻子,奥瑞斯提拉。古罗马史学家撒路斯提乌斯曾说,好男人没有赞誉她的,除了她的美貌;西塞罗也曾断言,他相信这女人不只是喀提林的妻子,也是他女儿。这后一种惊世之言,电影里未置片言只语,但前一种说法,无论是基于学术研究,还是出于剧情的需要,电影都加以驳斥,把奥瑞斯提拉表现为一个高尚的女人,有一颗金子般的心,提倡温和改良。

这地方好像没有防守薄弱处。也许从铁路那边能找到缺口。但我把这作为万不得已的最后手段,因为我这人汽车倒是不怕,但怕火车。我知道这不合逻辑,因为除非是出了事故,否则,火车都是走在轨道上的,不会像汽车那样开上人行道追你并撞进商店。但在这时候,我天生的那种恐惧,因火星在身边而放大了。我眼前幻化出的场景有声有色,火星被一列呼啸而过的火车碾压,在我汹涌澎湃的想象中,我只要领它横穿铁道,似乎这就是不可避免的结果。于是我转身又向大门走去。

这会儿我注意到,那三个把我当流浪野人的门卫不见了,玻璃窗后面只坐着一个人,如同一幅画像。我望着大门,一眼瞥见里面院子里,停着那辆黑色阿尔维斯,上次见是它从河畔剧场飘然而去。我敢说这是同一辆车。这让我打定了主意。雨果就在这个大门那边的什么地方。我想也没想就走近窗口。那人询问的目光盯着我。我朝他靠过去。

"我是乔治的朋友。"我压着嗓门哑声哑气说,死死盯着他的眼睛,嘴里又把名字咕哝了一半,听上去又像约翰,又像乔,又像詹姆斯,又像杰克。这一发发子弹,显然有一颗命中了靶子。那人点了点头,给了个不屑一顾的脸色,顺手按下一个控制杆,两扇门应声开启。

"直行穿过院子,左手边。"他说。我迈步进门。

我没有叫火星,免得引起人们注意,一心希望它够懂事,立刻跟我进来。耳听得背后关门声响起,我禁不住略微回头看它是什么情况。一切都好。它不仅小心翼翼地跟在我身后,而且经过窗口下方还低下了尾巴。于是我没再回头,快步穿过院子,经过雨果的座驾,走进对面一片迷宫般的房屋。左手边一个特大的门,上面标着:临时演员。料想这就是乔的朋友的目的地了,我犹豫了片刻,琢磨把这个角色继续下去,有没有好处。但我决定真不必这样,为什么非要装扮成个古罗马人,去找雨果呢,尤其是这么做,裤子还得交给别人,我对此有一种原始恐惧。便径直往前走,一边把领带解下来,一头拴住火星的脖颈。这一来,感觉做什么都没问题了。

远远听见有雄辩滔滔的演讲声。声音透过感性的晚风,十分清晰。那是我去的方向,我深信只要找到操作中心,就能发现雨果。周围一个人也没有,也听不到别的声响。办公室上班的人显然都下班回家了。火星亦步亦趋,跟在我身边,我来到一条两边是混凝土房屋的通道，又走过另一条。只见前面灯火通明。接着我拐过一个弯，眼前豁然开朗，场景之惊异，为平生所仅见。

古罗马城高踞背景，五光十色，一片灿烂。砖墙拱顶，大理石门廊石柱，被上方的弧光灯照得熠熠生辉，晶莹璀璨，使神庙楼宇立体状突出，胜过自然状态，对比之下，周围空间更昏暗了，一片朦胧夜色。离我最近的是一片密密麻麻的木杆脚手架，上面布满电线，数盏巨大的弧光灯就安装在脚手架上；再往前，是许多钢支架，升降吊架，上面架着无数摄影机，虎视眈眈。最奇怪的是，古城前面的空地上，聚集着成千民众，却毫无声息。他们背对着我，似乎在全神贯注地倾听一个人颤抖的声音，那人站在一辆战车上，高出众人，在炫目的聚光灯下手舞足蹈。

这一定就是喀提林在煽动罗马民众。在不自然的白光映照下，绚丽的色彩直刺我的眼睛，我不得不扭开头。换了别的时候，我对这场景会兴致盎然，大饱眼福。但那一刻，我心里唯有一念，此时几乎可以肯定，我和雨果之间，只隔着很小的距离。我开始在脚手架后面挪动，避开光柱，如同避开瀑布。我不想让雨果先看见我。我一边走，一边看到古城似乎也在铺展延伸，那是布景的技巧，展现一道道街景，一座座神庙，一排排廊柱下的集市。我心神恍惚，继续移步，挪到了那片五色斑斓的场景外围，一边是瀑布般倾泻的光，一边是朦胧夜色。连火星也被搞得晕头转向，飘飘忽忽，仿佛腿前后移动而脚不沾地。那个豪情万丈的声音在继续，一面抗议一面呼吁，其声激烈，有如大河潮水般源源不断。说出来的有些话，慢慢进了我耳朵。他说："同志们，这就是消灭资本主义制度的方式。我不说它是唯一的方式，但我说它是最好的方式。"我停下脚步。就我所知，马克思主义可能迅速转变古代史的研究，不过这个听起来也太离谱了。接着，我瞬间发现，讲演者不是喀提林,而是左派。

声音停了,人群开始躁动。刚开始是窃窃私语,然后变得人声鼎沸,在布景城市的立面上反射出一波又一波的回声,他们鼓掌喊叫,摩肩接踵,交头接耳。有些身穿宽袍的罗马人分散在他们中间,但大多数人显然是穿白衬衫的工程师和穿蓝工装的工厂工人。人群对面,远远看到一面旗帜,旗手们慢慢走来,长长的旗帜也越来越清楚,两边各有一根旗杆,旗上写着几个巨大的字:社会主义前景。就在那一刻,我看见了雨果。

他一个人站着,稍微离开人群一些,但仍处在强光下面。他站在城边一座神庙的台阶上,目光越过攒动的人头,望着左派。多角度的光照,没让他投下影子,但在白晃晃的光底下,他的脸色异样的苍白,仿佛皮肤上涂了白粉。他显得心事重重,两手合起来,再分开,好像刚拍完手似的。他的站姿很特别,我记得很清楚,他有点缩肩,脑袋前伸,眼睛动得飞快,背略驼,嘴唇微微抽动。然后他又咬起指甲来。我生了根一样立在原地。左派又开口了,人群顿时安静下来,场上一片寂静。

雨果感觉到了我的凝视,微微转过身来。我们之间只隔着十五码左右的距离。我从暗影中举步来到灯光里。于是他看见了我。有一刻,我俩互相凝视。我没有感到微笑甚或移步的冲动。我感到自己恍如在另一个世界望着雨果。地心引力和悲哀像一块面纱,垂落在我俩之间,有一刻我几乎感觉他看不见我,而我是如此渴望要看见他。接着,雨果微微一笑,向我招手,火星等不及了,把我朝他那儿拖。我只觉心里难受。沉默和距离,维护了尊严,随后便是寒暄俗套。我情不自禁地微笑,盯着雨果的脸,察言观色:脸上表达了什么?友谊,蔑视,冷漠,愤怒?无从揣测。我登上台阶,站到他旁边。

雨果笑止礼毕,不紧不慢,然后回身面向集会。同时,他给左派打了个手势,好像是在说:"听啊!"

"雨果!"我压着嗓门说。

"嘘!"雨果说。

"雨果,听着,"我说,"我必须立刻告诉你。能去个安静地方吗?"

"嘘,"雨果说,"等会儿。我想听完这个。太了不起了。"他斜瞥了我一眼,不屑地摆了摆手。左派又讲了一段,人群中刮风般响起了轻微的赞同声。

"雨果,"我大声说,语带强调,"我必须提醒你注意……"

沉默再次笼罩。雨果冲我摇摇头,一根手指竖在嘴唇上,又把注意力移向左派。

我压低声音,试图把话压进他耳朵里,我说:"萨蒂在出卖你,她……"

"她总是那样,"雨果说,"闭上嘴,杰克,好吗?我们可以晚些说。"

绝望压倒了我。我跌坐在雨果脚下的台阶上。火星先生坐在我身边。炫目的弧光灯刺到了我的左眼,左派的声音像烤肉叉一样扎我的脑袋。"问问你自己,你的真正价值是什么,"左派继续演讲,"你明白这句话的意思:你的心在哪儿,你的财富就在哪儿。"我突然感觉,我最近做的一切都毫无意义——安娜要去美国,萨蒂和萨米为所欲为,什么都挡不住他们。而我因为偷窃火星,就剩下被捕入狱了。我伸胳膊搂住它的脖子,它同情地伸舌头舔我耳朵背后。

左派似乎还要再讲一个小时。他真是个绝佳的讲演者。他讲得简单直率,毫不犹豫支吾。他的演讲内容丰富,合理有序。不乏鲜花,亦不乏力量。尽管后来我唯一记得他讲的,就是几个醒目的词语,但当时的印象是,他提出了一个理据严密的论点。他把人们喜闻乐见的传教士的亲切口吻和蛊惑人心的政客的戏剧化和煽动性风格,结合起来。再加上真诚与激情,他的演讲有如天上降下的利箭,明晰而具穿透力。那上千听众,都被他迷得魂不附体。他们屏息静气,目不转睛地望着他。我也观察了他们一会儿。接着人群边缘出现了一阵骚动。我们对面,演讲者背后,出现大量标语牌。这些标语牌缓缓摇摆,好像一些漂浮在水池里的软木塞忽然被风扰动。我注意到靠近主入口那边,一两伙人扭打起来。但没人回头。他们的注意力完全被左派吸引。

我抬头看看雨果。他站在那儿呆若木鸡。我转身环顾一圈,背对集会,望着身后精致的城市里一条条街道,在超亮的灯光下,色彩超炫。在那之后,一片黑暗。我叹了口气。然后我又看了看雨果。我的绝望变成了愤怒,那种一遇挫折不计代价挺身而为的神经质冲动,一时控制了我。我放开了火星。身后,两个双扇门开启,通向神庙。我看了一眼,满意地发现是真的门,神庙里面也是真的。然后我开始观察雨果的姿态。这些事先的迅捷观察,对柔道非常重要。注意对手的重量集中在哪儿,在哪儿施压最可能让他失去平衡。我脑子里闪过各种招数,认定最实用的是大外刈投技,行内术语是这么说的。然后我从容地站起身来。

我站上最高一级台阶,立在他身旁。"雨果!"我严厉地叫了一声。他朝我上身半转。说时迟那时快,我一把抓住他的右胳膊手腕和肘关节之间,猛拉到我左侧,拉得他与我脸对脸。同时,我右腿钩在他右膝关节背后。我全身绷紧,成为一个坚固的整体结构,身体绕左髋关节猛转一条弧线,右手抓住雨果的皮带,把他拖到我身体转圈的中心,推举并发。他倒下来的瞬间,我退后两三步,我俩一块儿倒地撞进了双扇门,到了神庙里面。两扇门在我们身后关上,但就要关上的瞬间,火星侧身挤入,蹲坐门口,仿佛在把门。

雨果和我从地上爬起来,雨果揉着自己受伤的皮囊。神庙里面一团黑,唯有顶棚角上一个窄窄的铁栅栏孔漏进几道光来。庙里空空荡荡,只有一个木头箱子,几秒钟后,雨果坐在木头箱子上了。我来到蹲在门口的火星跟前,盘腿席地而坐。我和火星看着雨果。火星显然不确定对他应该采取什么态度,一直看着我,找寻线索。他发出低吠,好像既要控制局面,又不扩大事态。我掏出一盒烟,抽出一根点上。我等着雨果说点什么。

"你这是干吗,杰克?"雨果说。

"我告诉你我想跟你说话。"我说。

"那也没必要这么粗野吧,"雨果说,"你差点折断我的脖子。"

"瞎扯,"我说,"我很清楚我干了什么。"

"你想告诉我什么?"雨果说。他似乎很顺从地当了我的俘虏。

"要说的事多得很,"我说,"这是第一件。"我迅速把我知道的萨蒂的打算告诉了他。

"谢谢你告诉我这个。"雨果说。他似乎毫不惊讶,甚至也没太大兴趣。

然后他又说:"我看见你带着火星先生。"他对这似乎也不惊讶。

我正要回答,只听背后爆发出一阵巨大的骚乱声。

蜂拥狂奔的脚步声,惊呼尖叫声,响成一片。我们周围地颤房摇。

"这是怎么了?"我问道。火星咆哮起来。

"联合民族主义党说要来破坏集会,"雨果说,"可能是他们来了。接着来的会是警察。"

他还在说着,我就听见远处响起尖利的口哨。"我们出去看看。"雨果说。

我们俩一块儿出去。一片混乱撞入眼帘。几分钟前还井然有序的听众,此时乱作一团,成群打斗。好像每一处都在打架。人群整体拥过来拥过去,像一场巨大的橄榄球对阵争球,不断有人从脚手架上和摄像机吊臂上跳进人群,一团混乱,难分敌友。在这团混战中,踢打撕扭,哭叫声、怒吼声,混成一片,震耳欲聋。上方刺目的弧光灯始终照射,场景上亮若白昼,邦蒂百芳德公司每小时都要为此付出高昂的电费,让一张张愤怒的面孔、一大片群殴场面,清晰无比,纤毫毕现。远远地我们看见左派,他还站在战车上,嘴巴一张一合,周围就像赫克托耳①的尸体周围一样,聚满了左冲右突的勇敢猛士。不远处,那面写着"社会主义前景"的长锦旗波浪般上下起伏。旗帜一头沉下去了,因为扛旗人被猛烈击倒,接着另一头也沉下去了,但是无数双手争先恐后地伸出来,又举起了旗帜,在战斗场面上继续抖动宣示其深刻信念。

这时,制片厂大门口响起了警笛。没时间浪费了。即便我不清楚自己属于哪一边,我也不愿意见武斗而袖手旁观;眼下这场面,我的同情确定无疑,我也从没想过去怀疑雨果。

"两派各是啥特征?"我问雨果。

"恐怕没法区分。"他说。

既然这样,那最明智的事,就是去保护那个我们知道他身份的人,也就是左派。我把这想法告诉雨果,转身便走,紧紧拉着火星,它此刻露出凶相,好像要咬人。雨果跟着我。我费力地穿过打斗的人群,向战车方向走去。打斗声令人恐怖;我们背后,在渐浓的

---

① 赫克托耳,希腊神话中的特洛伊王子、第一勇士,死于特洛伊战争。

夜色衬托下,不朽之城①的天际线,明亮璀璨,随着成千双脚下抖动的大地微微摇摆。

我们费了点时间才靠近左派。我们不止一次出手保卫前进的权利,以暴力对付那个或那些对此权利有异议的家伙。我们一路大打出手,但愿重拳之下,都是那些活该挨揍的恶棍狂徒。我倒没怎么受伤,雨果眼睛上挨了一拳,惹得他暴怒不止。当我们到了战车跟前,敌对方正想把左派拽下车,他一直拼命抵抗,突然猛吼一声,扑向一个敌人,两人立刻滚倒在地上。与此同时,围上来两个恶棍,显然是左派对手的朋友——幸亏雨果和我及时赶到,不然左派就倒霉了,我俩冲上去,像盛夏畅快的泳者扑进大海一样,扑到这堆人头顶上。火星被我放开一会儿了,围着人堆蹦跳,咬咬这人或那人的腿,不加区分。我在战斗中大显身手,居然用了一两个高难腿锁动作,战斗仅持续了几分钟。左派打得像只野猫,雨果更像头熊了,叉开腿站直,两条胳膊左右开弓,挥舞转动,像架风车。至于我自己,倒是情愿尽可能把对手按在地上。几个对手败北逃窜。我们把左派拉起来,他模样略显狼狈。

"谢谢!"左派说。"你好,唐纳修,很高兴看见你。我不知道你在这儿。"

"我不知道你认识左派。"雨果说。

"我不知道你认识左派。"我说。

但此时没工夫讨论这有趣的发现。"瞧!"左派说。我们转身朝大门望去,只见大队警察向气势正酣的武斗现场逼过来,有的步行,有的骑马。

"该死!"左派说。"现在他们要把现场每个人都抓起来,特别

---

① 不朽之城,罗马城的别称。

是我——这可太不是时候了。后面能出得去吗?"

我们退到罗马城的街道里,这里已经有了些武斗人员,他们只顾互殴对打,顾不上想逃跑的可能性。我们经过一个砖拱门。

"我想这儿没有通道,"雨果说,"到头都是城墙。"

罗马城实际上比我第一眼看上去要小得多。我们很快来到城墙下,假红砖墙很高,隔一段有一个瞭望塔,让城墙显得特别厚。围着城里面那些房屋楼宇,绕了整半圈。左派朝墙上打了一拳。

"没用!"雨果说。城墙光得像颗栗子,又这么高,爬不上去。

"我们没路可走了!"左派说。这时场上的喧嚣变调了,能听到警察用扩音器发号施令。我们四顾惘然,心急火燎。

"我们怎么办?"我对雨果说。

他站在那儿闪着眼睛,慢慢朝我扭过那颗大脑袋。嘈杂声越来越近,已经看见一两个警察闪进了拱门。

"让我来对付!"雨果说。他从衣兜里摸出一样小物件。

"百芳德家用雷管,"他说,"是对付树根和清除兔窝的宝物。"小物件一头尖,雨果将它插进墙基里,掏出一盒火柴。立刻响起吓人的咝咝声。

"退后!"雨果叫道。猛一声爆响,墙上魔术般出现了一个洞,直径约莫五英尺。在刚入夜的朦胧黑暗中,透过洞口,能看到一片荒地,散布着几座瓦楞铁棚屋,围着低矮的栅栏,竖立着一面保卫尔牛肉汁的广告。再往前是一条铁道。我刚把这些看了一眼,左派早已奔上前去,身手矫健,像马戏团的狗跳圈一样,钻过了洞,一转眼便见他跳过栅栏,穿过红绿灯闪耀下的铁道。

"快!"雨果对我说。偏偏这节骨眼上又出现了情况。这布景城市结构里,一定有什么东西被爆炸震得移了位。突然之间,整个构架晃动起来,摇摇欲坠,无比惊险。我猛抬头,只见仿佛梦中一幕,砖和大理石勾勒出的天际线,颤抖动摇,缓缓发出由弱渐强的碎裂崩塌声。

"该死,炸塌了!"雨果说。"没事,"他又补了一句,"不过是塑料片和埃塞克斯纤维板做的。"

我们似乎被吼叫的警察包围了。远远望去,见一根根罗马柱慢慢倾斜,一个个凯旋拱顶崩溃垮塌,有如折叠大礼帽。崩裂声惊心动魄,好像地震来临。见此光景,我瞬间石化;随即奔向墙上那个洞口。然而太迟了。墙朝我们头顶上斜过来。似乎是五十英尺高的一面砖墙,你眼睁睁看着倒在你头上,这有多么恐怖啊,即便已经告诉你,那是塑料片和埃塞克斯纤维板做的。只听一声令人魂飞魄散的巨响,墙倾倒下来。我把火星按倒在地,自己也卧倒,一条胳膊搂着火星,另一条胳膊护着自己的后脖颈。顷刻间,声如天崩地裂,墙把我们埋了。

眼前一片漆黑,有东西重重砸在我肩膀上。我平卧着紧贴地面,几欲嵌入地面。周围崩塌碎裂声还能听到。我试着爬起来,但有东西压着起不来。我心里一阵恐慌,疯狂挣扎起来,然后我坐了起来,发现自己坐在一堆碎墙之中,周围全是大大小小的碎片。我慌忙四顾寻找火星,只见它从一堆碎片中爬了出来。它全身抖抖,朝我走来,一副满不在乎的样子。毫无疑问,电影生涯已经让它对这种情况见怪不怪了。我们观察了一下周围。

一切都变样了。罗马城整个被夷为平地,废墟上,旋起厚重的尘埃,升腾而上,在光照下,仿佛大团浓雾。场地里,像是滑铁卢战役的真实画面,站着一大群黑衣人,有骑马的,有站在汽车顶上的,有徒步列队的。扩音器里传来个声音,听不清说什么。前景像是战斗刚结束。地上到处是无腿的上半截身体、只露出一半身子的、少了肩膀胳膊的,不过所有这些人,都在拼命恢复自己原来完整的模样,把埋在废墟碎片里的身体部分,拖拽出来,碎片像一大盒扑克牌,有的还能看出是砖和大理石的模样,有的翻出了背面,露出了商业公司名称,以及供布景人员看的说明。我把自己弄出来后,看见雨果像头鲸鱼跃出水面,两只巨大的肩膀从碎片中伸出来,好像那是一堆硬纸片。他站起身来,左右拍打身上,碎片下雪般纷纷落下。那一刻,夜空勾勒出他的剪影,一转眼,他便像离弦的箭,射向铁道,昏暗中,只见他活像一头奔逃的水牛,跳过铁轨,消失在视线尽头。

我跟跟跄跄站起来,打算步他后尘,不料火星添了乱,分散了我的注意力。我们好像陷入了一个躁动不安的潮虫窝,到处有警察从碎片下爬出来。不知道是不是这情景勾起了火星的简单记忆,但显然激活了它的一种强烈的反应。毫无疑问,它在这种险境中救人的习惯,已经根深蒂固,一见这么多需要救助的人,它傻眼了。它冲向最近的一个警察,咬住他的肩膀拼命往空地上拖。这个动作的意思,我承认自己也可能误解了,那警察并不领情,好像以为火星在攻击它,便死命抵抗。我瞧了一小会儿,就开始担心火星可能受伤害,便过去把它拉开了,一面对警察解释说,火星的用意是好的,并不像你想的那样是攻击你。警察的回答很不礼貌——我可不想跟他继续理论,于是回身便走,手里攥紧拴在火星脖子上的领带,要去追随雨果的脚步,不顾有没有火车。

想想我的心情有多沮丧吧,只见我和铁道之间,从废墟一头到另一头,已经松散地站了一排警察,形成一道警戒线。冲过警察和火车两道防线,对我几乎是不可能的。不过最紧要的,还是马上离开被火星咬过的那个警察,于是我带着火星猛跑,顺着制片厂的边缘,一心盼望着在围墙和警察之间找到缺口。但是没有这样的缺口;我发现自己又回身跑向制片厂的前面,刚才那些战斗人员,一群一伙,老老实实地站着,大批警察封堵了出口,一个超高的声音在命令:谁也不准离开。此刻我意识到,实际上警察并不真想逮捕每一个人,既然我问心无愧,不妨平静地等待被放走,而不必在这场子上左冲右突,引起注意。我低头看了眼火星,转念又一想,现在不是投入法律怀抱的好时候。

我停止跑步,开始思索。边想边朝入口方向走,那儿迷宫一样的办公房屋旁边,聚集着大批警察。

我对火星说话。"你把我带到这儿的,"我对它说,"你再把我带出去。"我领着火星走进一座房子的阴影里,四顾观察。从这儿可以看到一条小巷,小巷尽头,便是入口处的两扇大门。门敞开着,一队骑警刚从这儿走开,进了院子。透过大门,我见外面有一群记者,伸长脖子向里面张望,照相机不停地闪光。大门和记者之间,隔着几个警察,他们看不到武斗场面,因为有房屋挡着,所以我可以假设他们并没有看到我刚才的滑稽活动。我扭头看着火星。关键的时刻来临了。

我抚摸他,盯着它的眼睛,让它明白眼下的情况十分严峻。它也回望着我,有所期待。

"装死,"我说,"死!死狗!"我希望它的词汇里有这个词。还真有。瞬间,火星四腿一软,全身软软地瘫倒在地,白眼仁翻上来,嘴巴张开。简直太像了。我都有点不知所措了。赶紧鼓起勇气,向大门飞快看了一眼。没人看见我们。我跪下来,把火星抱起来,扛在肩上。它好像有一吨重,身体磁铁般被地面紧紧吸着。我一手扶墙,慢慢站起来。火星舌头耷拉着,脑袋在我胸口晃悠,后半身撞着我的腰背。我迈开了脚步。

当我走近大门时,我成了注目的焦点,注意我的不光是把门的警察,还有站在外面那群记者。我们一走进这些人的视线中心,人群中便爆发出一阵同情的低语。"哦,可怜的狗狗!"我听得见几个女人在说。的确,火星看上去十分凄惨。我尽量走快。警察拦住了我。他们有命令,不放走任何人。

"喂!"一个警察冲我说。

我果断径直走上去,靠近他们的时候,我大叫起来,语气带着急迫:"狗受伤了!我必须去找兽医!这条路上就有一个。"

这期间,我心里吓得要命,生怕火星腻烦了这游戏。它挂在我肩膀上一定极不舒服,我肩膀上的骨头戳着它的肚子。但它默默忍受。警察犹豫了。

"我必须马上送去救治!"我又说了一遍。

人群里又响起了一阵低语。"让那可怜的家伙出去,去医治他的狗!"有人说,这话似乎表达了大家的心声。

"哦,好吧,快出去!"警察说。

我走出大门。人群分开一条路,嘴里说着各种表示敬意和同情的话。等我一走到这群人外面,看到开阔的新十字路展现在面前,路上畅通,没有警察,我就再多一分钟也忍不下去了。

"醒一醒!活狗!"我对火星说,我往下一跪,它便跳下我肩膀,我俩一块儿上了路,撒腿奔跑。在我们身后,已经甩开很远的地方,爆发出一阵狂笑。

十三

几个小时之后,或者只是我的脚感觉如此,我们还是走在老肯特路上。金蝉脱壳令我沉浸在得意的喜悦中,但这感觉很快就过去了,代之而来的又是垂头丧气,因为我发现身上一文不名,除了向北一直走下去,别无选择。我心里闪过打车的念头,到了戴夫那儿让他付费,转念一想,那晚他已经给我付了回出租车费,说不定手头没现金了,不过要是这会儿来辆出租车,我依然会毫不犹豫;但是南边太荒凉了,空驶的出租车绝不来。而我早就将这视为一个无望的幻想不加理会了。我本可以打电话求助,可是竟愚蠢地花掉了身上仅有的几便士,买了那份《独立社会主义者报》,第二天的报也出了,正向刚出电影院的人兜售。报上有篇报道,关于邦蒂百芳德公司的集会,登出几幅打斗的照片。一幅颇具戏剧性的照片是我扛着火星出大门,说明文字是:警察暴行的受害犬。酒馆都关门好久了,路上荒无人迹。电影院出来的那群人是一路上仅见的生命。连火星也垂头丧气的;耷拉着脑袋和尾巴,只靠嗅觉跟在我脚下,头一下也不抬。也许它饿了。我肯定是。我难过地想起那块猪排,掉在萨米公寓的楼梯上了。座右铭:食物能装兜里绝不踩在脚下。

午夜过去一大阵了,我们依旧拖着沉重的步履,行走在滑铁卢桥上。我感觉自己过了特别长的一天;等我们到了桥北的时候,我发现没法再走下去了。这又是一个晴朗无云的夜空,空气温柔得像牛奶,我们在桥头站了会儿,望着河面,不是欣赏河水之美,而是走不动了。我两脚疲惫不堪,感觉受了几百年的苦,浑身无处不痛,几乎感觉不到外部世界的存在了。少顷,火星和我又步履橐橐,走下桥头台阶。

如果你曾打算在维多利亚堤睡觉,你就会知道,最大的难处是座位中间有个铁扶手,将其一分为二,让你没法伸展身体躺下来。我不知道这是碰巧了,还是伦敦郡议会故意这么设计的,以防止流浪汉。反正很不方便。可能的应对办法各种各样。可以把扶手当枕头,可以躺下后膝盖弯曲跨过扶手,两脚伸到另一侧。也可以蜷缩在半张座位里。就是我这么矮的个头,这么蜷着也憋得慌;不过像我这种睡不安稳的人,也许这倒是最好的方法了,这就是我选的办法。睡前我用那份《独立社会主义者报》,把两条腿包裹起来,再用领带和手帕捆住。报纸是挺好的隔离材料,每个流浪汉都知道。要是买两份就好了。这一切都弄停当,我就躺下了。火星跳上另外那半张座位。我俩便呼呼睡了。

我一觉醒来,见还是黑夜。星星似乎都移了很远。感觉浑身冷僵了。这时大本钟敲了三响。才三点!我不禁暗暗叫苦。我又躺了会儿,身上又僵又痛。我摩挲了下四肢,但这么做很难受,得不偿失。我坐起来,觉得悲惨透顶。接着我忽然想起火星。只见它在原地,睡得很沉,鼾声平稳。我看着它,身上直哆嗦,心里倍感孤单。堤的另一边,空旷的人行道伸向远处,法国梧桐的枝叶纹丝不动,高高的街灯在树叶间,发出瘆人的绿光,照着下面几排空座椅,每张都跟我们这张一样不舒服。滑铁卢桥空荡荡的,跟照片上一座鲜有人迹的桥一样,静卧河上。我站起身来,血涌向两脚,胀得难受。

火星睡态酣然。一开始我只觉得窝火，它睡得如此安逸，我却在寒夜中醒来。不禁想起几个人在救生艇上的故事，忠诚的狗用体温给他们保暖，他们因而得救。的确，我不敢说这念头不是来自火星演的电影。我费了点劲，才把火星弄醒，让它给我腾开足够的地方，好躺在它身边。果然不错。它身上从鼻尖到尾巴，热量四散。过了会儿，我们翻转腾挪，调整到彼此最合适的位置。最后总算弄妥了，我的脸埋在火星脖子上松软的毛皮里，它的后腿蜷在我腹部。它舔了舔我的鼻子。那一定像舔一块冰。我一只手臂胡乱搭在它脑袋上。它的耳朵光滑精致，像真丝钱包。渐入梦乡之际，我想起小时候多想有条狗，大人们却说这愿望太奢侈，办不到，让我死了那份心，这愿望变成我心里的一个秘密梦想。大概九岁那年，这个梦想换成了一个同等深度的渴望，我想拥有一辆阿斯顿·马丁。

约莫早上六点，警察把我们从座椅上轰开。出于某种原因，这个时刻，人开始对法律和秩序形成威胁。这是我在不如现在成功的时候领教的。在特拉法尔加广场歇了歇，这儿也是警察不高兴有人躺着的地方，我和火星便来到廷卡姆太太的报亭，正好刚开门。店里，五六只猫弓着腰，张牙舞爪，对我们虎视眈眈，《洪水五命》的主角喝了一大碗牛奶，而我借到了一英镑。我们来到金鹰路，芬恩给我们开了门，立刻腾出床让我用。我又睡了很久。

* * *

一觉醒来已是午后。醒来意识浑噩压抑，仿佛假日将尽，堆积的工作等候处理。我强打精神下了床。外面在下雨。对着雨天，我瞪着眼睛愣了半天神。天气变化总把我搞得措手不及，不过天要变成这样，我无论如何也想象不出不变成这样会变成啥样。差不多忘了雨天啥样了。我打开了窗。大约四分钟后,我做了一些腹式呼吸,做这个,要最大限度地打开肺部,两手叉腰,使横膈膜徐徐向下扩张;用正常节奏数八下,然后用嘴缓缓呼出,轻轻发出咝咝的声音。做太久了不好,可能会引起晕厥。我跟一个日本人学过腹式呼吸法,他说这种呼吸改变了他的人生,尽管我不能说也把我的人生改变了,倒是可以推荐,学了非但无害,而且有益,特别是对我这种容易受影响的人。

我穿好衣服,在门口探头找芬恩。我还没准备好面对戴夫,害怕他拿火星的事指责我,给我几句不好听的。芬恩已经在转来转去,听见我起床了,连忙过来。我问他能不能去买点马肉给火星吃,不料他已经买到了。芬恩并不喜欢狗,但他是个细心周到的人。然后又交给我一捆信件。就眼下的情况来看,其中只有一封有点意思,里面有一张六百三十三镑十先令的支票。我盯着支票发了会儿呆,心里直纳闷,谁会弄出这么个出奇的错误。随手又从信封里抽出一张打字机打好的信纸,上面列出一串名字:小格兰奇、彼得·亚历克斯、哈尔·阿戴尔、达格南、圣十字、女王座驾。这些名字恍如隔世。信的落款是萨米——你下的注,赢的你拿去!建议你下次来赌琴鸟。我脸红了。芬恩见我脸红,就出了房间。也许他以为我看了安娜的信。但是安娜没写信来。

萨米这事做得很讲信义,倒把我弄得心急火燎,想马上解决火星的事。我立刻来到起居室,戴夫正坐在打字机前,芬恩靠在门口,若有所思的样子。戴夫正给《心智》杂志写一篇文章,论述伴侣的不和谐一致。他在这个题目上花了些时间了,一直坐在一面镜子前写,一会儿瞪一眼镜子里的他,一会儿看一下自己的两只手。他有几次给我解释过他的解决办法,但我还没有完全搞清楚问题。见我进来,他停止打字,没抬头,目光穿过眉毛看着我。芬恩悄没声儿地坐下,好像在法庭旁听席后排落座似的。火星一直躺在地毯上,一见我,欣喜若狂地上前迎接。然后,我便直入主题。

"也许我把事情搞砸了,"我说,"但问题是,现在该怎么办。我想让你和芬恩帮我写封信。"

戴夫把两腿伸展开。我明白他不想太着急,不想忽略任何细节。"你真够业余的,杰克!"他说。

我听了觉得这话有点儿不善。"咱说点儿实际的吧,"我说,"依我看,首要的事,是要让斯塔菲尔德知道,火星在谁手里,弄走它的目的是什么。好像没必要隐瞒身份。只要我们开出条件,萨米总能猜出来。"

"就这一点来说,"戴夫说,"我有两点考虑。首先,我不喜欢用我们这个词儿。我没去偷这条狗。其次,当然芬恩和我已经打电话通知了斯塔菲尔德,告诉了他绑架者的身份。"

"为什么?"我很吃惊,问道。

"因为,"戴夫说,"即便对于平庸的敲诈者,这也很明显,应该尽可能阻止斯塔菲尔德报警。实际上,我们给他的信息,还真阻止他这么做了,但前提是你还在逃。我注意到你不辞辛劳,让所有的报纸都登出了你的照片。"

我坐下来。我刚刚才有了一点担心,怕我的古怪行为给戴夫带来不便,这会儿见他对我的困境如此津津乐道,我的担忧也烟消云散了。

"感谢你对我的关心,"我冷冷地说,"你忽略了一个事实,因为提供信息太早,我再去找萨米,拿火星换手稿,就没意义了。现在,萨米可能把东西复制一百份了。"

"你很天真,"戴夫说,"他要做不会早做吗?像斯塔菲尔德这种人,有成百上千的打字员夜以继日地给他干活儿呢。凡重要文件,他一分钟都不会只保存孤本。"

"反正当天下午,从他说话的口气看,能肯定只有一份。"我说。

"你没法知道,"戴夫说,"无论如何,有一点是肯定的,你会措手不及落到警察手里。你什么时候才能学会出行不坐出租车?"

我不以为自己会被轻易抓到,不过我没争辩。"那好吧,"我说,"你们用意很好,我们只好按这个结果修改条件。现在的条件是,我们用火星交换的,不是手稿,而是一份担保文件,保证因使用手稿而给我适当的报酬。"

"你胡扯,"戴夫说,"很明显,你根本没把事情想清楚。"他把桌上的打字机推到一边,把面前腾空一块儿地方。

"我们必须先分析情况,"他说,"考虑两点:一,你有什么底牌;二,怎么用。还没考虑一,考虑二就没用,对不对?你必须有逻辑,杰克。行吗?"

"行吧。"我说。当年苏格拉底的牺牲者,一定是我现在的感觉。不可能让这人着急。

"第一点中,"戴夫说,"有这样两个问题,A,这个斯塔菲尔德需要这条狗的紧急程度;B,关于你的翻译稿,在法律上这个斯塔菲尔德有多大过错。现在也许你可以告诉我们,你对A的了解?"戴夫打量着我,一副期待我道出真相的样子。

"我不知道。"我说。

"不知道!"戴夫叫道,显出惊讶的神情。"也就是说,就你所知,这个斯塔菲尔德可能数周或数月内不需要这狗?也有可能他还不确定,是不是需要这条狗?"

"我看了一份盖洛普民意测验,"芬恩说,"说公众厌恶动物片。"

"无论如何,"戴夫说,"并不清楚斯塔菲尔德急不急。而且狗在你这儿,他也放心。想想他能省多少钱吧!你说一天需要多少磅肉,芬恩?"

"一天一磅半。"芬恩说。

"一星期十磅半,"戴夫说,"还不包括别的。"

我们不约而同地扭头看这只食肉动物。它睡得很香。

"它今天吃了两磅。"芬恩说。

"但起码,"我说,"他不放心狗的健康状况。他要的是原模原样拿回去。"

戴夫看着我,眼光里含着同情。"那你怎么威胁他?"他问道。"割了它的尾巴?就算你并不是那种脸上藏不住事的人,可你的萨蒂太了解你了,知道你连条毛虫也不敢伤,更不用说一条大狗了。"

这倒是个事实。我开始觉得我的第一篇散文《敲诈》,其实写得不好。

"当然也有可能,"戴夫说,"他们急着要回狗,但并不确定。问题 A 就说这么多。现在,也许你可以谈谈 B 了。你个人拥有布勒特伊著作的翻译版权吗?"

"没,当然没有,"我说,"我只跟出版商每本书分别签合同。"

"所以,"戴夫说,"这事如果有谁的利益受到了威胁,是出版商的利益,不是你的。但给我们说说有什么威胁,是什么?"

我用手指梳了下头。我感觉不管我现在说什么,都显得头脑简单。"瞧,戴夫,"我说,"问题是他们偷走了我的翻译稿,拿去给普林斯海姆先生看,说服他用这本书拍电影。"

"肯定的,"戴夫说,"但他们没有为其他目的使用译文。假如书已经出版,他们可以在书店买一本。"

"可是没出版,"我说,"他们偷了我的打字稿。"

"重罪,"戴夫说,"是另一个问题。无论如何,似乎目前并没有发生侵权。这个美国人,不懂法语,瞟了一眼你的翻译,如此而已。如果决定拿去拍电影,他们会与拥有电影改编权的人就细节进行谈判,应该是原书的作者。"

"哦,不管怎么吧,"我固执地说,"终归是盗窃。"

"这也不确定,"戴夫说,"从道义上说,是的——但是有证据吗?你的朋友玛琪把东西交给了斯塔菲尔德。斯塔菲尔德会说他不知道你在乎这事。你的玛琪在证人席上会说一样的话,经辩护律师诱导,附带还会说出不少她所知道的关于你的细节。"

那一幕在我脑子里闪过。"好吧!"我说。"是的,是的,是的,好吧。"

"那我来总结一下?"戴夫说。

"请吧!"我愤愤地说。

"他们不可能需要这狗,起码最近几天不需要,"戴夫说,"这几天过后,等那美国人看完了这本书,他们会把书稿礼貌地还给你,索要狗。如果你拒绝归还,他们就去报警。你能指控他们什么?这个美国人才不理会看的是谁的译文。如果你提起诉讼,在这一堆乱麻中你注定败诉。唯一清楚的,是你偷了狗。"

"可是,"我说,"如果他们不害怕亮出行为,应对质询,为啥还没有去报警呢?假设这点你考虑得没错,他们要这么干了,这会儿我们也已经知道了。"

"你没弄明白吗?"戴夫不屑地说。"对你,他们是以诚相待的。斯塔菲尔德完全可以叫警察抓你。但是你的朋友萨蒂会笑着说,你这个人很不错,于是就让放你一马。"

这判断更把我激怒了,因为我立刻发现,事情很可能正是这样。"你成功地证明了我是个蠢货,"我说,"到此为止吧。我要出去散散步。"

"不,杰克,"戴夫说,"我们还没有讨论第二点呢。"

"我看嘛,"我说,"既然我没有谈判底牌,就不存在我做什么的问题了。"

"并不能确定你没有谈判底牌,"戴夫说,"尽管我想很可能你没有。但你手里有狗。你计划拿它怎么办?送还斯塔菲尔德?"

"绝不!"我叫道,"只要还有别的办法!"

"哦,好,"戴夫说,"我们来讨论第二点。"他坐在那儿,放松地思索,好像在主持研讨会似的,不同的是,眼角含着一种锋利的受用的闪亮。

"你还是可以尝试谈判。"戴夫说。他说过事情最不利的方面,现在改说最有利的方面。"可以设想,他们急需这条狗,或者是担心它的健康状况,出个价让你立刻归还。而给你出个价,可能是他们的最佳解决途径,如果他们真对那个重罪有所担忧的话。担忧不担忧,取决于一个未知因素,那就是你的玛琪的行为和心情。"

在这点上,我想我比戴夫更悲观。"没戏!"我说。"我想干的就是阻止他们使用我的翻译稿。既然不可能,我最好开始考虑在法庭上怎么说!"

"胡扯!"戴夫说。"尝试谈判,哪怕只为保住你的面子。这里,你应当唤起斯塔菲尔德的体育精神。"

我听了这话不禁眨了下眼。心想再也不愿意受惠于萨米的豪爽了。"我宁愿跟萨蒂交涉。"我说。

"好,给她写信,"戴夫说,"我们一块儿措辞。不过必须先决定,你以什么身份写信,作为受害方,还是敲诈方。记住,"他又说,"我们是跟谁打交道。依我看,如果这些人想立刻要回他们的狗,他们不会花时间谈判,也不会让警察掺和进来,他们会寻找狗的下落,派四个大汉开辆轿车来。"

正在这时,前门响起一阵急促的敲门声。

"警察!"芬恩说。我想更可能是萨米派来的打手。我们面面相觑。火星一声咆哮,皮上的毛竖起来了。敲门声又响了一遍。

"我们要假装不在。"芬恩低声说。火星大叫了两声。

"这下露馅了!"戴夫说。

"我们过去从门玻璃上看看他们,"我说,"看来了多少人。"

我准备好了为火星而搏斗,当然除非来的是警察。我们蹑手蹑脚来到门厅。透过戴夫房门上的五彩玻璃看出去,看到外面的形象是锯齿状的。好像只有一个人。

"其他人埋伏在楼梯上。"芬恩说。

"噢,他妈的!"我边说,边开了门。

"唐纳修的两封电报。"送电报的小伙子说。

我接过电报,他回身便走,下了楼梯。芬恩和戴夫大笑不止,可我一撕开第一封电报,便惊得浑身颤抖。耳边似乎响起了警报。读了好几遍。随后回到起居室。电报说:立刻飞来巴黎克莱夫王子酒店,有要事面谈。全部费用已付。另寄三十镑零用。玛琪。

"是什么?"芬恩和戴夫跟着我问道。我把电报给他们看。另一封电报是三十镑汇票。

我们都坐下来。"这又是怎么回事?"戴夫问道。

"我也莫名其妙。"我说。现在玛琪究竟要干什么? 一切都扑朔迷离,如同梦幻。那三十镑倒是例外,实实在在;就像睡醒后看到的东西,证明不是在梦里。玛琪在巴黎打算做什么? 好奇心驱使着我的血液飞快地奔涌。我瞬间便筛过十几种可能性,没发现一种合理的。

"我要去,当然。"一番深思熟虑后我对他俩说。玛琪的电报从每个角度看,都是非常欢迎我的。并不完全是我玩腻了敲诈游戏;

而是结果让我失望了,最后的阶段很可能是令人沮丧和僵化的。也许最好的办法是一股脑儿丢开。不论多微小的原因,都会让我随时去巴黎;更不用说现在安娜在那儿。也许该说安娜可能在那儿。但是不,她一定在那儿,我能感觉到,我眼前那个城市形象,因有了她更加生动;幻想中我已经和安娜携手走在香榭丽舍大道,巴黎之春的和煦微风温柔如花瓣飘洒,吹拂着我们的面颊,带来幸福的前景。

"你要把这宝贝丢给我们照看?"戴夫气得话都说不利索了。"你盗窃、敲诈,弄到都不可收拾了,你又要去巴黎,一走了之,把你偷来的财物丢这儿,等警察找上门来,是吗?"

"一切费用已付。"芬恩说。

"瞧,"我说,"我很快回来,需要的话就是半天。就去看看玛琪要干吗。如果这儿出了差错,给我发电报,几小时后赶回来。"

戴夫冷静了点儿。"等不了吗?"他说。

"看起来很急,"我告诉他,"也许是钱的事。"一切费用已付的情况,对我的召唤力很强。

这情形让戴夫考虑得更认真了。"好吧,"又讨论了一会儿,他说,"倒也不妨去把你的保释金赚回来。但必须先决定,写什么信,其次,你必须给我们多留点钱,一则饲养这狗,二则以防不测。"

"钱不是问题。"我告诉他,萨米的支票给了我底气。

忽然我闪出个可怕的想法,顿觉天旋地转,像肩膀上挨了颗子弹。当然,萨米一发现是谁绑架了火星,他就会撤销支票。我从椅子上一跃而起。

"又怎么了?"戴夫说,"你让我神经紧张。"

萨米的反应有多快?没那么快,我蛮有把握。或者取决于他有多气愤?我眼前浮现出最后见他起居室的情景,不由得暗暗叫苦。唯一的机会是他把支票的事忘光了。

"你是和萨米本人通的电话吗?"我问戴夫。

"是的,"他说,"在电话亭打的,当然。"

"他生气吗?"

"他想杀人。"戴夫说。

"他说什么特别的话了吗?"我问道。

"让我想一想,"戴夫说,"他了。我本想早点告诉你来着。他说,告诉唐纳修,女孩归他,钱归我。"

我简直要哭了。便告诉他俩来龙去脉。我去把支票取出来,我们一块儿看了一下。好像在看一个情人的尸体。

芬恩说他从来没见过这么多钱的支票。连戴夫也为之动容了。

"现在,我必须去巴黎!"我说。世界欠我这么多钱,必须立刻大干一场。

芬恩细看萨米寄的账目。"还有琴鸟,"他说,"这他可收不回去。"

"它没赢!"戴夫说。

"你俩注意看报,"我说,"我在银行存着大概六十镑。你下多少注,芬恩?"

"十镑。"他说。

"你呢,戴夫?"我问道。

"别傻了!"戴夫说。

最后,我们说好,我们三人共同对那匹马下注五十镑。对于损失掉的六百三十三镑十先令,我们仨还都有点怅然若失,耿耿于怀。

然后我们又讨论了写信的事。我坚持自己的观点,认为我们交易的对象应该是萨蒂。我心里仍为戴夫的推测所伤,不无伤感地回想起萨蒂说她喜欢我。假如有更多时间的话,我会考虑这是不是影响了我的决定。但这不是沉湎于分析动机的时候。如果一个行动有好的理由,那就不应该因为可能有坏的理由而犹豫不决。我认为,这儿不是顾虑犹疑之所。萨蒂比萨米更有头脑,在这件事情上,萨蒂是老板。尽管她家的窗帘没被扯下墙面,她的起居室没被折腾得底朝天。萨蒂可能还喜欢我,并不重要。横竖我不喜欢,而且我心急如焚,恨不得插翅飞走。

我们终于商量好,由戴夫以我的名义给萨蒂写封短信,提议用火星交换对我译作权利的认可,及使用译作的足量报酬。我们就报酬的数额争论了一会儿。"你想要什么,"这是戴夫的话,"归还,赔偿,还是报复?"芬恩认为,我们应该把这事直截了当办成敲诈,要多少根据火星的价值来,再模糊暗示,狗的健康可能恶化,所以提出五百镑。戴夫认为,我们只要求预读翻译的费用。他说,他不知道这会是多少,严格地说,属于出版商,而不属于我,但这种情况下,并为提升我的尊严,我可以要五十镑。我认为,我不仅要收取翻译稿的正常费用,而且要收取盗用赔偿,保守点儿,提了二百镑。

最后,我们一致确定了一百镑的数额。尽管我感觉这太平淡无奇,但满脑子全是去巴黎的念头,什么都能同意。我在几张空白纸下端签了字,其中一张,戴夫要用来打那封信,底稿按我们商量好的要点起草。戴夫要我提供些情人的亲昵称呼,或是些情话,以便让信看上去更真实;但我坚持不带个人色彩,就事论事。我很不情愿地给了戴夫一张空白支票。随即出发去维多利亚码头,搭乘夜航渡船,既为省钱,也因为我坐飞机紧张。

十四

我发现海上旅行增进反应能力。一般来说,夜航摆渡不一定能叫作海上旅行。乘船旅行经历中的一个要素是气味;夜航摆渡还有个特点,兼有坐船的运动感和坐火车的嗅觉感。正是在这种五花八门的感觉杂烩中,我躺在铺位上想起了雨果。

我跟雨果见面,不能说是个成功;话说回来,也不能算是个失败。我让雨果知道了他想知道的情况,我们的交谈也并非不友好。我们甚至还共同经历一场冒险,起码我的表现毫无愧色。在某种意义上,可以说我俩之间已经解冻。不过也有可能,解冻而并未和解。见过雨果后一直忙活,还没来得及咀嚼一下我的印象。现在集中起来,逐一回顾。清晰地想起第一眼看见雨果的情景,他当时站在台阶顶层,像俄国沙皇。现在,我躺在随波起伏的铺位上,感觉他似乎是个神秘和权力的意象。我前所未有地深信,我们彼此并没有结束。不管我的命运与他的命运如何纠缠,终须一一解开。这念头十分强烈,我开始后悔去巴黎而放弃了,哪怕只有一天,再见到他的可能性。

我们见面有件事依旧没搞清,而且看起来可以说是个失败,即雨果现在对我的感情。说真的,他并没有表现出什么敌意,举动倒也很随意。但这是个坏迹象还是个好迹象?我回想了下雨果的细微表情,他的语气,甚至他的手势,对比早先的记忆,但没什么结果。雨果究竟对我有多厌恶,还得走着瞧。我又想到了《无言》,不禁悔恨,要是萨蒂和萨米没在厨房谈他们的策划多好。通盘考虑,我就会只是索要书稿,其他一概不知,也就省却了多少已有的和面临的麻烦;我并没有认真考虑,我给雨果的警告,除了善意的表示外,还有什么重要性。至于那本书,我脑子里琢磨了一番,它既是我和雨果决裂的起因,也是一个思想的源泉,我不能那么虚伪地假装,这个源泉对我的世界观没有影响。我必须对我说过的话,重新考虑。但现在从哪儿能弄一本呢?我突然想到,也许可以拿走让·皮埃尔那本,如果书还在他手里,一出版就送了他一本,可以肯定,他连翻也没翻开过。关于让·皮埃尔的思索让我的思绪接着游走巴黎:美丽、残酷、温柔、喧嚣、魅力之都,想着想着,便怀着对安娜的梦想,睡着了。

每次到巴黎,总引起我痛苦,即便仅仅离开很短的时间,也是如此。这座城市,我没有哪次不是满怀期待而来,失意落魄而去。有个问题,只有我问得出来,只有巴黎回答得上;但这个问题,我还没能明确表达出来。不错,有些东西,我是在这儿学到的:如,我的幸福有张痛苦的面孔,如此痛苦,以致多年来,我一直把它视为我的不幸,将其驱离。但巴黎仍是我心中不能改变的和谐。唯有这座城市,我能将之拟人化。伦敦太熟悉了,别的城市则爱得不深。我邂逅巴黎,恰似邂逅意中人,终究是张口结舌,说不出话来。哦,巴黎,你说什么呢?巴黎,告诉我,我爱你什么。但没有回答,只有忧伤的回声,来自破碎的墙壁,巴黎。

当我到达时,感觉没那么心急火燎地要去见玛琪。我也就顺其自然了;人生中可以称得上神圣的时刻实在太少了。后来我很快就在想和玛琪见面必须想的事了,不管是什么;我信步走向塞纳河,感觉有一点是确定的,表象和现实之间的界限不管划在哪儿,我此刻经历的,对我来说都是真实的。对玛琪的预期,弱如烛光。在这个清晨时刻,神秘的溪流,由破旧麻袋导引,从环绕巴黎的纵横地沟流出。天空无云,灰白的天光涂抹在码头的外立面,看上去像是柔和厚实的糖粉。那些细微处,哪怕是极温存的记忆,也会弄错。遮阳板掩蔽的房屋,前额高耸。我凭栏眺望良久,欣赏新桥在水中的风姿,桥拱和倒影浑然一体,形成一连串完整的圆圈,分不清哪儿是实物,哪儿是影像。塞纳河似乎静止不动,水面如镜,潮涨潮落的泰晤士河从来没有这般光景。我凭栏凝思,遥想安娜,是她让我重新发现了这座城市,感受到细微化作丰腴,那是我熟识这座城市多年后,第一次介绍给她时的感受。

终于想吃早餐了。我便往玛琪的酒店方向走去,顺路在一个咖啡店坐下来,位置离歌剧院不远。在这儿,我注意到这座繁忙城市更多的世俗生活内容;刚坐了一会儿,就见咖啡店旁边的人行道上一阵骚动。有几个穿衬衣的男人站在那儿,仿佛期待着什么。我不无兴趣地望着他们;很快便发觉,他们是从一家书店里出来的,书店就在咖啡店隔壁。我奇怪了一阵,不明白他们在那儿等什么。他们在附近溜达,向远处张望了一会儿,便回到了书店,然后又出来等候,都兴高采烈。过了会儿,我仔细看那书店,看出了名堂。主橱窗全空了,玻璃上从左到右,贴着斗大的字:龚古尔文学奖。这项文学大奖每年颁发,候选书的出版社无不翘首期盼,准备好随时印制获奖书的精致新版。作品加印数以万计,匆匆发往书店,不等新闻滋味散尽,堆得满满当当的这份打上了获奖标记的文学作品,就会被读者抢购一空。只要貌似有点知识文化品位的书店,都要为这一盛典做准备,把最显要的橱窗清空,迎候火速运来的最新版获奖作品。

我坐着喝我的咖啡,看着眼前这景象,想着法国和英国文学习俗的差异,猛听一声刺耳的刹车声,一辆卡车突然停在路边。那几个穿衬衣的人立刻围上去,很快一字排开,只见书一包一包从每个人的手上传过。书店内,其他人急忙在空橱窗里摆放硬纸展示盒,几分钟后,就从一边到另一边塞满了获奖者的名字,大肆宣扬,不厌重复。整个过程之迅捷精准,堪比警察突袭。转眼间卡车就空了,看得我直乐;回头再看身后那个橱窗,书垒起了一面墙。我禁不住扭身细看了一眼;一看之下,脸上的笑意顷刻凝固。

橱窗从左到右,重复着煽情的字眼,我一眼看到一个名字:让·皮埃尔·布勒特伊;名字下面一个书名等距离重复了若干遍:《我们胜了》《我们胜了》《我们胜了》。我立刻从座位上跳起来。我又看了遍那招贴,上面写着**龚古尔文学奖**。这是毋庸置疑的。我付了账,走过去站到橱窗跟前,眼前这条信息重复了十遍,百遍,五百遍。让·皮埃尔·布勒特伊,《我们胜了》。书堆成了山,在我眼前缓缓升高;清一色的调子,没有一丝杂音。书堆成了一座高峰。最后一本放上峰顶了,随后,店员们拥出来看外面的效果。作者姓名和书名在我眼前游动,我转身离去。

那一刻,我惊讶地发现,我的主要感觉是痛苦。而且痛彻骨髓,人整个懵了,以致我最初都没法理解。我随意漫步,想把事情理清楚。当然我首先是非常惊奇地发现,让·皮埃尔得了龚古尔文学奖。龚古尔奖评委会,那些如群星闪烁的耀眼名字,有时也会出错,但他们从来不会犯一个愚不可及或不可思议的错误。他们给让·皮埃尔加冕,代表了一个纯粹疯狂的时刻,源自一个我不屑一顾的理论。我没看过这本书。选项仍可商榷,而且我越想越觉得这似乎是唯一的选项,让·皮埃尔终于写了本好小说。

我在人行道上伫立沉思。为什么这绝对不能容忍?为什么让·皮埃尔赢得桂冠,竟把我搞得失魂落魄?我又进了一间咖啡店，要了杯法国白兰地。要说我是忌妒，未免说得太简单。我感觉愤慨而可怕，有如目睹乾坤颠倒：好像一个人珍视的观点突然被一只猩猩驳斥得体无完肤。我曾给让·皮埃尔一劳永逸地归了类。他应该私底下从根本上改变，私底下改进他的文风，提升他的思想，纯洁他的感情：这些真的是太糟了。他的书我已经凭想象，尽可能突出了优点，越是这样，越感觉恼怒、气愤，把别的想法驱赶得无影无踪。我又要了杯白兰地。让·皮埃尔没有权利蹭进好作家群里。我感觉自己是个欺诈的受害者。多年来，我一直给这个人干活儿，运用我的知识和情感，把他那堆垃圾变成亲切的英语语言；现在，连个招呼都不打，他就堂而皇之地冒充好作家了。我眼前出现了让·皮埃尔的面目，两只肥厚的手，灰白短发。长久以来，这面目我太熟悉了，我怎么能把这副面目与优秀小说家联系起来？这可把我伤透了，如同改变了基本范畴。我当作生意伙伴的人却变成了情敌。有件事很清楚。既然如今已不可能讥讽让·皮埃尔，那就不可能再跟他打交道了。为什么我要浪费时间，译介他的文字，而不写我自己的？我绝不会去翻译《我们胜了》。绝不，绝不，绝不。

钟敲十响，我蓦然想起玛琪。我叫了辆出租车，直奔她下榻的酒店。路上，我的愤怒缩在了心里，渐渐变成一股勃勃生气，让我的筋骨强健起来，头也挺起来了。我没像平常那样，悄悄溜进克莱夫王子酒店。我昂首挺胸，高视阔步，门童、前台接待等服务人员一见，无不点头哈腰。他们不需要假装没瞧见我上衣胳膊肘上的补丁，我觉得他们真没瞧见，这就是人的眼神的力量，你两眼放出威严光芒之际，周围都能感受到那股力量。我命令他们带我去玛琪的房间；转眼间，我就站在了她的房间门口。门开了，只见玛琪斜在一条躺椅上，姿态好像保持了一阵子了，就为等我来。门在我身后轻轻关上,仿佛在一位王子身后关上。我低头看着玛琪,感觉比以往任何时候看见她都高兴。在我的凝视下,她的尊严瓦解了,从她脸上我能看出,见了我,她是多么深刻的感动、轻松、愉快。我叫了一声,扑到她身上。

*　　*　　*

过了一阵,该说话了。我自进门就惊讶不已,只不过印象一下子被淹没了,惊讶于玛琪的进一步变化。这会儿趁她往鼻子上扑粉,我坐下来仔细琢磨。她的衣服颜色更沉静、质地更光滑了,十分合体,发型完全变了。英国式烫发卷不见了,发型非常自然,像戴了顶荷叶帽。人好像更苗条更活泼了,连举止都更亲切优雅了。显然有新角色把她弄到手了,比萨米手段高得多的人。她知道自己能引起男人的欲望,性感的嘴唇玲珑有致,她挡住嘴,从眼角观察我;我坚持要吻她,她头一偏,鼓起香腮,动作雍容优雅。看见有人变化如此迅速,实在让人气馁:仿佛看见斗转星移,乾坤扭转。

"玛琪,你真漂亮。"我说。我们坐了下来。

"杰基,"玛琪说,"看见你真是太高兴了。真是太高兴了。你是我很久以来见到的第一张人的面孔。"

我就纳闷了,玛琪近来看见的都是些什么面孔呢;不过时间足够,可以问出来。我们彼此有很多话要说。

"从哪儿说起呢?"我问道。

"噢,宝贝!"玛琪说,伸出双臂搂着我。我们又把谈话往后推了推。

"瞧,"我终于说,"这么说吧,你我都知道的是什么:比如萨米是个流氓。"

"噢,亲爱的!"玛琪说,"跟萨米可太难受了!"

"发生了什么？"我问道。

玛琪就是不告诉我。看得出来她有意回避。"你不了解萨米，"玛琪说，"他是个不幸的糊涂人。"这是女人对离开她们的男人的标准说法。

"所以你就把我的翻译稿当礼物送他了？"我问道。

"噢，那个！"玛琪说。"我是为了你才这么做的，杰基。"她用那双大眼睛，逼得我无法靠近。"我想如果那稿子能派上用场，萨米会帮你的。可是你怎么知道在他那儿？"

于是我把自己最近的经历，编了个精选本，讲给她听。看得出来，涉及萨米和萨蒂的部分，玛琪很厌恶。

"好一对儿骗子！"她说。

"但你肯定知道萨米的计划吧？"我问她。

"我两天前才知道的。"玛琪说。

这显然是假话，因为她把我的翻译稿给萨米的时候，肯定多少知道他的打算；但那会儿毫无疑问，她以为自己是事件中的女主角，而不是萨蒂。的确，也许开始的时候，萨米也是这么想的。我们赌马的那天下午，他明确表示了对玛琪似乎有真心。要说萨米有点糊涂，还真有可能。至于他不幸与否，我既不清楚，也不关心。

"好了，能告诉我点儿什么吗？"我说。"你想要的重要谈话是什么？"

"说来话长，杰克。"玛琪说。她给我倒了杯酒，站在一边看着我，若有所思。她有女人那种离群的猫一样的表情，明白自己的力量，以为自己是埃及女王。"你愿不愿意挣三百英镑首付，以后无限期每月一百五十英镑？"

我一边考虑这个提议，一边琢磨玛琪的新角色。"其他条件合适的话，"我说，"回答是愿意。但谁是雇主？"

玛琪缓缓移步,踱过房间。她戏剧感很强,让气氛紧张激烈起来。再轻轻转身面向我,静如处子,她心里明白,她的转身静如处子。

"哦,行了,玛琪,"我说,"痛快说吧,又不是试镜。"

"有个人,"玛琪说,字眼选得很仔细,"在印度支那搞船运还是什么的,赚了大钱,想投资兴办一家英法电影公司。会是一个很大的企业。主办人正在招人才。当然,"她补充道,"我给你讲的这些,目前都需要保密的。"

我注视着玛琪。分别后,她一定是去学校深造了。不然从哪儿学到了这些字眼,像"企业""需要保密"之类?

"这很有意思,"我说,"希望人才探子们的眼光,对你格外垂青;但是我来做什么?"

"你来,"玛琪说,"写剧本。"她给自己倒了杯酒。时间选择恰到好处。

"瞧,玛琪,"我说,"我很感激。你对我的好意,我都很感激。但是不能就这么进入一个职业呀。剧本写作有很高的技术含量——我必须先经过学习,才值得某个明智的人付你刚才提到的数额。无论如何,"我说,"我不敢说这是我喜欢的职业。这不是我的菜。"

"别装了,杰克,"玛琪说,我刚才的话显然刺激到她了。"你巴不得要这钱呢。我来告诉你,怎么做才能拿到它。"

的确,我并非无动于衷。"再给我来一杯,"我说,"告诉我,你打算怎么把我拉进来。"

"你不需要被拉进来,"玛琪说,"你自然而然就进来了,因为让·皮埃尔。"

"我的天哪!"我说,"让·皮埃尔跟这事有什么相干?"这天上午,我似乎被让·皮埃尔这汪脏水淹到了脚脖子上。

"他是董事会成员,"玛琪说,"或者说文件都签好后就会是的。猜猜我们第一部电影拍什么,"她说,神色仿佛突然给出了结论性的意见。"根据他最近出版的作品拍一部英语电影!"

我感到一阵恶心。"你指的是《我们胜了》?"我说。

"就是那本,"玛琪说,"得了什么大奖的那本书。"

"我知道,"我说,"'龚古尔文学奖',我来的路上在书店看到了。"

"会拍成一部精彩的电影,对不对?"玛琪说。

"我不知道,"我说,"我没看过。"我低头看地毯。感觉很想大声喊叫,很久没这种感觉了。

见我低头愣坐着,玛琪盯着我纳闷。"你怎么了,杰克?"她大声说。"你没事吧?"

"我很好,"我说,"你说你的。"

"杰克,"玛琪说,"一切都安排周全了。你只是还没有看到。这比我们在伯爵宫路的任何梦想都好。竟会是让·皮埃尔!事情安排得真是十全十美。"

我看得出来,的确是一种安排。"玛琪,"我说,"我不是个写剧本的。我对电影完全陌生。"

"宝贝,"玛琪说,"这不是问题,没关系的。"

"我倒想不是问题。"我说。

"你没明白,"玛琪说,"事情都办妥了。这工作是你的了。"

"这工作是你送我的礼物吗?"我问道。

"你是什么意思?"玛琪说。

"我的意思是,你能送给哪个你喜欢的人吗?"

我们互相凝视着。"我明白了,"我说,仰靠在椅背上,"给我杯里倒满,好吗?"

"杰克,别这么固执。"玛琪说。

"我想把事情弄清楚,"我说,"你给我这差事是个闲差。"

"我不确定是啥,"玛琪说,"但我期待是那样。"

"闲差就是拿钱不做事。"我说。

"但这不就是你一直想要的吗?"玛琪说。

我的目光深入酒杯里的琥珀色液体。"也许吧,"我说,"但我现在不想要。"我不肯定这是不是真的。是真是假,有待观察。

"无论如何,"玛琪说,"并不是不做事。你要做的事多得很。需要翻译那本书,反正你自己也要做。"

"你知道得很清楚,那是另一回事。"我告诉她。

"你肯定高兴得很,"玛琪说,"他总算写了本像样的书。人人都说很精彩。特别是自从得了那什么奖以后。"

"我再也不翻译让·皮埃尔的书了。"我说。

玛琪瞪我,好像我疯了似的。"你什么意思?"她说。"在伯爵宫路的时候,你总抱怨浪费时间翻译烂东西。"

"对的,"我告诉她,"但现在的情况,从逻辑上看,是莫名其妙的。这并不能让我觉得是要翻译不再浪费时间的好一些的东西。"

我站了起来,向窗外张望。能听见玛琪脚踩在厚厚的地毯上,跟着我。

"杰克,"她凑近我的耳朵说,"别闹了。这可是你一生难遇的机会。也许一开始,你要做的事情不多,但以后就会不一样。你必须扔掉对让·皮埃尔的那些胡言乱语。"

"你不会理解。"我说。转过身来,我俩面对面站着。

"你的女朋友去了好莱坞。"沉默了片刻,玛琪说。

我抓住玛琪柔软而无反应的手。"不是这问题。顺便说一句,"我说,"拜托别把安娜叫作我的女朋友。我们有年头没见了,只上周见了一面。"

玛琪说:"哦!"显得不大相信。

"不管怎么吧,"我添了一句,"她没去好莱坞。"直到这一刻,我才感到绝对肯定。"你不知道她去了,是吧?"我问玛琪。

"哦,不肯定,"玛琪说,"有人告诉我她去了。谁都巴不得去好莱坞呢。"

我做了个不屑的手势,表示对这种现象的蔑视。但我已经表露了太多的情绪,想换个话题。"你这公司跟邦蒂百芳德是个什么关系?"我问道。

"跟它的关系?"玛琪说。"会把它从地球上清除出去的。"她带着残忍的满足感说。我耸了耸肩膀。

"别装了,"玛琪说,"那跟你没有半毛钱的关系。实际上,你会为你的朋友百芳德出大力气的。他最想干的事情,莫过于失去他所有的钱。"

我一听这话吓了一跳。玛琪显然已经跻身到了一个不接纳雨果这种人的社会圈子。"做这事他用不着我帮。"我说,一边转开了。

我感到又困惑又疲倦。给我提供这么多钱挣;如果说我是正在拒绝,那我自己也不清楚为什么拒绝。什么更重要,人家给我提供了一把钥匙,通向一个可以轻松来钱的世界,那里同样的努力,可以产生多得多的成果:只要把一种要素的重要性移到另一种要素上。至于我的良知,几个月就适应了。到时候,我会在那个世界维持下来,就像下一个新来的人一样。我要做的全部,就是闭上眼睛,走进去。为什么进去的路显得如此艰难? 我感觉痛苦不堪。我似乎要抛弃本质追逐虚幻。我喜欢的那个空间,自己也说不清,道不明。

玛琪盯着我,愁容越来越重。

"玛琪,"我说,只为说点什么免得尴尬,"《香木夜莺》会怎么样?"

"哦,那个没问题,"玛琪说,"萨蒂派人接触过让·皮埃尔,谈这本书,但被拒绝了。现在我们公司获得了他全部作品的电影改编权。"

这可真棒。我冲玛琪笑了笑,见她也放心地微笑了。"这么说萨蒂和萨米失算了。"我说。

"他们失算了。"玛琪说。

我想起当时真替玛琪感到难过,现在忽然觉得玛琪也许欺骗萨米在先,然后才发现萨米欺骗她。安排入住克莱夫王子酒店是要花时间的。这太滑稽了,我不禁大笑起来,越想这事,笑得越厉害,两腿一软,瘫坐在了地板上。一开始,玛琪还陪着我笑,过了一会儿她收住笑,厉声说:"杰克!"我才恢复过来。

"这么说萨米只好拍动物电影了。"我说。

"这个嘛,"玛琪说,"有人卖给萨米一条小狗。或者说没卖给他一条小狗。"

"你是什么意思?"我问道。

"梦幻电影公司骗了萨米,"玛琪说,"你知道火星先生多大了?"

我心里涌起一阵悲哀。"我不知道,"我说,"多大了?"

"十四岁,"玛琪说,"它已经到风烛残年了。怕是熬不过它拍的最后一部片子了。梦幻电影公司反正要让它退休了,正好萨米对它感兴趣,他们便卖给他了,没说年龄。萨米应该看看它嘴巴里面。"

"看嘴巴里面看不出狗的年龄。"我说。

"反正萨米是上当了。"玛琪说。

我不在乎。我考虑的是火星。火星老了,干不动活儿了。没法再跳进洪水里游泳了,跳不过高围栏了,也无力在荒野与狗熊搏斗了。它的力量变弱了,智力也迟钝了,活不了多久了。这个发现加深了我的痛苦,我的决心更明确了。

"这份工作我不能做,玛琪。"我说。

"你疯了!"玛琪说,"为什么,杰克,为什么?"

"我不太清楚,"我说,"只知道这么做,我会死的。"

玛琪走到我跟前。眼珠子瞪得像玛瑙。"这是真实的生活,杰克,"她说,"你最好醒醒吧。"说罢抬手扇了我一耳光。我一阵痛感,不禁往后缩了点。两人就那样呆站了一会儿,互相对视,只见她眼睛里慢慢涌出了泪水。我便把她抱在怀里。

"杰克,"玛琪对着我的肩膀说,"别离开我。"

我把她半抱半拥挪到沙发上。我感觉平静,心意已决。我屈膝跪在她身边,捧着她的头,把头发撩到脑后。她的脸慢慢向我升起,像一朵出水芙蓉。

"杰克,"玛琪说,"我必须有你在身边。说白了就是这样的。你没看出来吗?"

我点了点头。我把手伸到她脑后,抚摸着光滑的头发,往下摸到了温暖的脖颈。

"杰克,说话呀。"玛琪说。

"办不到。"我说。玛琪好像被刺了一刀;我也不知道,在说了这番话之后,她怎么收场。我什么也帮不了她。"我什么也帮不了你。"我说。

"你可以就在附近待着,"玛琪说,"那就齐了。"

我摇了摇头。

"瞧,玛琪,"我说,"让我的生活简单点吧。我可以告诉你,我很喜欢你,你去跟能把你造成明星的男人上床,我愿意在附近待命。但这不是真话。如果我喜欢你再多一点,那我也许真愿意这么做。事实是我必须过我自己的生活。而它不在这个方向。"

玛琪透过真实的泪水看着我。她打出了最后一张牌。"假如是因为安娜,"她说,"你知道我不在乎。我的意思是,也许我会在乎,但那没关系。我只要你在我附近。"

"这没用,玛琪。"我说,一边站起身来。那一瞬间,心头掠过一阵对她的深爱。几分钟后,我走下了楼梯。

十五

我穿过马路,心不在焉地朝河走去。跟人行道上的人摩肩接踵,几次差点被绊倒。两条腿不停地发抖。到了塞纳河,我找了条凳子坐下来。我脱掉外衣,发现汗把衬衫湿透了,便解开衬衫扣子,摸了摸胸口和腋下。自己干了什么,我心里一点都没数,但我知道是件重要事情。如同醉酒后杀了人的感觉。环顾四周,河水平静,了无波澜,巴黎也复归动态后的静止。水面平静如镜。我干了什么?

拒绝了一笔大额收入,假设我至少能干到六个月才会被解雇,大概是一千二百镑。这轻松的一步,可以走出贫困世界,进入财源滚滚的世界,被我一口回绝了。为了什么?什么也不为。在那一刻,我似乎又觉得这行为完全不靠谱。在玛琪的房间里,本来似乎看到了些必要的原因。现在,我无论如何想不起,那是什么原因。我站起身走过铁桥。法兰西学院的时钟显示十点十二分。我一边走,一边清楚了一个大真理:世界上没有比钱更重要的事。为什么我没有早点理解这个?玛琪说得没错,说这才是真实的生活。这是个需要,而我拒绝了。我感觉背叛了自己。

我停下脚步细看巴黎。温和的色彩都为我苏醒了,在七月的阳光下,清亮而不绚烂。渔民们在捕鱼,流浪者在流浪,狗在台阶上冲河面吼叫,主人想叫它们下塞纳河游泳。看着自己的狗下水游泳,他们多激动啊!越过绿树看过去,是巴黎圣母院的一对塔楼,优雅耸立,像一对恋人从草丛里站起。"巴黎。"我大声说。又一次有东西从指间滑掉。这次我清楚地知道是什么。钱。现实的心脏。拒绝现实是犯罪。我是个梦想家,一个罪犯。我扭着自己的双手。

到了左岸,我开始疯狂地想喝酒;与此同时又发现自己没多少现钱了。我把手伸进衣兜,也就摸到花完路费剩下的几个小钱。本想跟玛琪借点钱。但没有哪个稍具美感的人,会刚拒绝人家给予一千二百英镑,又向人家借五千法郎。反正我是没往那儿想。我诅咒了一声,继续走路,一直走到圣日耳曼大道,不知道该干什么好。这时,同样奢华的第二需要,接踵而来:向别人倾诉痛苦的需要。我数点着剩余的资产权衡了两种需要。交流的需要更紧迫。便奔向富尔街上的邮局,给格尔曼先生和奥芬尼先生拍了个电报,这么说的:刚明确拒绝了至少一千二百镑。杰克。完事出来就去了白皇后酒店,要了杯法国绿茵香酒,虽不是最便宜的开胃酒,酒精含量却最高。我略微感觉好点了。

我在那儿坐了很久。先想了半天那笔钱。把方方面面都想了个底儿掉。换算成法郎。换算成美元。从欧陆一国首都换成另一国首都。贪婪地做高利率投资。我肆意挥霍,纵情酒色。买了最新款的阿斯顿·马丁。我租了一套公寓,俯瞰海德公园,挂满了二流荷兰大师的画。我躺在一张条纹长沙发上,旁边放着一架淡绿色电话,影坛公主们纷纷打来电话,阿谀奉迎,企望恳求,赞誉吹捧。那个优雅的明星,三个大陆的偶像,像黑豹一样卧在我脚下,给我斟满又一杯香槟。"是 H. K.,"我用手捂住听筒对她耳语道,"太烦人了!"我捡起桌上的一朵兰花投给她;她伸出纤纤玉指勾住我的腰,紧挨着我躺下来,我一边对 H. K. 说,我正在开会,可不可以打给我的秘书,一两天之内肯定安排一次会见。

这些让我厌烦了之后,我又想起玛琪来,不禁纳闷是谁把她安排在克莱夫王子酒店的,是谁在幕后监视我们见面。难道是那个在印度支那搞船运什么的人?我想象出了他的模样,白头发,饱经风霜,被东方的太阳晒朽了的脸上沟壑纵横,深藏着力量和智慧,一张法国人面孔,一生阅历丰富,见过世面。我喜欢他。他极富有,远非贪财之辈。渴求金钱已经成为遥远的过去。他钱已经赚够了:他爱钱,为钱奋斗,为钱受苦,也让别人受苦;他在钱里摸爬滚打,直到金钱装满脑袋,装满眼睛;最后他玩腻了,大把大把往外扔。但是钱绝对离不开甘愿为其受苦的人。他是疲倦了,他是满足了。现在他和钱一块儿生活,就像和一个年迈的妻子生活一样。他回到了法国,倦怠而超脱,满足了每一个愿望后的超脱,发现每一个愿望的满足都是同样的倏忽易逝。他的电影公司创立于名利场上,这里除他以外,每个人都被金钱的味道逼得发狂,而他将无动于衷,冷眼旁观。

或者玛琪的保护人是某个精明的英国人:一个中年人,我想象着他的模样,长期浸淫于电影业。也许是个失意的导演,把艺术天分转移到了这个行当的商业方面,用赚钱来安慰自己损失了美的视野,而这损失会缠他一生,让他但凡接近片场,看见别人探索那些审美问题,就禁不住脾气暴躁,那些问题他在二十五岁时曾为之狂喜,三十岁时曾夜不能寐,最后把他推向绝望。玛琪是在哪儿遇到他的?可能是在"电影人"的一个聚会上,萨米说过玛琪常去那些场合,当时他警告我,唯一的办法是不能让她们离开你的视线。

或者说不定——那个毁灭性的念头终于给了我当头一棒——说不定玛琪的朋友就是让·皮埃尔本人?我绝对憎恨这个念头。但绝不是不可能。我从来没有介绍玛琪认识让·皮埃尔,尽管她常求我这么做。某种小心谨慎的本能,阻拦我促成这种结识。对有的英国女人来说,法国男人好像天生浪漫,我有点怀疑玛琪就是这种英国女人。不过,玛琪绝对有能力自己认识让·皮埃尔,而不让我知道。记得谈话间她提到他的时候,用的是亲切的教名;尽管她可能是从我这儿,或者是从新圈子里学来的,也有可能她实际上把他当成了自己的贵人。在我看来,他并没有什么魅力,但是女人很难琢磨。

我又把这事想了一会儿,然后断定这实在是不可能的。我的三个假设中,第二个是毫无疑问的有可能。又过了一会儿,我感觉不那么在乎了。一杯法国绿茴香酒让我有点飘飘然;第二杯让我飘得更远了。我智力视野中的太阳冉冉升起,眼前豁然开朗,我终于看清了事情的真相,先前是那么模糊,迫使我做出了愚蠢的决定。并不是我不愿意进入玛琪的世界,玩玛琪的游戏。我已经把生命虚度得太多,在不断妥协和半真半假的生活中,浪费光阴。再多浪费点儿却也不妨。虚假的魔幻屋始终令我着迷,吸引我不断进入;可能因为我以为那是个短走廊,通向太阳:然而,可能这是唯一的致命谎言。我不在乎玛琪安排我扮演的替身角色,我要真喜欢玛琪,又有金钱奖赏,而没有别的危险,我可能还会支持配合。我对玛琪说了,不是因为安娜,我想这是实话。我和安娜的关系会还是不会迫使我在将来怎么做,这还需要走着瞧。我感觉自己真要成了宿命论者了。如果安娜足够强,能克服一切障碍,把我拉过去,那到时候她就会克服一切障碍把我拉过去。那时,玛琪也没有抱怨的资格。不是那么回事。

我问自己那么到底是什么,面前便庄严地出现了那个玻璃橱窗,那天早上所见,贴着醒目的大字:龚古尔文学奖。至于龚古尔文学奖本身,我才没兴趣呢,那就是个标牌。重要的是这奖居然让让·皮埃尔得了。话说回来,这也不重要。即便《我们胜了》到头来跟让·皮埃尔别的书一样烂,也不重要。重要的是我自己命定的视野,命令般控制着我。我写电影剧本能怎样?当时我对玛琪说,那不是我的菜,其实并没有多想自己在说什么;不过还真没说错。我的生涯在别处。有条路在等我,如果我不去走,会永远荒芜。我还能推迟多久?这才是问题的实质,其他一切都是幻影,只能误导心智,误入歧途。我在乎钱吗?对我来说它什么都不是。从这个视点看,它如同深秋的落叶,金色转为棕黄,渐渐卷曲枯萎,零落归尘。有了这样的想法,心里溢满了深深的满足,而此刻我意已决,去找安娜。

然而,有个眼前的困难,我没有足够的钱付账了。我似乎消费了四杯法国绿茴香酒,多达数百法郎。不计算小费,我大概还差五十法郎。我考虑是不是请求老板记在让·皮埃尔的账上,他在白皇后酒店很有名,忽见视线尽头,由小到大,来了个国际闻名的乞丐,这人是我的一个老相识。他向我俯身凑近,眼睛闪闪发亮;几分钟后,我便心满意足地从他那儿弄到张一千法郎的票子,我至少在三个国家的首都给他买过几百杯酒,他理应有愧,不会忘记,不由他不慷慨解囊。我离他而去,让他变穷了点儿,但变得更好了。

我怀疑安娜还在巴黎,不过这不合情理。不管怎么说,就是觉得她在;拐过街角后,我去找电话。先给疯人俱乐部打了个电话,那个夜总会既能寻欢作乐,也能大开眼界,几年前,安娜就是在那儿首次进入巴黎社交圈的。但那儿的人谁也没有安娜的任何消息。他们知道她在巴黎,但她还在不在,或者哪儿能找到,谁也不敢说。于是我又打给可能遇见她的各色人等,但他们都说的一样,只有一个说好像前一天坐船走了,除非那人是伊蒂丝·琵雅芙,他记不清了。我又给各酒店打电话,先是那些我和安娜住过的酒店,万一她愿意睹物思人,旧地重回呢;再是那些我清楚安娜了解的更豪华的酒店,万一追求舒适战胜了念及旧情,或者旧情变成了憎恨。忙活了半天都白费了。谁也没见她,谁也不知道她在哪儿。我放弃了,此时我形单影只,踽踽独行,不免顾影自怜,心情忧郁。巴黎的天热得很。

如果安娜在巴黎,她会在做什么呢?她肯定是和什么人在一起。如果她和什么人在一起,也就没我什么事了。我必须假定她是独自一个人。如果她没跟歌手和演员在一起,那她独自一人在这儿做什么呢?以我对安娜个性的了解,答案是清楚的。她在某个她觉得景色优美的地方,坐下来思考。不然就是在第五或第六区的一条路上,独自漫步。当然,她也可能去了蒙马特高地,但她过去总抱怨那些台阶。或者她去了拉雪兹神父公墓,但我现在可不想考虑死亡。如果我去左岸我们的圣地走一圈,也许有那么一线机会找到她。另一个选择是去喝他个一醉方休。我买了一个面包,出发去卢森堡花园。

我径自来到美第奇喷泉。一个人也没有,但这地方的精神立刻抓紧了我,我再也走不动了。很久以前,我跟安娜在巴黎,每天都要来这儿;此刻,我刚默默站了一下,就坚信一定能等到她。周围没人的喷泉,水声自有一种激情。因没人围观,水声喁喁低语,似倾诉衷肠。那是一种闻所未闻的声音。仿佛贝克莱①的辩驳。喷泉四周,斑驳的悬铃木围了一圈。我缓缓走过去。今天,绿苔覆盖的台阶上,没滴下一丝细流,那高高的洞穴在水中的倒影微微荡漾,有几片大树叶浮在水面,宛如睡莲。低处台阶上,扇尾鸽蹚水痛饮。上方的恋人雕像静静地躺着,女的姿容放纵而略带羞涩,裸

---

① 乔治·贝克莱(1685—1753),爱尔兰经验主义哲学家,开创主观唯心主义。

露着优美的身体,男的捧着她的头,姿势过于关切而有失性感。两人就那样躺着,被独眼巨人波吕斐摩斯的注视,凝固成静止状态。巨人饱经风霜,日晒雨淋,鸽群踩踏,浑身呈现深绿色,他从上方的岩石探出身子,注视着这对恋人。我倚靠着一个大理石缸,站了很久,思索着她大腿的弧线。她右腿压在身下,赤裸的左腿向外伸展,清晰的轮廓起伏有致,引人遐想,把人的欲念撩拨到意识顶端,一个斜躺着的女人,其大腿曲线的力量竟至于此。她躺在那儿,支撑着,却又很放松,华美的裸体,闭着眼微露笑容。我等了很久,但安娜没有来。

巴黎的事物和地方,凡安娜最喜欢的,我都回忆了一遍。她喜欢植物园的变色龙。接下来我就去看变色龙。它们非常非常缓慢地在笼子里爬动,长长的尾巴卷起来,舒展开,思维不可言说,动作难以觉察,伸出一条长长的手臂,抓住一条树枝。斜视的眼睛盯着看一会儿,悄无声息,直到其中一个慢慢转动一个角度。我很喜欢它们。有人告诉我,这是世界的真实速度。它们以这种无法忍受的缓慢,把另一只手臂挪到前面,然后便又进入石化般的静止状态。看着它们,我的时间感慢了下来,几欲停顿;我也在那儿停留了很长时间,在那儿一秒钟拉长到一分钟,活动与静止几乎完全妥协。安娜没有来。

我匆忙离开植物园,沿码头跑了一圈。冲进一座又一座教堂,圣朱利安教堂、圣赛芙韩教堂、圣日耳曼教堂、圣叙尔皮斯教堂,心怀侥幸,万一在那儿遇见安娜呢,没准儿她正仰着头,忧伤地祈祷许愿。没人。我来到巴黎圣母院背后,从这儿看,教堂像艘船,冲你压过来。过去我们常在这儿喂麻雀。我过河来到右岸,去大皇宫后面那个有小瀑布的花园,那儿彻夜开放。没人。然后我去了圣厄斯塔什教堂,在样式各异、密如森林的廊柱间徘徊。那之后我彻底放弃了。天色已近黄昏。在菜市场外面,人们在用水管清洗人行道。水果蔬菜碎片涌向地沟。我又买了些面包,外加一块奶酪,穿过熙熙攘攘的胖女人堆,她们啃着要带回家的长棍面包末端。我听任自己的双脚自动把我带往圣日耳曼教堂附近。走着走着,对安娜的幻想在眼前暗淡了些,我注意到城里比平时挂了更多的三色旗,从路边一眼望去,看到一串串彩旗连接着每一座房屋。一定有什么庆典活动。随即想起,今天是七月十四号。

我一直走到利普啤酒馆,才感觉想坐下来歇歇脚。于是我便在酒馆坐下来,要了杯苦艾酒。上午的经历似乎已远去,同样远去的还有随后深刻的思考。现在对这事的感觉,只是心头的隐痛,可能是失去钱的遗憾,要么就是中午喝多了法国绿茴香酒的后劲。但是我对安娜的需要,依旧强烈。她这会儿在哪儿?也许不出半英里,正坐在哪个酒店房间的床上,望着装了一半的行李箱出神。我一想象她头偏向一边,神色忧伤,就感觉受不了。不,她一定在海上,凭栏憧憬着美国。这堆念头,我不能确定哪个更让我难受。

我在利普啤酒馆坐了没几分钟,就听见一个酒吧招待叫道:"唐纳古先生,唐纳古先生。"在欧洲各地的咖啡露台上,我都会听到把我名字叫成这样,所以我见怪不怪了。我招了招手。招待走到我跟前,手里拿着一封电报。我的第一反应是不理性的,以为是安娜从纽约发来的。我一把抓过电报。是从英国来的;戴夫发来的,他知道我对利普啤酒馆情有独钟,显然是发到这儿碰碰运气,看能不能找到我。电报说——没事,琴鸟今天获胜,二十比一。

巴黎开始沸腾起来,洋溢着国庆日的喜悦。我起身走在圣日耳曼大道。我只穿着衬衫,但还是感觉特别热,尽管白日将尽,快到夜晚了。我放慢脚步,经过狄德罗雕像,他坐在合欢树林中,目光里含着可以理解的怀疑,凝望着花神咖啡馆的方向。来回走路的人多极了,交通声和说话欢笑声混杂在一起,在耳边嗡嗡作响。巴黎人倾巢出动了。到了奥德昂街,看到咖啡馆的桌子占了一半路,喜剧街上,人们已经踏着手风琴的节奏,跳起舞来。他们头顶上拉着一串串彩灯,与晚霞交相辉映。我坐下来看了会儿。

如果你也像我一样,是个孤独的鉴赏家,我推荐你在七月十四日,独自去巴黎体验一番。这天,巴黎披头散发,让盛夏的暖风香气,尽情涂抹。在巴黎,每个男人都有女人;但是这天,每个男人都是苏丹。城里各处,人们成群结队,像大片色彩绚丽的鸟群。彩带迎风飘扬,烟火腾空而起,白鸽成片放飞,瓶塞砰砰爆响,随着夜幕降临,喜庆的场面越来越大。每一个人都融在欢乐的人群中,直到整个城市彻底变成一个大派对。在这样一种狂欢中,孤独是一种奇怪的经历。我决定要节制饮酒。几杯下肚后,我觉察到忧伤孤独会毁掉我的超脱。我宁与孤独为伴,对此盛大狂欢场面冷眼旁观,苦笑着甩开女人们的勾引、彩带的缠绕,抵抗接踵而至的孤独的敌人;这便是我那天夜晚许诺自己的快乐,这是有利于沉思的绝佳时刻,一边是孤独,一边是狂欢,我决不让这个时刻毁于找不到一个女人的悲伤叹息。

心里下定了这样的好决心,我就穿过跳舞的人群,走上王妃街。我想去河边待一会儿。走近时,只见人更多了,声音嘈杂,像蝙蝠在浓郁的夜空乱飞。一阵期待的情感从我心头涌起。我两脚跟着感觉走。来到新桥。天还没全黑,但华灯齐放。圣雅各塔倚天而立,披一身金光,艳如锦绣。圣礼拜堂的纤纤玉指,从司法宫背后神秘地伸出,上面每根刺、每朵花,都清晰可见。半空中,埃菲尔铁塔射出一束旋转强光。在绿勇士广场,人们高喊大笑,扔东西到河里。我转身走开。我需要看看巴黎圣母院。我穿行王妃广场,跨过圣米歇尔桥。我希望过河时看到我的宝贝。我受不了在狂欢人群中被推来挤去,便贴到桥上围墙边,远望教堂上一粒粒珍珠般的尖顶,后面的天空里,夜色渐浓。这座教堂很怪,相比之下,教堂像个矮子,教堂的美像个巨人,很像某些女人。我向教堂走去,看见了映在河里的倒影,其状狰狞可怖,轮廓森然,但从来没有静止不动,像对着镜子照脑袋的一颗骷髅。被照亮的外形非常缓慢地膨胀,碎裂,沉湎于自身的无声节律,无视每座桥上挤满的人群,一任他们朝各个方向发出尖叫。

我斜靠在教堂外围的矮墙上。暮色四合,但热度不稍减,天空呈现粗糙的深蓝,一阵深似一阵。一辆马车经过,上面坐着几个拉手风琴的,后面跟车跑着一群人。一个戴纸帽的男人跑到我跟前,朝我脸上扔了一把五彩纸屑。圣米歇尔桥上,有些学生在纵情歌唱。一小群人举着一面旗帜游行。我禁不住又想,不如再来一杯酒吧。孤独是如此的无常。突然,高高的天空上,一声爆响,绽开一朵礼花,刺啦声渐渐消失。我仰头观望。烟火开始了。随着最初那个礼花缓缓散落隐没,千百个喉咙里发出"啊——啊——啊"的兴奋喊叫,每个人都站定不动了。又一个礼花蹿上天空,紧接着又一个。我能感觉到身后的人群越来越密集,因为人们都在往码头上聚,那儿的视线更好。我被挤得紧贴在矮墙上。

我恐惧人群,想挤出去,但挪动已经不可能了。我保持冷静,从容观赏烟火秀。烟火很美。礼花有时一枚独放,有时百花齐放。有的轰然爆响,震耳欲聋,金星四散如雨,有的开花时,只发出弱弱的叹息,悄然抖出一组大彩灯,好像绑在了一起,降落极缓。偶或六七枚礼花同时升空,瞬间满天金色,落英缤纷,五色斑斓,如托儿所的地板。我的脖子僵了。我抬起手慢慢按摩,把脑袋扶正,恢复平常的角度,接着我懒散地环顾了一下周围的人群。然后我一眼看见了安娜。

她在河对岸,站在小桥旁边的最高一层台阶上,台阶通向水面。她头顶上方有个街灯,所以我能看清楚她的脸。没问题,就是安娜。我目不转睛地看着她,只见她的脸忽然像画里的圣人一样放出异彩,登时周围千百张面孔全都黯淡无光。我无法想象为什么刚才没有看见她。那一刻我看呆了,随后我便往外挤。但是完全不可能。我在人群最厚处,被死死挤在墙上。连转身都转不过来,更不用说穿过挤成一堆的人群了。我束手无策,只能等放完烟火。我把手压在胸口上,免得心脏跳出腔子,同时把目光聚在安娜身上。

我不知道她是不是独自一个。很难说。盯着看了几分钟后,我断定她是。她纹丝不动,眼朝上看,不管这无比美丽的烟火在周围激起的喜悦呼声有多么汹涌,她并没有扭头跟旁边的任何人分享喜悦。她肯定是独自一人。我欣喜若狂。但我也很担心,万一人群散开,她也会消失,再也找不到了。我想大声叫她,但周围声音太大、太嘈杂,她根本听不到我的叫声。我把目光焦点聚在她身上,用想象中最大力气叫她。

她开始挪动了。对岸的人群没那么密集。她刚走两步又止步,好像犹豫不定。我惊恐地看着。随即我松了口气,她开始下台阶,走向我正对面的河畔步道。这样她就完全进了我的视线。她穿一件蓝长裙,一件白衬衫。她没拿着外套和手袋。我简直要疯了,忍不住疾呼她的名字。但就像射了根箭到风暴里一样。成千上万的人都在说话,淹没了我的叫喊。台阶上,人们或站或坐,观看焰火,安娜举步艰难,一时下不去台阶。她停在半中间,只见她以一个无比优雅、我记忆犹新的动作,向后轻舒玉臂,款提长裙,缓步下台阶。

她在紧挨河边处找到个空位置,坐下来,蜷起两腿。然后她又仰头继续看烟火。夜空下,河面此刻呈黑色,像一面黑亮黑亮的镜子,每个街灯都映出一根光柱倒影,天空的五彩绚烂在镜中时而投下烁烁金光。对岸的沿岸人群一行倒影,轮廓清晰。安娜的倒影在水中纹丝不动。我不知道从对岸看,水中能不能映出我靠的这段墙,我的倒影是不是也这么清楚。我使劲挥手,一心让我或是我的倒影引起安娜的注意。接着,我掏出一盒火柴,划着一两根,凑近我的脸。但是在这样的璀璨灯火之中,我这一点微亮毕竟引不起多少注意。安娜继续看天空烟火。任凭我又是拍打,又是摇晃上身,像个滑稽木偶,她依然坐在那儿,一动不动,宛如一位被施了魔法的公主,头向后仰,一手抱膝;仿佛星星从天上流水般倾泻,纷纷落在她裙子上。少顷,有个东西砰的一声,掉在矮墙上我手旁边。我不由自主随手捡起。原来是根礼花杆。在下一个礼花爆开的闪光里,我见举在手里的礼花杆上写着:百芳德。

我把这根小棍举在手里愣了一刻。随后我仔细瞄准了一下将之扔进水里,它正好落在安娜的倒影中,与此同时,我挥手叫喊。影像破碎了,水波在两座桥之间荡漾了很远。安娜低下了头;我尽可能向她探身示意,几乎坠落河中,她注视着那根礼花杆,悠悠缓缓随波逐流,朝大海的方向漂去,很直观地证明,流动的水会映出完美的倒影。忽听有人在我身后说:"完了!"然后我感觉背后的压力开始弱了下来。

我一动没动,盯着看安娜往哪儿去。两桥之间,对岸台阶上的人陆续站了起来。安娜慢慢站起身,抖了抖裙子。弯腰揉了揉脚,然后移步向小桥走去。我连忙推搡着朝同一个方向挤,我能看见她上台阶。然后就没了踪影。我逆着迎面而来的人流,挤过了桥。欢声笑语有如狂风大作。在明晃晃的灯光下,一张张面孔朝我压过来,每一张都扭成一个笑脸,随即一闪而逝。我挤到了对岸,奔向圣米歇尔桥。前面不远,我看到一顶王冠般的金发,连忙跟过去；穿过皇宫大道的时候，我分明看出那是安娜，就在我前面的人群中。我现在没那么着急了。我紧走几步挤过去，就可以追上她，但我就让人群拥着我俩往前走，等人减少些再说。就这样，我们从岛的这边走到了那边。

安娜过了新桥，来到右岸，我们一前一后走到了卢浮宫外面的人行道上，这里人少多了；艺术桥边聚集着一群人，我们经过这群人的时候，她在我前面仅六十码左右，卢浮宫外立面灯光亮如白昼，我看得很清楚。我见她腿脚有点软，也许是鞋夹脚；但她走得很有力气，也很坚决，我忽然觉得她并非漫无目的。我现在追上她很容易。但我犹豫了。看看她去哪儿没坏处。于是我继续跟在她后面，到了皇家桥口，她才离开河岸。

那一刻，安娜在看什么，金发下面脑袋里在想什么，我暗自思忖。是什么苦痛或美好的意象，遮挡了她的视线，使她走在这个景致中，形同梦游？也许她在想我？难道她觉得巴黎充满了我的回忆，如同我觉得巴黎充满了她的回忆？我心存侥幸，傻傻地希望能发现些信号，便保持距离，不追赶她。安娜和我过去长做的一件事，就是夜晚去杜伊勒里花园散步。杜伊勒里宫从码头、协和广场和里沃利大街都去不了，不过从保罗·德鲁莱德大街走过去，就会发现只围着一条长满草的壕沟，一道低矮的栅栏。平常夜晚，有宪兵守卫，职责是巡逻守护这个戒备松散的地区：这是个灾难，不过倒是给了神秘的杜伊勒里宫花园一种险境的魅力。但是今夜，平时的规定可能放松些。只见安娜向花园走去，我的心狂跳不已，如同埃涅阿斯看见蒂朵①走向山洞。我加快了脚步。

---

① 根据维吉尔的《埃涅阿斯纪》，特洛伊被希腊人攻陷后，特洛伊英雄埃涅阿斯带了一队人逃亡，建立了罗马城。途中曾与迦太基女王蒂朵产生短暂而强烈的恋情，后蒂朵被弃自杀。

小路上亮着灯光。一边是宛如立于梦境中的卡尔赛门,比例完美无瑕,世所罕见;背后是卢浮宫的大片场地,灯火通明,一览无遗。另一边是人工护理的花园,黄色灯光下的绿草像金属片,鲜花有意识地展示自己的色彩,如梦中的花朵在静默中舒展。过了栅栏不远,花园里有片树林,树林前面是灯火通明的协和广场,再往前的高地上,耸立着巍峨的凯旋门,灯光齐射,璀璨辉煌,背景是黑色的夜幕,拱门里悬着一面巨大的三色旗,上及拱顶,下垂地面,在拱门内飘扬。

安娜已经走上了草地,腿脚还是有点软,穿行于点缀在草地上的白色雕像间,雕像头戴花环,大理石臀部浑圆,姿态各异,活泼优雅。她来到栅栏边,旁边就是那几只铜豹,这是我们无数次翻越的地方。她手提长裙,登上草堤,我跟她距离如此之近,她跨越栅栏的一瞬间,我看到了她的大长腿。我也翻身越过栅栏,她在前面三十步开外,走在两个花坛中间。再稍往前,草地换成树林。我看到林木的背景,衬托出她的轮廓,宛如故事中的一个孤独女孩。只见她停住了脚步。我也连忙站住。我只想让这梦幻般的时刻延长些。

安娜弯下腰,脱掉一只鞋,又脱掉另一只。我站在一片树丛的阴影里,心疼她那双可怜的脚。为啥这傻孩子总穿这么小的鞋?我伫立凝视,闻到夜晚的草香,从地面飘起,氤氲升腾。她雪白的双脚蹬踩着清凉的草地。脚上没穿袜子。她提着鞋,非常缓慢地在草地边缘移步。我像拉纤一样慢慢跟进。马上就要进入树林了。林木在眼前铺展开来,一行行栗树,幽深茂密,在漫射的光线中,枝叶舒朗清晰,巴黎栗树特有的小树叶,片片清亮悦目,到七月就早早变成金黄。安娜走进了树林。

草地在这里终止,脚下成了松软的沙土地。安娜毫不犹豫地踏在这块地面上。我跟着她走进了黑暗。她沿一条林中小道,向前走了一小段,又站住了。她举头环顾栗树,走到一棵跟前,把两只小巧的鞋,塞进树根上的一个小洞里。随后便如释重负地继续走路。这举动让我心动不已。我不禁暗自乐了,几乎大笑出声,拍手叫绝。等我走近安娜放鞋的那棵树,我忍不住看了看那双鞋,半藏在树洞,半露在外面,活像一对小兔。我看了一会儿,随即听从内心不可抗拒的冲动,弯腰捡起了鞋。

我不是恋物癖,随时愿意拥抱女人而不是她的鞋。然而,当我把这双鞋攥在手里的时候,我颤抖了。我继续往前走,一手抓一只鞋,在沙土小道上,我脚下不出一点响声。刚才弯腰捡鞋的时候,安娜拐上了另一条小道。现在可以透过树林斜看到她的白衬衫,像一面白色的旗帜在我眼前飘荡。我们现在位于树林的最密处,我加快了脚步。此刻她在想我,随时希望我出现,经过这么长久的追寻后,我对此深信不疑。这是一场邂逅。我需要她,仿佛有股物理力量把我往前拉。我们的拥抱将把这些年画个句号,进入金色岁月。仿佛铁遇磁石,我冲上前去。

我追上她,张开双臂。"哦,亲爱的?"一个柔和的声音说。转过头来面对着我的女人,不是安娜。我受了伤一样跟跄退后。那件白衬衫骗了我。我俩面面相觑,过了会儿,我转身走开,靠在一棵树上。随后,我随便捡了条小道狂奔,左右张望。安娜不会走远。但是林子里特别黑。我很快发现自己来到影像美术馆的台阶旁边。铁栏杆后面,是协和广场的炫目灯光,那里音乐声和人声混成一片,成千上万的人在那儿跳舞。噪音突然撞到我耳朵里。我扭过头,仿佛有人朝我眼睛里撒胡椒,我回身一头扎进林子里。

我边跑边叫安娜的名字。但是突然间,林子里到处是雕像,到处是恋人,每棵树下都有一对在耳语。每个角度望去,都有一尊石像在嘲笑我。苗条轻盈的身影在林间小道穿行,枝叶间透出微弱灯光,晃在一张张白面孔上,忽忽闪闪,隐隐约约。树梢回荡着协和广场上的嘈杂声响。我撞在了一根树干上,撞痛了肩膀。我顾不上疼,飞快地穿过一排树干,去追一个不动的身影,却面对了一双大理石眼睛的凝视。我环顾四周,又叫了一声。但声音被天鹅绒般的夜气吸纳,像匕首戳进了斗篷。毫无作用。我穿过林间的大道,感觉安娜会不会是进了林子的另一半。一张男人脸瞪着我看,谁的脚把我绊了一下。我跑过来跑过去,找了半天,像条迷路的狗。

最后,我再也跑不动了,停了下来,这才意识到,我还拿着安娜的鞋。我转过身来,带着新的希望,又冲回去,到我们刚进林子走的那条小道。那个地点很难确定,每条林间小道都一模一样。当我感觉找到了那个地方的时候,就去找那棵根子上有洞的树。但是每棵树根子上都有洞,没一个像安娜放鞋的那个。我就想肯定是错过了我们进来的那个点。我又回到草地上,再进入树林,但还是不确定。过了会儿,我决定就在那儿等候,巴望安娜会回来。于是我站在那儿,靠着一棵树,看着成双成对的男女,在黑暗中呢喃低语,从我面前走过。我不时叫着安娜的名字,叫声越来越悲惨。我感觉累了,便一屁股坐在树下,手里还抓着鞋。不知过了多久,我感到一种痛苦的安静露水般降临了我。我停止叫喊,默默守候。夜一阵阵凉下来。我知道安娜不会回来了。

最后,我站起身来,揉搓了一下僵硬的胳膊腿。我离开了杜伊勒里花园。街上到处扔着狂欢夜结束后丢弃的玩具。疲倦的人们踏着一望无际的五彩纸屑回家。庆祝结束了。我加入到他们的行列;跟他们一道行走,朝着塞纳河的方向,我不由得纳闷,安娜此时在想什么,走在哪条街上,也许离这儿不远,光脚走着回家。

十六

　　我在等候日落。我已经回到金鹰路好几天了。医院的白墙上,阳光移动非常缓慢,墙中间凸起的棱条投下长长的影子。影子越来越长,随着影子拉长,我的头也在枕上转动。中午,白墙亮晃晃地刺眼,临近黄昏,亮光减弱,变成柔光,仿佛发自混凝土墙内,照得墙石里纤毫毕露。偶或有鸟在墙和窗户间飞过,但看上去总像脚上拴绳的假鸟,真鸟会飞往别处,不会在医院附近逗留,会去栖息在一棵树上。医院的墙上光秃赤裸,没有植物生长。有时候我会想象那道棱条上长着草:湿润的野草,草叶像长长的手指,从缝隙垂下,开出斑斑点点的花瓣。但其实,什么也没有,即使在想象中,那面墙也与我作对,保持光滑亮白。再过两个钟头,太阳就落了。

　　日落后,我也许上床睡觉。我从来不让自己白天睡觉。大天白日睡觉会睡得很糟,醒来会绝望。白天睡觉太阳也不容忍。它会想方设法钻到你眼皮底下,撬开你的眼皮;你就是把窗户上遮上黑窗帘,它也会围攻你房间,直到屋里闷得要死,最终,你跌跌撞撞来到窗子前,瞪眼发呆,拉开窗帘,看你睡觉的房间外面的大天白日,这是最可怕的景象。白天睡觉会噩梦不断,梦碎魂飞,暂失意识,紧张不安,一时意乱情迷,被可怕的景象惊醒。醒来就是这状况,像在坟墓中醒来,一睁眼,伸开攥紧的拳头,等候灾难降临;但很长时间胸口会压迫沉闷,说不出话来。

我害怕睡觉。只要一瞌睡,我就换个没那么舒服的姿势;这不难,因为我躺在戴夫的行军床上,可以有无数种难受的可能性。这是那种帆布床,一块长条帆布,四根木棍撑着。不停翻动身体,我能让这个或那个机关戳到我肋骨或脊背上。所以我就蜷着躺一会儿,等到蒙眬睡意被赶走了,换成了恍惚迷离的痛感,这感觉我凭经验知道,会无限期持续,再也不会沉入黑暗的无意识之中。我把枕头支在戴夫的一个帆布背包上,里面装着鞋和旧衣服,压成了一整块,有些年头没取出来过了;有时候,枕头会掉下来,我的脑袋则直接撞到帆布包上,一股陈年老汗的臭味立马熏得我喘不上气来。我需要看着窗户。太阳继续西移。

火星在屋里什么地方待着。它会久久默不作声地躺着,让我担心它也许寿终正寝了,便睁眼寻它;结果发现它卧在我身边,注视着我。有时候它试图挨着我躺下来,但这个我没允许。它温暖的皮毛上,有一股催眠的芳香,让我害怕。它于是伸展身体卧在我近旁的地板上,我会把手搭在它脖子上摸一会儿。过一会儿,它会在屋里各处嗅一嗅,仿佛腻歪了,然后会拣个远点儿的角落,咕哝一声躺下来。再过一会儿,我会听到它用爪子刨帆布,把长鼻子杵到我脸上,让我看它那一脸难受样,距离之近,似有人性,我会推开它的脸,揉搓它脖子上的皮毛,心里满意地暗忖,幸亏它只是条狗。

我担心它缺少锻炼。实际上,戴夫每天早上晚上出去遛它,一直走到牧羊人草地花园,戴夫告诉我说,它一到那儿就会四下里疯跑,直到该回家的时候。但是对这么大的狗来说,这恐怕不够;戴夫一两天后要去夏季班教课,照顾它的时间也会减少。我担心火星会不会难过;然后我又担心,就算它不知道自己难过,也有可能它的确难过。我决定抽空问下戴夫。

戴夫白天常在家，我能听到他打字机的声音隐隐传过来。此外就是寂静了。中午和晚上，他给我买份盒饭回来。我们不说话。有时候到下午，他会推开门进来看看我。我看他就跟把望远镜倒过来看似的。然后到很晚的时候，我记得，他是走了，门关上了。之前，戴夫一直就是这么过来看我的。我辗转反侧，床吱呀作响，摇摇晃晃。我穿着衬衫短裤，虽然是个晴天，我还盖着两条毛毯。我感觉冷彻骨髓。我拿起枕头，压在背包上。我从窗口回到床边。太阳照不到这间屋里，但在医院外墙反射的光线中，一切都异样地清晰，仿佛空间增加了一个维度，物件凹凸更显豁，一样的东西，却几乎令人难以忍受。我躺着看我的鞋，不禁纳闷芬恩怎么了。

我十五号早晨从巴黎回来。在金鹰路见到了戴夫和火星，从戴夫那儿听说，他和芬恩头天下午在桑当公园赛马场，目睹了琴鸟令人称奇的获胜，为我们三人大赢了一笔。他们在赛马场下了赌注，戴夫拿到钱后，给了芬恩他那份，有二百一十镑。芬恩把钱收起，大部分是五镑的钞票，把浑身上下的衣兜全装满了。他埋头装钱，默不作声，活像把降落伞捆在身上，准备危险的一跳。然后他默默握住戴夫的手，握了好一会儿。随即转身消失在人群中了。当晚他没有回金鹰路，戴夫以为他可能来找我了，见我第二天早上回来了，戴夫才发觉判断错了，便去周边找芬恩，四处打听。从那以后，他没再露面。我还不至于太担心。芬恩大概去喝酒了。我见过他有一次找了个借口出去，一走三天，救护车送回来的。我倒不担心他会出什么大差错。可我还是心急火燎地想让他赶紧回来。

我回来后，立刻写了封信给疯人俱乐部的一个人，要他找到安娜的下落，告诉我。可是我还没收到回音。我试过跟雨果联系，也没结果。他公寓没人接电话，制片厂说他到乡下去了。戴夫给我看了他写给萨蒂的信的副本,信上说了火星的事,说得友好而严肃,且语含威胁。但是现在萨蒂人也没了踪影。我给让·皮埃尔写了封信,祝贺他的成功。那之后我就躺在行军床上了。我和左派约定的日子过去了,他打过两次电话询问我;戴夫告诉他我病了,我觉得说得是真的。

医院的墙这会儿几乎完全阴暗下来。窗上就剩了一小块金三角依旧涂着晚霞。戴夫推门进来,招呼火星出门,我能听见它在厅里欢腾,巴望着晚上的遛弯。戴夫带火星回来后,我大概就要考虑睡觉了。也可能太早,所以我也许睡一觉,入夜前再醒来。但我对此有一种恐惧,于是起身整理床铺,这样就能清醒些。我慢慢又回到床上,躺下来,过了会儿,床才停止颤抖。火星回来了,凑近脸看我,带来一阵外面的清新气味,令我为之一振。它湿漉漉的鼻子和眼睛都亮闪闪的,额头上淡棕色的斑纹,给了它一种永久的期待神情。它叫了一声。"安静!"我对它说。乱我心意的声音在我耳畔响了很久,才又复归寂静。

到了第二天早晨,我等着听邮递员上门。现在我每天早上都这样。我的表停了,但我从医院的墙上看得出时间。时候差不多了。到时候了。听到了他上楼的脚步,开信箱的哗啦声,随即一声重重的敲击。今天早上的信件真多。我听见戴夫走进厅里。这是一天最重要的时刻。我等候着。寂静。戴夫朝我房间的门走来了。他推门进来。

"没你的信,杰克。"他说。

我点了点头,扭过头去。我能看到戴夫还站在门口。火星挤过他出了房间门,进了厅里。

"杰克,"戴夫说,"看在老天的分儿上,起来做点什么,什么也行。我一想到你成天躺在那儿,心里就发紧。你让我这么紧张,我没法弄哲学了。"我什么也没说。

戴夫又等了一会儿,然后说:"别在意,杰克。叫我跟谁说话呢?你也应该为自己的身体起来了。"

我闭上了眼睛,很快听见门关上了。然后听见戴夫和火星出去了。又过了一阵,火星回到了屋里,戴夫也许去了夏季班。我决定起床。

一时间我找不到衣服。房间里乱七八糟,东西杂乱无章。我发觉自己不由自主地把戴夫的包掏空了。我一脚踢开包,看见我的裤子在一个角落的杂物堆顶上扔着,一定是火星把这堆杂物当床了。裤子上沾满了短黑毛。我提起来抖了抖,穿上。过去把窗户大打开,做了下呼吸运动。夏季的一波热浪平息了,天清气爽,好风阵阵。我探出窗外仰望天空,在医院外墙上方,蔚蓝的天空上,飘过一小朵一小朵白云。火星绕着我欢跳,乐得呜呜叫,腾起爪子直往我身上扑。这家伙后腿站立起来快有我高了。不过,我前面提过,我个头也不太高。我把屋子收拾了一下,找到了我的外衣,便带着火星出门了。

金鹰路真要命。机动车发出无休止的刺耳噪音,人行道上行人摩肩接踵,店铺橱窗里堆满陶器和铁皮罐。我和火星好不容易来到草地花园,我坐在一棵树底下的硬土地上,上面似乎有草想长出来,却死活长不出来。火星四处奔跑,跟别的狗玩耍嬉戏。它不断跑回我跟前,向我保证它没忘记我。我两眼越过牧羊人草地帝国音乐厅的塔楼顶,盯着天空。大团浓浓的白云,眨眼的工夫就从楼顶飘过。整个天空像在奔跑,阵容巨大,和谐一致,相比之下,我周围街上跑步的人,显得紧张猥琐。我站起来绕着草地花园步行了几圈,火星一直陪伴在我左右。随后我又带它回到公寓。路上车水马龙,交通繁忙,我生怕它离我远了,因为我还忘记了给它戴绳套。我给雨果的公寓和制片厂分别打了电话,但依旧没结果。于是我又出门独自在周围散步,直到酒馆开门。

在我回戴夫家的路上,忽觉自己正走过医院的正门,便停下了脚步。医院是一座混凝土结构的白楼房,方窗平顶。楼房是很久前盖的,最早出现在《建筑综述》上。主楼连接着好几座配楼或附属楼,朝着各个不同的方向,外形线条一样,所以很容易看花眼,看不出哪是哪儿。在附属楼形成的天井或楼间空地上,开辟了花园,种了花草,有草地有总有一天会长成大树的小树,这些树的保留与否,会成为医院管理委员会无休止的辩论焦点,是保留自然魅力给医疗带来益处,还是楼房低层需要见更多太阳。我在那儿站了一会儿,看着大门前的方块院子里汽车进进出出。然后我穿过马路,进了医院,去找工作。

十七

事后想起来,仍令我惊讶,应聘竟那么顺利:没问什么问题,也没要推荐信。也许人家一见我,就很信任。我平生从没有找过工作。找工作是我朋友们偶尔做的事,约谈总那么缓慢困难,甚至于还得用点计谋。说起来还真是,朋友们找工作屡遭失败,让我对此有了成见,再加上我个人的性情,所以从来没在这个方向有过任何尝试。我从来不曾想过只需要去问、去申请,就可以找到一份工作。我心态正常的时候,也从来没有尝试过。你也许会说(说得没错),我轻而易举找到手的这份工作,不只是非技术性的,而且是没人爱干的,应聘的人少得可怜,逮谁用谁,只要你不痴不呆;而我那些朋友要找的工作,所以那么难,是因为他们想当高级公务员,比如伦敦报纸的专栏作家、英国文化委员会官员、学院的研究员、英国广播公司的管理人员。这没错。然而在我们故事的现阶段,我还是感觉很惊讶,居然找到了工作,而且这么高效,这工作我还能干。

我被称为护理员。工作时间从上午八点到下午六点,中午有三刻钟的午饭时间,每周休息一天。我被安排在一个颅脑伤专用病房区,叫作"科雷利"区,是根据医院的传统,以捐赠人的名字命名的:科雷利先生是个来自西西里的肥皂制造商,他儿子有次酒后开着蓝旗亚轿车,在厄士桥路出了事故,造成颅脑裂伤。经过治疗儿子复原了,老科雷利便慷慨解囊,从此这个病房区有了这么个名,在这个病房区,我已经工作了四天。

我的任务很简单。上午八点到了后,我拿拖把和水桶,去清洁三条走廊、两段楼梯。这些地方的表面都很容易清洁,我借助一块小肥皂,把表面清洗得色泽鲜亮,焕然一新。这之后,我去清洗病人用过早餐的瓷餐具,都已经放在病房区的厨房了。"科雷利"占了三条走廊,一层的叫科雷利一区,二层的叫科雷利二区和三区。病区厨房在科雷利三区,我的活动主要集中在这儿。厨房隔壁是个小房间,我把外衣放里面,干完活儿得空就来这儿看报纸。洗涮完了,就去叫作配楼厨房的主厨房收牛奶罐,再推个手推车回科雷利三区,乘专用货梯上来。我很喜欢这部分工作。去配楼厨房要走很长的路,穿过好几个通其他病房区的走廊,那几个病房区名字都挺怪;我走起来脚底生风,与穿白大褂的陌生人擦肩而过,他们干他们的事,我干我的,我感觉自己肩负着重要使命。等回到科雷利一区,我会被派去干一件几乎有临床意义的工作,即去用一个大电炉热牛奶,热好了倒在奶杯子里,由护士们拿给那些允许喝牛奶的病人。这之后,我切面包和黄油,洗牛奶杯,洗锅,把厨房收拾干净。

我遇到同事和上司时仍很紧张,总忍不住要讨好他们。护士们多半是年轻的爱尔兰女孩,脑袋空洞,里面全是婚后家长里短那些事,所以也可以叫作脑袋不空洞。我跟她们相处,倒是如鱼得水。刚来第二天她们就叫我"杰基",还亲切地拿我寻开心。我饶有兴致地注意到,她们没一个真把我当异性看待。我周身散发着一种气质,尽管我们相处得那么融洽,这气质还是让她们不愿靠近我;也许是某种模糊的本能提醒她们,我是个读书人。我和病房护士长相处也很融洽,但方式不同。病房护士长不苟言笑,年长威严,朴实无华,令人敬畏,我们之间的社会距离,不可能让我们产生什么摩擦。我个人的特点不会冒犯她,因为她对我自命清高的做派毫无兴趣。我只琢磨一个问题,我的工作干得好不好,但找不到答案;我做这些事情的时候,她也就对我不理不睬,算是表达了她的赞许,不过每天上午一上班,我们在走廊打照面时,她会把头略微偏转一点点,稍稍露出一个注意的表情,假如这个表情持续下去,可能发展成一个微笑。

病房护士长上面,是医院的森严等级,与我无涉。让我感到最不舒服的,是我的小社会的中间部分。病房护士长下面,有三个中级护士,每人负责一个科雷利区,主要就是这几位给我下达指令。这些女人都有了一把年纪,却被折腾得很惨,一方面是护士长对待她们那种毫不动摇的专制,另一方面是初级护士对她们明里暗里的冷嘲热讽。中级护士受了护士长的气,为恢复自己的尊严,就去压制手下人,初级护士受了中级护士的气,就以其人之道还治其人之身。中级护士发现我这人很难理解,怀疑我跟她们作对,不只是因为我跟与她们为敌的初级护士关系很好,还因为她们好像窥出了我的本性,这方面她们大大超过了我接触到的医院的任何人。我给她们带来的一个难题,让她们感到棘手:我在这里相处的女人中,唯有她们几个眼里,我毫无疑问是个男人。我们之间会起电,她们躲闪我的目光,向我下达指令的时候,本来已经是高调门的嗓音,会再提高半度。

我特别喜欢那个负责科雷利三区的护士,我和她打交道最多,她的正式名称是皮丁汉姆护士,小护士们都叫她皮丁。皮丁一准有五十了,也许还不止,很多年前她就开始染发了,把灰白的长发染成黑色。她的嗓音和眼睛被成天的嘴仗和批评审查的职业习惯磨得十分尖锐,我在厨房干活儿时,一直跟随着我的身影。她批评我的那种迫切感,形成了我俩之间的纽带;我倒情愿干点什么别出心裁、出人意料的事,来取悦她,比方说送花给她,但是我知道,她对我太认真,会把这举动解读成一种不恭敬,恨了我。对她那种生存方式的痛苦与不幸,我心怀敬意,甚至到了恐惧的地步。医院里我常见的其他人,有个男的叫史迪奇,是院内搬运工的领班,人很傻,打心眼里恨我,还有一两个病房小护士,多少都有点不大健全。

每天午饭时间,我都去配楼餐厅买三明治,再去戴夫的公寓带火星出来;有时候能见着戴夫,第一次告诉他我找了工作时他的惊讶至今还没消退;我心说,单为让戴夫这么大吃一惊,这件事也干值了。然后我带火星到医院,坐在科雷利一区外面的花园里,吃三明治。这儿的花园是一块平整的草地,上面长着两排樱桃树。我知道是樱桃树,是因为护士们说起春天花园的景色总是惊叹不已。我会坐在一棵树底下,火星在周围欢跑,一会儿看看这棵树,一会儿看看那棵树,科雷利病房的小护士们会过来,围在我身边,像神话里的林中仙女,嘻嘻哈哈嘲笑我,说我盘腿坐在树底下,像个神仙,她们很喜欢逗火星玩,待见我,讨厌史迪奇,那家伙恨不得禁止我带火星到花园来。我很喜欢午餐时光。

到下午,我才能看到病人的影子。不过这已经到了黄昏时分。我整天都在盼望这个时刻。就我的理解,医院不景气了,现实情况是病人在减少。病人是核心,其他都是次要的。科雷利病房的病人全是男性,全是头颅撞伤导致的各种伤情。有的是脑震荡,有些还伴有颅脑裂伤,另外也有更为神秘的重症。他们躺在那儿,头上缠着穆斯林头巾般的绷带,头痛得紧眯着眼睛,盯着我擦地板;我对他们又是同情,又是敬畏,像印度人可能对一头神圣动物的感觉。我其实挺想和他们说话,有一两次,还真开始聊了,但每次都被正好进来的主管护士打断。她们认为护理员和病人说话是不合适的。

　　围绕病人的气氛已经够严肃的了,有个情况又加重了这种严肃:我天天离他们那么近,却从没见过他们的真相,只一味毕恭毕敬地视他们为病人,孤独安静地躺在那儿,摊着两只手,私下里互相诉苦。而另一些时候,他们被擦洗喂饭,用便盆,从他们摇晃的脑袋上拆除浸满脓血的绷带,这些只是我推想出来的,我每天干活儿,都会看到肮脏的盘子和其他不那么令人愉快的东西,很容易想象出那情景。每当医生和护士牧师布道般地谈话时,病房的门就仿佛教堂的门一样,关上了,通知也摆放出来,禁止进入。我只偶尔经过走廊时,能见到其中一个病人躺在轮床上,被推进推出,抬上床抬下床;每当听见轮床隆隆推过,发出橡胶摩擦的沉闷声,我不管在哪儿,总要搁下手里的活计,跑来看一眼,也许是新来的病人,脸和裹着绷带的头,一看就是刚从外面世界里来的,这让我深信病人也是人,和我一样。

　　我把房间都打扫干净后,工作有一段空档,这时候我会溜回我的小洞子里,空间仅够坐下,在昏暗的电灯下看报纸。小洞子没窗户,每堵墙上的衣钩都挂满外衣,像衣帽间内景。我不在乎这个,从儿时起,衣帽间内景就对我有一种特别的吸引力,毫无疑问,有可供精神分析师分析的原因。不过我讨厌昏暗的灯光,第二天,我就自费安了一个瓦数更大的灯泡:不料第三天就被史迪奇没收了,又换回了那个昏暗的灯。我坐在那儿浏览《标准晚报》,一边看,一边感觉着外部世界的流言蜚语,仿佛远处的叫喊,或是遥远的时空中战争的喧嚣。左派的名字经常出现;一次,一整篇社论冲他刊出,语言辛辣,说他既是一个严重的公共威胁,又是街头摇唇鼓舌的煽动者,极其卑鄙。我注意到,一两天后,独立社会党人要在伦敦西区组织召开大会,关于此事,编辑号召贵族精英采取综合方式对待,既要藐视,又要采取强力措施。荷马·K.普林斯海姆在伦敦举行了一场记者招待会,说到英国和美国电影业,有许多方面可以互相借鉴,而且已经走上了意大利里维埃拉之路。我要找寻的别的名字,没看到。

我很喜欢一天的这个时候。到现在,我在已经相当疲倦的感觉之上,又添了一种全新的感觉,即做了某些事。我迄今做的文人工作,总让我感觉一事无成:回首这些事,就像看一个空贝壳;然而,究竟是因为文人工作本身如此,还是因为我不成器,我从来没想明白过。如果无论什么工作,其中不再感觉与任何思想有什么联系,那往好里说是枯燥乏味,往坏里说是臭不可闻;如果与思想有联系的那种感觉还在,说明工作受感觉影响了,感觉到的只是当前思想变了样的空虚。当然也不排除,若有任何可观的当前思想,就不会有空虚感了。我想知道,康德在构思他的"哥白尼革命"之际,是不是总在心里说"但这什么都不是,什么都不是"?我想他应该是这么做过。

我决定等到周末再试试联系雨果。我自己的命运感,在我躺在戴夫的行军床上这些日子里曾莫名其妙地离我而去,如今又回来眷顾我了,而我深信,不管上苍是怎么替我和雨果安排以便我们深入交往,他都不会把他这工作搁置不完成。对这件事,我此刻感觉平静。我更担心的是法国来信,也许最担心的是芬恩,他至今还毫无音讯。戴夫说过,我们应该去打听一下了,但这不可能,原因很简单,没处打听。就我们所知,除了我们以外,芬恩在伦敦没朋友,至于他现在的下落,我们甚至连一条理由都找不到。戴夫建议报警,但我反对。如果芬恩醉酒而死,那是芬恩的事,出于友谊,我表达最后的悲痛方式,就是由他去。这同样也让我心焦,我回想了许许多多关于芬恩的往事。

另一个在我手上悬而未决的问题是火星,我一想起这来就毛焦火辣。萨蒂和萨米仍没有动静,他们的沉默开始让我紧张了。我时不时会有个冲动,要去见萨蒂,把整个事情说明白。但我也害怕去,部分是因为我其实有点儿害怕萨蒂,特别是现在做错了事情,部分是因为我受不了火星离我而去的情景。我不想让年迈的火星落在某人手里,也就是萨米手里,我怀疑他不会尊重一个已无利用价值的生命,甚至于人命在他眼里也不例外。所以我按兵不动。

又过了一两天。这天临近傍晚,再过半小时我就下班了。我干得很勤奋,一天的活儿提前结束,这会儿其实已经没事可干了,不过就算没事,钟敲六点前也不能离开这里。我暗自思量,几分钟后我再去厨房拖地板;那儿的地板再怎么拖也不嫌多。不过这会儿不急。我感觉很累;而且我明白,这工作倒是蛮好玩儿的,但主要的问题是太累人。我决定以后再安排工作,不管是在这儿还是在哪儿,都要安排成上半天班。另外半天,我可以写点东西。我有了个想法,半天干体力活儿,对另外半天干文人活儿的人,大有安神醒脑之效。我弄不懂,为什么以前没想到这种生活方式,这方式让人感觉每一天都没有虚度,过得都很充实,能把无用空虚感从我身上彻底清除,免得这感觉与日俱增折磨我。但这些都是以后的事,眼下我除了继续干,没别的打算,耐心等候命运的垂青。我虽然坚信它会这么做——我边琢磨,边随手翻看《标准晚报》,是站着看的,因为光线太暗了——但心里还是没底,不知它到什么时候才能眷顾我。

我从报上看到,左派的大会已于今日举行,并不平静,最后仍遭警察干涉。报上登了几张骑警驱赶人群的照片。有人扔了一颗照明弹,两个女人昏过去了。左派发表了演讲,在我看来,演讲充满无害而令人厌烦的话语,主题是各左翼组织互属机制。一个知名工会领袖,也是左派那个党的党员,也做了演讲,演讲的还有一个下院女议员,不是党员,但很漂亮。

我正看得津津有味,只听通往主过道的弹簧门开了,然后传来了轮床的隆隆声。新来了一个病人。透过小洞子的玻璃门,我看到皮丁经过,听到她的黑高跟鞋嘚嘚走过病房走廊。我打开门,站在里面推着。史迪奇推着轮床冲我这边走来,轮床上盖着一张红毯,毯子下面,一个人形俯卧着。史迪奇和我目光碰上了,他生气地把头一抖,表示没我什么事,别赖这儿瞎看。他不跟我说话,根据不成文的规定,医院雇员推病人经过走廊时,不得讲话;但他眼睛说出来的足够了。我回敬了他一瞥,把我所能表示出的傲慢不屑全放里面了。这时轮床正好打我眼前经过,我垂下眼睛,看了眼轮床上病人的脸。轮床上的人是雨果。

他的脸死人般惨白,两眼紧闭。头上缠满绷带,上面透出黑乎乎的血迹。我站那儿惊呆了。轮床推走了。我退回洞子里,关上门,靠在上面。我心头涌起一阵感情的冲突。最直接的感情是负罪感,仿佛哈姆莱特面对父亲的幽灵。我有种怪异的感觉,是我没有看护好,雨果才头负创伤。跟这种感觉相关联的,是我立刻体会到了一种感激,想到我一停止寻找雨果,他就被打伤了头送到了我身边。在制片厂遭他冷遇,我至今还有点儿耿耿于怀。但是这想法很快就烟消云散了,我内心充满了懊悔,感觉其他什么都不重要,唯一的问题是雨果伤情如何。我出来到了走廊上。

他们把雨果推进了走廊尽头的一个单间病房。我看见皮丁又过来了。我跟着她进了手术室。

"那个大块头情况怎么样?"我问道。"严重吗?"这问题没什么不寻常;病房每次来新病人,我都会问的。

"我以前告诉过你,别进这房间。"皮丁说。她从来不屑于叫我的名字。

"对不起,"我说,"碰巧进来了。不过情况不好吗?"

"你该做你自己的工作,"皮丁说,"我要叫史迪奇给你多分配些工作干。"我回身要走。出了门一半,只听她补了一句说:"他在那个集会上被砸了一砖头。是脑震荡。大概在这儿住五天。"

"谢谢你!"我说,随即鱼一般溜出门外。这一步让得够大的。

我来到厨房,开始墩地。史迪奇进来说了一堆话,我连一句也没听进耳朵。我心里在琢磨怎么办。我需要见雨果。命运也太捉弄人了,就算把我们弄到了一起,可是这情况也没法交流啊。竟被安排成这种关系,任何接触交谈都被排除掉了。我想了上百种可能性。碰巧明天是我的休息日;所以要想在班上正常见他,就得在后天下午打扫他病房的时候了。即便到那会儿,跟他在一起的时间最多也就十五分钟;无论如何,这时间等得太久。如果雨果只是轻微受伤的话,很可能那时候他就出院了;除此以外,等这么久我也受不了。雨果来到了我身边,我必须立刻见他;可是怎么见? 我忽然想起还有一个困难,雨果昏迷不醒。

我忍不住心里咒骂起来,一边在壁橱底下狠狠地拖着墩布。史迪奇走了。我在想能不能换一天休息,不行明天就放弃休息,主动来上班;那就可以上午偷偷溜进雨果病房,待一会儿。这很难,医生护士进进出出。而且,即便明天我主动来上班,会被允许吗?事情肯定会交由史迪奇处理,他肯定以为是我想来,会一口咬定没这可能。假如还有时间,我会想出个计策,引诱他逼我来,算是对我的惩罚;但现在太晚了。我正犹豫不定,一个小护士进来了。所有护士里,她最像爱尔兰人,说话声音老让我想起芬恩。我问道:"那个大块头怎么样了?"

"他刚才大喊大叫要吃饭!"护士说。

我一听这话,灵机一动,知道该怎么做了;实际上,也只有一招可行。半夜回医院来。这念头让我涌起一阵宗教式的恐怖感,同时也令我异常兴奋。我从来没见过医院夜里是啥模样,心里倒是常常想象。想到它夜里的宁静寂寞,那种恐怖感之外,又添了一种感觉,即我在那个时间出现,会是一种亵渎神灵。如果被发现,肯定会当下挨一枪。没人会怜悯我。但必须来。雨果的气场已经在我心里掀起旋风,只有在他面前,才能平息。我必须见他。

我放下拖把,脱掉白大褂,迅速思考。现在是六点。我要立刻把计划的细节考虑周全,如果需要事先的步骤,这会儿就该进行了。如何进入医院?我把这地方在脑子里过了一遍,真像座不可逾越的堡垒。正门整夜都开着,但灯光照得很亮,我知道这一点是因为当我去戴夫的公寓,不论什么时间从那儿经过,都是那样。有个夜间看门人肯定在值班,会拦住我盘问。我想了各种各样的谎话,可是没一个可行,不能保证我独自被允许进入。倒是有个后门,经过科雷利一区,通向一个院子,那儿堆着煤,存放着自行车。我一般都走这个门。但是从史迪奇嘴里,我了解到,晚上十点这个门上锁;要有别的后门的话,也都不例外。当然,有个通往事故病房的入口,供急诊病人进入。但是这个入口也会有人看守,所以,溜进去而不被发现的机会太小;出点差错就玩完了。唯一的可能性是从窗子里钻进去;如果我要选这条路,得先选定窗户,以便过去能直接打开。

我穿上外衣,慢慢下楼梯。我的头脑里在翻腾。楼房这一面对着自行车存放处,上面的灯整夜亮着。谁要从院子进楼房,在街上一目了然。配楼末端正好在街灯的光照范围,主楼下也有一圈灯柱,围着主庭院。那几个配楼花园夜里深井般漆黑。通这些花园的窗户大都是病房的窗户。都不用想从这些窗户进入；即便我现在有胆量去，并且也看到开着一个窗户，但凌晨两点我绝无胆量再从这儿进来，那要冒很大的危险，比如把病人吓到尖叫。还有别的可能性，比如科雷利一区餐具间的窗户。但是这基本也在科雷利一区主管护士的视线以内，她的办公室在餐具间隔壁；别的窗户也不行，都是从花园通病房办公室的。我唯一的希望是配楼比较隐蔽的那部分公共区域，配楼厨房周围。肯定一整夜都会有人在厨房附近；但是附近有不少衣帽间和储物间，似乎总受冷落，白天都很少有人去，这些房间的窗户都在花园最里边，那儿最黑。

  我下到楼梯底，转身装出漫不经心的样子，向配楼厨房走去。我要想干什么的时候，很难做到表面看上去跟其他场合没两样。我感觉脸上的表情肯定会背叛我，所以在走廊只要遇到人，我就把这张泄密图转到别的方向。我脚步坚定，走过了厨房。厨房门上半是透明玻璃，我眼角余光瞥到里面有人走动。我向前又走过两三个门，遂选定一个用力转动门把手。我没记错。这是个储物间，每面墙都靠着十英尺高的铁货架。我从中间穿过。看见了那块花园和几行樱桃树，有阳光也有阴凉。科雷利病房这边的阴影，清晰地横过草地，把草地切成两个对比鲜明的三角。我站定看了会儿外面。然后拉开了窗户的插销。

  这是个简易的框架窗，窗框半中间有个窗钩，底下有个多孔条，可以调控窗扇开启的大小。我旋开窗钩，把窗扇打开一两英寸，让窗钩顶在外面的玻璃上。我不想让窗户看上去像被打开了；另外，我要确定到时候从外面能推开。我用了几分钟，就都搞定了。然后我以那几排樱桃树做参照，仔细记下了窗户的位置。随后我走到门口听了听，确定走廊没人，才出来关上门返回科雷利区方向。谁也没看见我。一转眼，我已经离开了楼房。

十八

这以后我做的第一件事,是去喝了杯烈酒。我的心跳得像部队行军。我此生绝不会去参加阴谋活动。然后我回到公寓牵出火星。带它上了去巴恩斯的巴士,在红狮酒吧要了啤酒和三明治,再带它到外面的公共场地遛圈,遛到天色将晚。我们回到金鹰路时,差不多天黑了。我把火星留在公寓,没看见戴夫的人影。他去开什么会了。我独自出来朝哈默史密斯方向漫步,消磨时间,心里盼着时间过快点。酒吧在打烊,最后十分钟,威士忌我是能喝多少就喝了多少。然后我又信步来到河边。这时我没有想什么特别的事,但思绪被雨果占据了。好像雨果躺在医院病床上,手里拽着根绳,我在绳子另一头拴着,不时能感觉到绳子猛拉一下。或者就好像雨果是一只巨鸟,把我放在羽翼下孵化;我对即将来临的会面并不感到愉快,只是觉得此事必然发生,而有一种风雨将至的盲目满足。

我看了眼手表。已过午夜,我正站在哈默史密斯桥上,离我们从笼子里放出火星的地方不远。我向河上游望去,看到北岸那片楼房,我想分辨出哪座是那个哑剧场。但是太黑了,看不出来。接着我心里一阵惊慌,怕回医院太晚了。于是我迈步就走,在哈默史密斯百老汇打到了出租车,回到金鹰路。但是一看时间,又太早。我便在街上踱步,经过医院,走了几个来回。还不到一点,我决定不到两点不进去。便朝医院相反的方向越走越远，但是总有股劲儿把我往回拉。我需要给自己设定些小任务：这回要一口气走到七星那边，再折回来；这回要到铁路桥下抽根烟再说。我心情焦灼难耐。

快到一点二十，我实在忍不下去了，决定进入。但是，还没靠近，就看到那里灯光照得亮如白昼。街灯雪亮，楼房本身好像也覆盖了一层照明灯。走进一看，只见入口大厅里站着人，楼梯间的窗口都亮着灯，病房的窗户有些也亮着灯。我没有料到夜间照明会到这种程度。配楼花园倒是一片黑，就我目力所及，科雷利区没有开灯，只有一处亮着微光，不用问也知道，那是夜班主管护士的房间。然而，要进入配楼花园，先要穿过很宽的一条鹅卵石步道，再穿过跟院子从这边到那边一般长的草坪，而这一路都被永不疲倦的街灯照得通亮。一行低矮隔离柱，把鹅卵石道和大街隔开，连接矮柱的铁链在晃悠。黑暗似乎在很远的远处。

我挑了个尽可能远离主入口的地方，向街左右细看了一遍。地方还算隐蔽。然后我猛跑几步，越过铁链，径直穿过鹅卵石道，沿斜对角线穿过草坪。我跑得很轻快，脚趾几乎不沾地；转眼间便来到配楼花园的黑暗中。我在草地上停下来站定，喘了口气。回头望了一眼。没人。周围无比寂静。我抬头望了眼科雷利区的病房。一层就亮着那一盏灯。我的脚又在草地移动起来，每经过一棵樱桃树，就用手扶一下树干。此刻，我不在街灯照射的范围，忽然觉得真是个明亮的夜晚。从路上看，花园里漆黑一片；但置身花园，才发现没有那么黑，能看到周围，一边走，一边感觉从窗口肯定能看见我，担心随时都会听见上面冲我猛一声吼。但没有一点动静。

从外面看，一切都不一样了，我花了好一阵才确定了那个储物间的窗户。找到后我吃了一惊，发现它离地面如此之高。我屏住气，轻轻拉了拉窗扇。松了口气，拉开了，毫无阻力，没弄出一点声响。我环顾四周，花园空荡寂静，樱桃树正对着我，像画中的舞者。路上依旧空无一人。我把窗扇开大了些，两手用力抓紧两边窗框。可是窗户底边太高了，我的膝盖够不着。外面也没有台阶。我松手退后，是不是要跳上去才行，我犹豫不定，怕弄出动静。这当儿，我感觉路上有脚步声，向这边来了。不容犹豫，我闪电般行动，一手撑在窗口，猛一跃。窗框蹭了一下我的胯，但我身手轻巧，瞬间伏到里面的窗台上，两腿随上身拉进。我死死立在了储物间的地板上。太寂静了，所以我感觉好像弄出了很大声响。但寂静在继续。

我拉上窗扇，但没有扣上，跟先前一样。然后我穿过房间，感觉而不是看见靠墙放置的黑黑的大铁架子。这儿的确是一片漆黑，黑得那么浓，仿佛把眼球蒙了层黑色。我伸手摸索门把手，听了一下，随即来到走廊。明亮的灯光，洁白的墙壁，在开门瞬间晃到了我。我两眼在黑暗中睁得很大，一见光马上眯起，并抬手挡在眼前。然后我朝科雷利区方向走去，我的脚轻轻踏在橡胶地板上。这儿可无处藏身。但愿神灵保佑，别遇到任何人。

医院寂静无人，但又异样地活跃。我能听到呼噜声、咕哝声，像一头沉睡的巨兽，即便有一阵一阵的死寂，我依然能感觉到它那震撼的心跳。经过配楼厨房时，我把头偏向另一面；因为我怕遇到什么人的目光，我心里的鬼会清楚地写在脸上，我会情不自禁地叫出："我招了！"我来到主楼梯。楼梯亮晃晃空荡荡，十分寂静。落脚声越过我，回荡在巨大的楼梯井中，仰头望去，栏杆组成的矩形方块,一层一层叠加,直到上方许多层,几乎消失在一个点上。我这会儿脑子里一片空白,连雨果这个总想法,也消失了。如果被任何人拦住,我会胡言乱语,像痴人说梦。我来到了科雷利三区的门前。

我在这儿止步,稍停片刻。我不太了解这里的病房夜里是怎么安排的。如果病区有护士睡觉,她们应该是在楼下,不能睡在病人上方,所以在科雷利三区,除了值夜班的主管护士,大概没人。而这个人,我只凭汇报工作认识,她在我心目中的形象,早在这次行动之前,就是一个夜女神,一个暗世界的皮丁汉姆。现在我一边想起了她,一边手已经抓住了门把,不禁打了个哆嗦,仿佛一个圣职志愿者,走近先知西比尔的岩洞。我轻轻打开门,走进了熟悉的病房走廊。

走廊亮着一两个灯,但所有的病房都黑着灯。厨房和所有的办公室也都黑着灯,只有主管护士那间例外,灯光透过房门上半边的磨砂玻璃射出来。我担心夜班主管护士会通过这块半透明的门玻璃,看到我,她在我心目中具有超自然的力量,更不用说人间的厉害手段了;所以我手足并用,爬过了前一段走廊。等过了她房间的门一大截,我才站起来,蹑手蹑脚继续向前挪移,没发出丝毫声响。神秘莫测的寂静吞噬了我。此刻我站在了雨果门前。我抓住门把手,是块斜面钢条,向下压才能打开门。我把它紧紧包在手里,尽量让它不出声,用力均匀使劲一压。压下来同时推门。仿佛一道梦幻中的门遵照我的意念开启了。我一直抓着门把手,直到整个人进了门,另一只手抓住里边的门把手,在身后把门稳稳关上,才松开门把手。没发出一丝声响。

光线半黑。门上高及人头部位,有个小窗口,大约十八英寸见方,走廊的灯光从窗口进来一些。我能看到高高的床上毛毯的红色,和蜷缩的人形。出于谨慎的本能,我单膝跪地。那个人形抖动了一下,雨果的声音锐利地响起:"是谁?"

我说:"嘘!"紧接着又说,"是杰克·唐纳修。"

静了一下,雨果又说:"我的天哪!"

我想走出光线照射处,便改成坐姿,在雨果床下席地而坐。这地板我头天下午彻底清洁过,那时雨果还没到,现在我坐在上面了,光滑如坐冰面。我移到床的另一头,靠墙坐着,可以把腿伸展。这才感觉完全冷静放松下来。

黑暗中,雨果的眼睛一阵搜寻,找到了我。我微微一笑,把头前倾。

"这有点太夸张了!"雨果说。"我在睡觉。"

"别说得太高,"我告诉他,"不然夜班护士会听到。"

他压低声音耳语道:"我希望你不要老跟踪我!"

这话我觉得不中听。"我没有跟踪你!"我也对他耳语道。"我在这儿工作。我最不愿意看见的就是你被送进来。"

"你在这儿工作?"雨果说。"你做什么?"

"我是个护理员。"

"我的天!"雨果说。"那也可以等到明天再说啊。"

"我白天上班的时候很难见你。"我说。

"那么你现在不上班?"雨果说。

"不。"

"所以你是在跟踪我。"

"噢,去你的!"我对他说。"瞧,雨果,我想跟你说几件事。"

"哦,这个时间我走不掉,对不?"他说。

他在床上躺好,我俩对视了一会儿,人们彼此看不见对方眼睛的时候就是这么对视的。

"你为什么这么不安心,杰克?"雨果问道。"我在制片厂就感觉到了。多少年来你并没有想见我,然后突然间,你疯了似的来追踪我。"

我感觉我必须说真话。"我跟萨蒂和安娜见了面,让我想起了你。"我说。

我能看到雨果像只海葵一样缩成一团。"你怎么又跟那两个认识了?"他问道,声音里含着谨慎。

我感觉我必须毫无保留地实话实说了。"我同居的女友把我撵出来了,所以我去找安娜,她把我转手给萨蒂了。"

我能看到雨果在发抖。"萨蒂说了我什么吗?"他问道。

"没什么特别的,"我说,扔出了第一句谎话,"但我从安娜嘴里听到了一些你的消息。"我想回到安娜的话题上来。

"不错,"雨果说,"安娜告诉我她见了你。你有天夜里去了剧场,对不对?后来我想见你。听到安娜说你离开了,我觉得遗憾。你那会儿显然不很想见我。"

这情况我感觉没法细说。"我那会儿害怕见你,雨果。"我说。

"我不能理解,杰克,"雨果说,"我不知道怎么会有人害怕我。我从来弄不明白,过去你为什么那样消失了。那会儿我特别想跟你谈话。我从来没跟别人像跟你那样讨论过。我们可以讨论你写的那些东西。"

"什么东西?"我问道。

"你写的那本书啊,"雨果说,"我忘了是什么时候出版的,但肯定是你从巴特西消失后不久,不然我们就会谈谈它了,我记不清跟你谈过它没有。"

我把头往后一仰,紧紧压在墙上,活像大醉后拼命克制。

"你是说《无言》?"我问道。

"对,是它,"雨果说,"当然,我发现有些地方很难啃。你从哪儿弄到那些概念的?"

"从你这儿,雨果。"我少气无力地说。

"哦,"雨果说,"当然,可以看到有些是我们谈到过的。但是读起来很不一样。"

"我知道!"我说。

"好多了,我是说,"雨果说,"我们谈到的那些,我真忘记了,不过是一堆杂乱无章的东西,对不对?你写得很清楚。我从里面学到了很多。"

我瞪着雨果。在门上小窗口进来的光照里,他裹着绷带的头显出个剪影;我不理解他的话。"我对这事感觉惭愧。"我说。

"我估计作者总是这样的,对自己写的东西没底儿,"雨果说,"我从来没有勇气写东西。不管怎么说,我希望你靠它挣了点钱。卖得好吗?"

"不太好。"我说。我一时不清楚他是不是在嘲笑我,但不可能。雨果不善嘲弄。

"太阳春白雪了,我看是,"雨果说,"人们第一次看到有创见的东西,并不喜欢。我希望你不要泄气。你在写另一部对话录吗?"

"没有!"我说,为让谈话继续下去,我好调动智慧,就添了一句,"我最近想把书再从头考虑一遍,把里面一两个概念再进一步展开,但我手头没书了。"

"可怜!你可以借我那本,"雨果说,"我书桌抽屉里放着一本,时常翻一翻。会让我想起我们的一些谈话。我当时非常喜欢那些谈话。从那以后,我的头脑就退化了。"

"我上周有天晚上去你公寓了,"我说,"见你留了个条子,说'去酒馆了',我又去附近的酒馆找你。"

"你肯定没走远,"雨果说,"我在路德王酒馆。"

"我向东走的,"我说,"那天晚上我遇到了左派托德。"

"你当然认识左派,是不是,"雨果说,"我今天在集会上见他了,后来有人拍了我一砖头。"

"你的头怎么样了,顺便问一下?"我问道。

"哦,还好,"雨果说,"只是头疼得厉害——要不是你来,睡觉也疼得厉害。可是,杰克,你还没有告诉我,你为什么消失了。莫非是我做了什么得罪你了?"

"不是,"我耐着性子说,"是我做的事得罪了你。但是我现在看到,这里面有个误会。咱就不提它了吧。"

我能看到雨果专注地盯着我。厚厚的绷带让他的脑袋显得很大。"你的麻烦在于,杰克,"雨果说,"你太容易受人影响。你太容易受我的影响。"

我吃了一惊。"我是容易受影响,"我说,"但是我不知道你知道。"

"每个人必须走自己的路,杰克,"雨果说,"事情没你想的那么重要。"

雨果这话让我恼火。"我不知道你指什么,"我说,"你认为有些事很重要,所以你不辞辛苦在哈默史密斯弄了那个剧场。"我想把他的注意力引到安娜身上。

"噢,那个……"雨果说,一时沉默。"我那么做是为取悦安娜,不过那件事很蠢。"

我屏住了呼吸。现在必须小心谨慎,慢慢推进,才能把他的忏悔全部套出来,我渴望听到;我缓缓吸了口气,能闻得到雨果的思想了。

"你是说,并没有真让她高兴。"我在套他的话。

"哦,让她高兴了,当然,是的,"雨果说,"但有啥用呢?谎言达不到目的。并不是说这就是个谎言。毕竟,情况我们都理解。但还算是一种谎言吧。"

我感觉这儿有点不理解。"你是说她对这事并不真的感兴趣,而她被囚禁在里面了?"我问道。

"不,她很感兴趣,"雨果说,"但是我并不真感兴趣。而她又引进那么个独创的垃圾,天知道她从哪儿弄来的!"

"她从你那儿弄来的!"我尽可能深沉地小声说。

"这是胡扯!"雨果说。"她可能从我这儿得到些模糊的概念,不过结果不会是那样。"

"那你干吗要表演哑剧呢,如果你觉得那纯粹是胡闹?"我问道。

"你说得对,我不该那么做,"雨果说,"但我那么做是为了讨好她——毕竟她似乎是在那儿做些什么东西。"

"是啊,"我说,"她有创造力。"

"你们都有创造力,我是说你和安娜。"雨果说。

"你为啥这么说?"我问道。

"事情让我吃惊,"雨果说,"我一辈子都没有创造过什么。"他加了一句。

"你为什么毁了剧场?"我问道。

"我没毁它，"雨果说，"是安娜干的。她突然感觉毫无意义，便一走了之。"

"可怜的雨果！"我说。"所以你把它给了国家独立社会党。"

"哦，"雨果说，"国家独立社会党急需一个地方，我想不妨让他们拿去算了。"

我替雨果感到难过。我脑海里出现了他的身影，独自站在剧场，人去楼空，剧场失去了生命。"我不知道你有政治观点，"我说，"一定是我们分手后，你才有了的。"

"我其实没有什么政治观点，"雨果说，"但是我想左派的观点是像样的。"这个词在雨果的词汇里，是个很高的评价。

"你跟他合作吗？"我问道。

"我的天，不！"雨果说。"我不知道怎么做。我就给他钱。我能做的就是这个了。"

"看来礼花产业还是很强劲的，"我说，"我注意到巴黎也是你的一个客户。"

"哦，礼花，"雨果说，"我把工厂卖了，你知道。"

"我不知道，"我说，"为什么？"

"我并不真相信私营企业，"雨果说，"至少我认为我不相信。我对这些事的理解很差。如果人对某个事件有疑虑，就应该弄清楚，你觉得不是吗？不管怎么说，工厂在我手里的时候，我没帮它赚钱，我也不想那么做。人生之旅，我想轻装上路。不然永远都不能理解任何事物。"

"我总是轻装旅行的，"我说，"我也没发现这帮我理解了什么。但是电影呢，不一样吗？"

"我把那个也出手了，"雨果说，"有个新的英法机构，想要接手邦蒂百芳德公司,祝他们好运。"

"原来如此,"我说,我被打动了。"可你还是个富人,雨果。"我补了一句。

"我想是吧,"雨果说,"我不愿意这么想,我希望能把钱打发掉。我要给左派很多。你要愿意,也可以拿些去。"

"你是个怪人,雨果,"我说,"为什么突发奇想,要净身出户了?"

"不是突发奇想,"雨果说,"就是我这人又懦弱又糊涂。即使到现在,就算我的生活没有搞得一团糟,到了连我自己也看不下去的地步,可我还是拿不定主意干点什么。"

我想起了安娜。"你很不愉快吗?"

"这个,当然是,"雨果说,"我几乎发疯了。不过那也不是过得如此糟糕的借口。顺便说,很抱歉那天挂了你的电话,就是我打到维尔贝克街那次。我当时一听是你,很错愕,我感觉羞愧难当,便挂了电话。"

这点我不理解。"你有什么羞愧的?"我问道。

"噢,哦,"雨果说,"我做的那些事,打算做的。你太了解我了,杰克。你是个多愁善感的人。"

"嘘!"我冲他就是一声,我俩都安静下来。

走廊里响起脚步声。我惊了一跳,立刻意识到自己身在何处。轻轻的脚步声越来越近了。也许我们的说话声被听到了,因为说到激动处,声音可能提高了。我悄悄蹭着床边挪动,确保从门上玻璃窗看不见我。也许是夜班主管护士例行巡视,我们的说话声根本就没被听到。脚步停在了雨果门外,小方窗口黑下来。我把脸压在红毛毯上,屏住气息。我突然担心雨果把我报告给夜班护士,有一瞬间我感觉他能做出来。但是雨果躺着纹丝没动,我能听得到他沉重的呼吸。片刻之后,门上小窗口的那张脸消失了,脚步缓缓移到隔壁房间。我松了口气,还紧紧挨着床,抬头看了眼雨果,思维又恢复转动。

我感觉我是在钓一条大鱼。雨果很健谈。现在,只要话说得对就行,他就会把一切告诉我。

我用低低的耳语打破了寂寞。"安娜不唱歌了。"

雨果没吭气,过了会儿说:"安娜还好。"他说得很简短。

我感觉这话题不对,便说得更直接了。"雨果,"我说,"我接到你打来电话时,你为什么感觉羞愧呢?"

雨果犹豫了。我能看到他摸索头上的绷带,目光越过我,看着远处。"我对她不好。"他说。

"怎么个不好法?"我呼气一样把问题吐了出来,让我的存在尽量不起眼。我想叫雨果做内心独白。眼前掠过了安娜的身影。

"哦,我害得她够惨的。"雨果说。

"她爱你吗?"我咕哝道,周围的空气在颤抖。

"哦,不,"雨果说,"毫无指望。你知道,"他说,"我有时候觉得她对你有意思。"

我浑身的肌肉一块接着一块松弛下来,像一窝小动物崽子睡着了,我伸展了两腿。我替雨果难过,他描述的情景在我脑海里瞬间闪过。但现在没时间想象。我必须得到事实,理论随后再说。那一刻我的情绪几乎是科学的。"你怎么会这么想?"我问道。"我是说,她对我有意思。"

"她老说起你,"雨果说,"还问我有关你的问题。"

"真够让你心烦的。"我说,心里暗自乐了。没什么比你心仪的人老问你另一个人的问题,更让你疯狂的了。

"我很高兴为她尽了些力。"雨果说,语气过于谦卑。

雨果对我说了真话吗?我突然有些怀疑。"你什么时候还见她?"我问道。"她真的要离开吗?"

"我不知道,"雨果说,"我真不知道她打算干什么。她跟天气一样难琢磨。你从来琢磨不透萨蒂。"

"你是说安娜,对吗?"我说。

"我是说萨蒂!"雨果说。

这两个女人的名字,听上去像号声在树林里回响。我脑子里的一个结构猛然崩裂成碎片,像鸟儿一样四散飞走。

我欠身单膝跪地,脸挨近雨果的脸。"我们刚才谈的是谁?"我问他。

"萨蒂,当然,"雨果说,"你想是谁呢?"

我抓紧了毛毯。我的想法已经转向了,情形完全两样。"雨果,"我说,"我们能把这事讲清楚吗?"

"小声点!"雨果说,"你简直是在叫喊了。"

"你爱的是谁?"我说。"两人中的哪一个?"

"萨蒂。"雨果说。

"你肯定?"我问道。

"真他妈的!"他说。"这我总知道吧!我受了那个女人一年的折磨!但我以为你都知道?"

"她告诉我了,"我说,"她告诉我了!但是,当然,我不相信她。"我又坐回地板上,两手抱着脑袋摇晃。

"什么'当然'?"雨果说。"她招你来保护她对付我,有没有?只不过你溜了!"他悻悻地说。

"她把我锁在家里,"我说,"我不能忍受。"

"天哪！真希望她把我锁进家里！"雨果说。

"我不相信她，不相信！"我说。

"她告诉你我很坏吗？"雨果说。

"哦，她说了些模棱两可的话，说你可能撞进来。"

"如果她就跟你说了这些，"雨果说，"那她真够善良的。我当时行为疯狂，有天夜里撞了进去，另一次是白天，当时她正在制片厂，我去找信件，拿走些东西。我为她绝对疯狂了。我跟你说，杰克，一年来我的生活完全是一团乱麻。所以我必须全部丢开，重新开始。"

"但是，雨果，这不可能！"我说。"你不能爱萨蒂！"

"为什么不能？"雨果说。他怒了。

我感觉不合逻辑。雨果爱萨蒂的不可能性，让我无法用语言表达，面对雨果爱萨蒂的事实，我欲言又止。"她不值得你爱"这句就在我舌尖上了，可我没说出来。这毕竟不是原因。"但是你认识安娜，"我说，"谁能认识安娜而宁可选择萨蒂呢？"

"我告诉你一个原因，"雨果说，声音因生气而有了棱角，"萨蒂更聪明！"

我有了一种混乱的感觉，似乎我俩之间产生了一种可怕的东西。雨果也发现了，立刻补充说："杰克，你是个傻瓜。你知道谁都可以爱谁，愿意谁，不愿意谁。"

一时无语，我还紧抓着毛毯，雨果在床上半坐起身来。我能感觉到他的腿离我的手很近，腿很僵硬。

"我还是不明白，"我憋出一句来，"不只是我觉得这事不可能。所有的情况都是否定的。你为什么要自找麻烦创办那个哑剧场呢？"

"我告诉过你,"雨果说,"为了愉悦安娜。"

"但是为什么,为什么?"我对这个问题死缠烂打。

"哦,我不知道,雨果不耐烦地说,"也许我不该这么做。这么讨好人家的做法,也没啥结果。人太爱撒谎了。"

他的话稀里糊涂进了我心里。随后突然,我意识到了真相。我站了起来。"安娜爱你。"我说。

"是的,当然,"雨果说,"她疯狂地爱我,就像我疯狂地爱萨蒂。但是我以为这里面都有你,杰克?"

"我是在里面,"我说,"我全知道。我把事情弄颠倒了,如此而已!"

我走到门口,从小窗口朝外看了看。看到对面有一排白门,红地板。我转过身看着雨果,头一次看清他的面孔。他脸色依旧十分苍白,他抬起缠着厚重绷带的头,担心地注视着我,脸上起了皱,神情很专注,很像伦勃朗的肖像画。

我又回到房间的另一边。我想就让雨果的面孔处在黑暗里。"我没有料到所有这一切,"我说,"否则我会做得不一样。"

我一时想不出会做得怎么不一样;我所知道的就是我有过痛苦,扭曲的过去、现在和未来。雨果盯着我看,我就让他看着我的脸,而不是眼睛。如果他能从我脸上读出真相,算他走运。我自己知道,这事要很长时间才能完全过去。

"再说说安娜吧,好吗,雨果?"我说。"想起什么说什么。什么都行,都能让我更好地去理解。"

"哦,我不知道说什么,"雨果说,"我对这一切很不好意思,杰克;这就是生活,是不是?我爱萨蒂,她喜欢你,你爱安娜,她喜欢我。反着来的,是不是?"

"好吧,雨果,"我说,"说说安娜吧,告诉我这都是什么时候开始的。"

"很久了,"雨果说,"我通过萨蒂认识了安娜,她就看了我一眼,安娜,我是说。"

"别管代词!"我说,"现在关系搞清了。"

"一开始,她追我,"雨果说,"她什么都不干,一门心思追我。我离开伦敦去住酒店也没用。不消一两天,她就会出现。我简直要疯了。"

"我觉得这事难以置信,"我对雨果说,"我倒不是说,这些是你编造出来的,就是觉得很难相信。"

"哦,试试去理解。"雨果说。

我努力从这个疯女人身上辨认出我所知道的安娜,那个冷静温柔的安娜,永远是让自己的追求者们互相感觉平衡,仿佛一个毫不偏心的母亲。我心里痛得很深。

"你说'一开始',"我说,"当时怎么了?"

"倒也没怎么,"雨果说,"她给我写了几百封信。信写得很美。我还保存着几封。后来她变得理智了些,就多见了几次面。"我眨巴了下眼睛。"我喜欢见她,"雨果说,"因为可以跟她谈萨蒂。"

"可怜的安娜!"我说。

"我知道,"雨果说,"我对她俩都很残忍。但是我现在出局了。我也劝你出局。"他补了一句。

"我不懂你的意思,"我说,"我要那样我就是个浑蛋!"

"有些情况是理不顺的,"雨果说,"必须彻底抛弃。你的问题,杰克,是你想以同情的态度去理解一切。这是不行的。这事是可遇而不可求的。真理是可遇而不可求的。"

"见真理的鬼去!"我对他说。我感觉心烦意乱,非常难受。

"真怪。"我说。我把刚听的事情理了下头绪。"我很清楚,剧场全是你的主意。很像你做的事。'行动不撒谎,语言不实在。'但现在我看这事,整个就是个幻觉。"

"我不知道你说'像我做的事'是什么意思,"雨果说,"剧场整个都是安娜的主意。我只是参与了。对这事她有某种一般理论,但我从来没搞明白那是什么。"

"那理论就是你的理论,"我说,"是你在安娜身上的反映,就像那段对话是你在我身上的反映。"

"我没看出反映,"雨果说,"关键是人一定要做自己力所能及的,这就算走了好运了。"

"你能做什么?"我问他。

雨果沉默良久。"动手做点复杂的玩意儿。"他说。

"就这?"我问道。

"是的。"雨果说。我们又沉默下来。

"接下来你打算做什么?"我说。

"我想做个钟表匠。"雨果说。

"做个什么?"我说。

"钟表匠。当然,这要花很多年时间。不过我已经安排好了,去诺丁汉给一个好师傅当学徒。"

"去哪儿?"

"诺丁汉。有啥不行的?"

"我不知道有啥不行的,"我说,"但是为什么会做这个? 为什么要做钟表匠?"

"我告诉过你,"雨果说,"我在某些方面挺擅长的。我搞礼花设计很在行,记得吗?只不过指手画脚说废话的人太多。"

"钟表行业会有人说废话吗?"我问他。

"没有,"雨果说,"这是个老行当。像烤面包。"

我注视着雨果那张处在暗中的脸。像戴了面具,一如既往,一种天真无邪的面具。"你疯了。"我说。

"你为啥这么说,杰克?"雨果说。"每个人都要有个行当。你的行当是写作,我的行当将是制造、修理钟表,我希望如此,要是我足够好的话。"

"那真理怎么办?"我胡乱说。"寻找上帝怎么办?"

"你还想干什么?"雨果说。"上帝是工作,上帝是琐事。都在你手边。"他伸手抓住床头柜上放着的一个不倒翁。门上小窗口进来的光照亮了不倒翁,亮光在雨果眼睛上一闪,似乎在昭示答案,而我在黑暗中,盯着看那双眼睛在说什么。

"好吧,"我说,"好吧,好吧,好吧。"

"你总是期待着什么,杰克。"雨果说。

"也许是吧。"我说。我开始感觉到谈话是个负担了。我决定离开。我站起身来。"你的头怎么样了?"我问雨果。

"算是好些了,"他说,"你让我忘记它了。你觉得他们会让我在这儿住多久?"

"大概五天,主管护士说的。"

"天哪!"雨果说。"这可万万不行!我还有很多事情要做。"

"也许他们会让你早点出院。"我说。我对这事不感兴趣。我想找个安静地方坐下来,消化雨果跟我说的事情。"我走了。"我说。

"不能丢下我一个人走!"雨果说着就开始下床了。

我惊呆了。我抓住他,推回床上。医院的规范已经深入我心里了。病人必须按医生说的做,不能像个没事的人一样,想怎么就怎么。"躺回去!"我提高声音低语道。

我们挣扎了一会儿。然后雨果松劲了,把两脚抽回床上。"发发慈悲,杰克,"他说,"如果你现在不帮我逃走,医院几天之内不会放我走。你知道这些地方的情况。他们把你的衣服拿走,你毫无办法。我的衣服哪儿去了,知道吗?"

"在这条走廊尽头的储物柜里。"我胡乱答道。

"讲点交情。去给我拿来,"雨果说,"带我出去。"

"你还没有恢复到可以行走呢,"我说,"主管护士说你要动会很危险。"

"这是你现编的,"雨果说,"实际上我好极了,我知道,你也知道。我必须离开这地方。明天有很紧急的事情要做,我要被关在这儿就惨了。快去拿我的衣服。"

雨果这会儿突然有了一种权威的讲话口气,我沮丧地注意到,我自己很倾向于服从他。但我还是抵抗,我回答说:"我在这儿工作,雨果。如果我这么做了,我会失业。"

"有人知道你在这儿吗?"雨果问道。

"当然没有。"

"那么谁也不知道是你帮我跑掉的。"

"我们会在出去的路上被捉住的。"我告诉他。

"你不用跟我一起走。"雨果说。

"我必须跟你一起,"我说,"你自己找不到出去的路。"

我不禁恨他恨得咬牙切齿。我不想为他冒这个险,可是现在眼看着我是要这么做了。

"帮我这个忙吧,杰克,"雨果说,"要不是情况紧急,我不会要求的。"

"该死的。"我说。

我走到门跟前,看了看表。刚过四点。要干必须马上干。我看了眼雨果那张黑暗中的脸。我知道我要照他的愿望做了。不得不为。"该死的。"我又骂了一遍,伸手抓住了门把手。我轻轻推开门,让它保持开着。我在走廊静立片刻,让眼睛适应了走廊的灯光,然后蹑手蹑脚移步。主管护士房间隔一间,就是储物柜,靠近我这边。各储物柜上有个编号,与科雷利三区的病床编号相对应,为该病人专用。柜上的钥匙也放在那儿的一个抽屉里。只要进了那个房间,找到雨果的衣服并不难;但是当然,房间可能是锁上的。我发现自己由衷希望它是锁上的。"哦,但愿它是锁上的!"当我摸到门把手的时候,我心里默默祈祷。没锁上。门在我面前悄无声息地开了。我站进里面半黑暗中的瞬间,内心飞快地辩论,我要不要回去告诉雨果门锁着。门有可能是锁上的。锁上的几率很高。这念头在我心里争执不下,我不知道该不该把这视为一种诱惑。我试图唤起对医院的某种责任感;但是已经太晚,唤不起了。如果与医院的任何契约合同,约束了我的行为,那应该是四分钟之前。既已上了帮雨果的贼船,就要忠于雨果。对他撒谎,是一种背叛。我伸手拿了钥匙。

我打开了那只柜子,轻轻把里面的东西一件一件拿出来放在桌上。雨果那间旧条纹衬衫,更旧的那条灯芯绒裤子,一件还算新的运动衫,散发着肥皂味,一件毛织汗衫,短裤,破了洞的袜子,脏靴子。雨果衣兜里的小玩意儿叮叮作响。我屏住气息,准备运送,把东西堆起来抱在怀里,靴子放在最上面,几乎挡了我的视线。忽然发现储物柜的门没关,一大串钥匙还插在锁孔里。又把衣物一件一件放在桌上,关上柜门,把钥匙放回抽屉里。这倒并不重要,既然雨果的消失与储物柜遭窃,几乎会被同时发现;但是我办事喜欢干净利落,不留痕迹。遂又抱起那堆衣物,挪到门边。一边走一边想象着,万一靴子掉在地板上,声音会有多震撼。不过没有发生意外。我在走廊飘然而过,脊背感觉被人拿冲锋枪顶着。雨果的房间门半掩着,我侧身进入,把一抱衣物卸在床上,发出轻微的噗声。

雨果已经起床,正站在窗户跟前,穿一身没型的白色睡衣,一边咬着指甲。

"这么一大堆啊!"他说。他抓起自己的衣服,喜不自胜,我去把门轻轻关上。

"快点!"我对他说。"要走就得赶紧。"我从来没有像此刻一样对雨果缺少同情和体谅。我注意到他穿衣服的时候,不断用手摸头,不禁顾虑此番开溜会不会给他造成严重伤害;但这种可能性已经不是当前首要问题了,也不是辩论的焦点,辩论时间过了,也不是对雨果好不好的问题,因为我对他的任何关心,已经被我对自己更紧迫的担心彻底驱散了。我对雨果恼火极了,竟把我陷于对医院不忠的绝境,而且对于能不能顺利溜出去不被发觉,我也非常担心。至于万一被抓到我会有什么厄运,想到这也让我不寒而栗,由于心里没底儿,这种恐惧又被放大了。我不禁颤抖起来。

雨果准备好了。他胡乱收拾了一下床铺。"别管了!"我告诉他,口气尽可能粗暴。"瞧,"我对雨果说,"我们要经过夜班主管护士的房间,门上有玻璃窗,所以到那儿要爬过去。你最好把靴子脱掉,免得弄出声响。跟着我,看我怎么做,你就怎么做。别说话,看在老天的分儿上,别让兜里的东西掉出来。听明白了?"雨果点了点头,两只眼睛睁得溜圆,脸上露出天真无邪的神色。我恼火地瞧着他。随后我把头伸出了门。

主管护士房间里阒无声息,没有一丝声响。我溜到前头,雨果跟在后面,发出熊睡着了一样的哼哧声。我回身冲他皱起了眉头,把食指竖在嘴唇上。雨果兴致勃勃地点点头。主管护士房间灯仍亮着,我们走近时,我听到她在里面动。我蹲下来,迅速挪过去,低于那个玻璃窗很多。然后我回头看雨果。他有点犹豫。他显然不知道拿靴子怎么办,正一手提着一只。我们隔空用眼睛说话,雨果做了个疑问的动作。我回了个手势,意思是他处在困境,我帮不上了,便朝病区的门走去。走出一截又折回来,几乎大声笑出来。雨果用牙咬着两只靴子的舌头,手足并用在走廊上爬,后臀小山般耸起来。我焦急地注望着,生怕这半圆肉山进入主管护士的视野,被她发觉。但是什么也没发生,雨果跟我在门口会师了,哈喇子流进了靴子里。我冲他摇了摇头,遂一起离开科雷利三区。

现在没有掩护了,只剩了希望。我们下了主楼梯,雨果头顶着一大团绷带,很招眼。医院里,周围很安静,灯光明晃晃地照着,像一只巨眼盯着我们,摄入它的瞳仁,看着我俩行走。我等着听楼上回荡起大喊声,喝令我们站住;但是没有。我们走出楼梯口,走近配楼厨房。我见厨房黑着灯,心头一喜;里面没人。我们马上就要自由了。我心里已经充满了成功的喜悦,狂跳不已,头脑飘飘然,插上了胜利的翅膀。我们干成了! 只剩几步就可以出储物间的门了。我扭头看了眼雨果。

突然,走廊上我们前面十五码的拐角处出现了一个人影。是史迪奇,穿着蓝色便袍。三个人猛然站定石化。史迪奇看着我们,我们看着史迪奇。我看见史迪奇的嘴马上就要张开了。

"快,这边来!"我对雨果大声说。这是我几个小时以来第一次大声说话,听上去怪怪的。我奔向储物间的门,把雨果推进去。

"从窗户出!"我在他后面喊道。我能听到他在我前面跌跌撞撞奔跑,还听到史迪奇的脚步在走廊地板上乱响。我把储物间的门在身后猛关上,朝窗户一看,猛然心生一计,便抓住一个铁货架腿猛拉向屋子中间;它垂直被拉动,摇晃了几下,朝里面倒下来。说时迟那时快,我跳到另一边,把另一个货架也同样拉了一把。两排货架交叉倒下,把门封死了,像两副扑克叠起来洗牌一样,碰撞声有如最后的审判。我听到史迪奇在门另一面狂骂。我赶紧去追雨果。

雨果把窗户大开着。我犹如舞蹈家尼金斯基一样,优雅地跳出去,直奔雨果,他正在草地上跳脚。

"我的靴子!我的靴子!"雨果难受地叫喊着。他显然在跳出窗户的时候,把靴子放里面了。

"别管你的靴子了!快跑吧!"我告诉他。我们身后响起了金属碰撞的声音,是史迪奇在拼命推门,却被货架挡住动弹不得。我连忙回过头来看着前面跑,惊讶地发现,花园在灰蒙蒙的晨光里,是那么清晰;我们奔跑在樱桃树之间,这时要有人从楼上窗户里向我们开火,我一点也不奇怪。

我们穿过草地和鹅卵石道,越过铁链,在人行道上朝金鹰路的方向飞奔。雨果的绷带松开了,像面旗帜飘在脑后。眼看快转过街角,我回头一望,没有追兵的踪影。我们便放慢了脚步。

"感觉头现在怎么样?"我问雨果。我们刚才的奔跑速度足有每小时二十英里。

"像下地狱了!"雨果边说,边靠在了墙上。"该死的,杰克,"他说,"你该让我把靴子捡回来。那可是特制的。我从奥地利买来的。"

"你今天最好找时间去看看医生,"我告诉雨果,"你再有个三长两短,我良心上受不了。"

"我要去市内看一个认识的小伙子。"雨果说。我们朝牧羊人草地方向走去。

天很快亮起来。一定有五点了,到了牧羊人草地花园,太阳已经在一团迷雾中喷薄欲出了。四下里一个人也没有。我们停了一下,把雨果的绷带缠好。然后我们默默向前走。我边走边低头看着雨果那双大脚,透过袜子上几个洞,脚背鼓凸不平,我不由得想起安娜;想到这些,我突然对雨果又是同情,又是气愤。这家伙给我带来多大的麻烦啊!但这一切都是命定的,不可更改。

"你让我丢了饭碗。"我对他说。

"你不会被认出来。"雨果说。

"我已经被认出来了,"我说,"看见我们的那家伙,在科雷利病区工作。他是我的死对头。"

"不好意思。"雨果说。

我们走在了荷兰公园大道上。天已经大亮了,雾也散尽。太阳刚从屋顶升起,把我们的身影清晰地投在地上。我们经过一个个沉睡了一夜的窗户。伦敦还没有醒来。偶有一两辆送工人到工地的汽车经过。我们继续往前走。雨果垂着头啃指甲,眼睛无神地看着人行道。我仔细观察他,仔细的程度有如看照片或者看一个死人。我有一种异样的感觉,仿佛他的生命离我既很遥远又很近,以前从没有这么近过,以后也不会再有。我无意开口。我俩走了很久,一路无话。

"你啥时候去诺丁汉?"我终于开口了。

"哦,"雨果哼了一声,抬起了头,"过两三天吧,我希望。得看这边事情处理的情况。"

我看着他的脸,线条轮廓尽管没变,还是看出了一张并不幸福的男人脸。我叹了口气。"你在那儿有地方住吗?"

"还没有,"雨果说,"我得去找个窝。"

"你走之前,还能见面吗?"我问他。

"恐怕我会很忙。"雨果说。我又叹了口气。

接下来我俩同时意识到,这就是我们谈话的终点了,而彼此很难告辞。

"借我半克朗,杰克。"雨果说。我掏出来递给他。我们继续走路。

"我必须赶路了,实在是抱歉。"雨果说。

"没问题。"我说。

"非常感谢帮我逃出来。"他说。

"没什么。"我说。

他想甩开我了。我也想甩开他了。彼此沉默了一下,都想找点什么合适的话说。谁都没成功。我俩的目光瞬间相遇。雨果脱口说道:"我得赶快走了。不好意思。"

他快步走起来,拐上了开普敦山路。我还是平常速度跟着他。他走远了。我沿路跟在他后面走。他拐进了谢菲尔德台地街,等我拐过街角,他已经走在前面三十码开外了。他回头看见了我,便加快了脚步,拐进了霍顿街;我用同样的速度跟着他,看见他远远地拐进了格洛斯特道。等我拐上格洛斯特道,他已经没了踪影。

十九

我穿过肯辛顿公园的时候,一天正式开始了。我没事可做,便沿街观赏商店橱窗。我在里昂斯咖啡店吃了些早点,用掉很长时间。随后我继续漫步。我走过伯爵宫路,在玛琪曾经住过的房子外面,伫立良久。窗帘都换了。一切看上去都不一样了。我开始怀疑是不是同一座房子。我继续漫步。在伯爵宫站旁边,我喝了杯茶。我想给戴夫打个电话,但是想不出跟他说什么。

上午过去了一半。在医院科雷利三区厨房,现在正是洗涮奶杯的时间。我进了花店,订了一束大得出奇的玫瑰,让送给皮丁汉姆小姐。字条留言之类的,我都没附。她会很清楚,花从哪儿来。酒馆终于开了。我去喝了一杯。想起来我还是有话要跟戴夫说的,问问他有没有芬恩的消息。我拨了金鹰路的号码,但没人接。我对芬恩的需要变得很强烈,不得不努力把这念头赶走。我又喝了几杯酒。时间缓缓流逝。

这期间,我首先是什么也没想。要想的太多了。我就安详地坐在那儿,让事情在我心里沉淀。我能感觉到黑暗中那巨大的形状,在我的注意力层面下方,不靠我的帮助,直到我开始看清我在哪儿。我对安娜的回忆完全变形了。每个片段都插进了一个新的维度。我没有问雨果,安娜遇到他的准确时间,他说得太可怕了:看了一眼。但很可能是在雨果认识萨蒂以后,是很久前的事了,雨果跟安娜的来往,可能在我和安娜长时间分别前,与我们后来那段关系重合。想到此,我脑子里每一幅安娜的图像,似乎都污损了,感觉连记忆中的形象也走样了,好似雕像上渗出了血。

我没有安娜的照片了。她像一个巫师的幻影一样消失了;然而,她的音容笑貌宛如在我左右,比以往任何时候都更实在。我似乎头一次有这感觉,仿佛安娜现在的存在是独立的,而不是我的一部分。体会这种感觉,痛苦之极。但当她的形象出现在我眼前,我努力把目光定在她身上时,总有一种创作感,也许压根儿就不是真爱,虚幻的伪装而已。安娜是需要重新认识的现象。谁能了解另一个人呢?也许只有在明白了认识的不可能性,摈弃了这种愿望,才能最后感到这种需要的终结。那么人获得的就不再是认识了,只不过是一种共同存在;而这也是一种虚伪的爱。

我又想起雨果来。他在我心里是个庞然大物,像块巨石:没形,一整块,史前人类为某种目的安放在那儿,这个目的成为永远的不解之谜。要了解他那种不同凡响的特点,不能通过他本人,而要通过我或安娜。但他对自己的影响毫不知情。他是个没要求、不思考的人。为什么我要追随他?他没东西给我讲。见到他就足够了。他是个符号,是个预示,是个奇迹。但刚刚想到这些,我又开始惦记他了。我想象着他在诺丁汉的情形,蜗居于某个凄凉的工匠铺,巨大的手里捏着一个小小的手表,我看到上面的许多宝石了。我和雨果的缘分了结了吗?

我走出酒馆,站在富勒姆路上。我在路牙子上静静等着,终于看见一辆出租车驶过来。我招呼它停下。"霍尔本街高架桥口。"我对司机说。我钻进出租车仰躺在后座上,一边心想,这是很久以来没做过的动作了,这好像是我的宿命。伦敦从我眼前掠过,可爱的城市,熟得几乎看不出好来。南肯辛顿、骑士桥、海德公园角。这是不求回答、不问原因的最后行动。这之后,我将进入长期的痛苦反思中。伦敦从我眼前掠过,仿佛一个即将淹死的人最后一刻眼前连续闪现的情景,人们是这么说的。皮卡迪利大街、沙夫茨伯里大街、新牛津街、霍尔本高架桥。

我付了出租车钱。时间已到半下午了。我站在高架桥上向下看,法灵顿街宛如一条大峡谷。一只鸽子从谷底飞出,懒洋洋地扇动翅膀,我看着它慢慢朝南飞去,飞向圣新娘教堂的尖顶。太阳暖暖地晒着我的脖子。我消磨着时光。我想就这么待着,再多待会儿,把我最后的行动尽可能延长。一种不期而来的痛苦先兆令我迟疑;剧情高潮过后的那种痛苦,当尸体从舞台移走,号角声咽,空虚的一天照常破晓,它会周而复始,嘲弄我们人为编造的最终结局。我从桥上下了台阶。

路很长。我在上了一半楼梯时停下来听椋鸟的叫声,但一声也没听到。雨果在不在那儿,这问题我也没问过自己。在倒数第二个楼梯转台上,我停下来喘了口气。门关着。我上前去敲门。没人应。我又敲了几声,敲得很响。整个地方都很宁静。然后我推了推门。门开了,我便走进来。

我走进了雨果的起居室,忽听一阵疾风陡起。房间旋转起来,裂成黑色的碎片。我大惊失色,拼命抓住门。定睛一看,这才看清。屋里聚满了鸟。有几只椋鸟没找到窗口,疯狂地在屋里四处乱撞,嘭嘭撞在墙上窗玻璃上。终于它们找到窗口,飞走了。我四下环顾了一圈。雨果的公寓,似乎已经更像是一个大型鸟舍了,而不是人的居所。地毯上散布着白色鸟粪,从大开的窗口洒进来的雨,浸湿了周围的墙壁。看起来雨果很久没在这儿住了。我走进卧室。床上光光的什么也没有。衣橱也空了。我定神琢磨了一下这景象。我转身进了另一间屋,拿起了电话。我老有一种怪怪的幻想,会在电话另一头找到雨果。但显然是忙音。我坐在沙发上。什么也没在等。过了一段时间。市里的钟敲了几声。另一个钟也跟着响。我没心思数响声。

我的目光在屋里茫然扫过,聚在雨果的书桌上。我看了那桌子一会儿,起身走到跟前,拉开了最上面的抽屉。里面一摞空文档夹,半压着一本《无言》。我把书取出来。在空白扉页上,雨果用大字写了自己的名字。我翻了翻书页。雨果不时在一些段落画了线,在页边画了叉和问号;有一处用铅笔写了:问杰。我看了心里很难受,合上书,插进上衣口袋里。又随意看了看几个抽屉里的东西后,我打开了书桌顶盖。里面塞满了书信和文件。我很快翻了翻。正往下深翻格子里的东西,呼啦啦瀑布般落了一地文件。没找到我想要的东西。

我手里翻过的都是些旧书信、账单、秃铅笔、封口蜡、火柴盒、各种纸夹、半空的集邮册、作废的支票本。在一个小抽屉里,我看到一些收藏的玩意儿,其状狰狞可怖,我判断这是百芳德家用雷管,比把我们从制片厂解救出来那个要小些。另一个抽屉里放着一串珍珠项链:也许是为萨蒂精心选购的,如今永远到不了她手里了;或者是她退回的,一个挂号邮包哪天上午到了,放在那儿好多天,雨果没心思打开。但我找不到我要的东西。

我坐下来,拿了张空白纸,想给雨果写封信。我拿出雨果的一支钢笔和墨水。一只椋鸟飞进窗口,一看见我,又掉头飞出。栏杆上鸟儿轻轻振翅。我目光越过栏杆,仰望天空。雨果,我在纸上写下。我想写把你在诺丁汉的地址寄给我,但是这话说得太寡淡,没人情味,就没写。最后,我就在纸上横画了一道弧线,在纸的下端签了我的名字,加了廷卡姆太太报亭的地址。我把纸装进一个信封,放到书架上,打算离开。当我转身时,书架背后的墙上有东西抓住了我的眼球。是个绿色保险柜门。

我停下来,把靠墙的书架挪开一点。拉了拉保险柜的门,是锁着的。我看柜门,想了想。我知道该怎么做了。我又到书桌跟前,取出一个百芳德家用雷管。我把这一小管炸药捏在指头间,琢磨着它的威力有多大。我一边漫不经心地思考,一边就从兜里摸火柴。雷管外形是圆锥体。我用一根手指试了下保险柜门,想找出一条缝隙,好把雷管尖插进去,但柜门完整无缺,光滑如主教之手,连合页也是内置的。没有缝隙,也没有凸棱可以放置雷管。最后,我从雨果书桌上拿了一卷胶带,把东西粘上去了,粘的位置是锁上的那一面,这里最薄弱。一小截棉导火线从大头伸出,像爆竹的蓝纸捻。我举起划着的火柴点了导火线,立马退到房间另一头。我仔细观察。我想即便一整面墙顷刻变成一堆瓦砾,露出天空,看到圣保罗大教堂,我也不会太惊讶。

亮光一闪,轰然爆裂。我闭紧了双眼。房间里充满了烟,椋鸟哗啦啦从栏杆上飞起。我睁开眼睛,透过硫黄烟雾,只见保险柜门崩开了,挂在一个合页上,几欲坠落地板。没有造成别的损害。我上前去看保险柜里面。里面很深,有两层。底下一层放着大量现金,一镑和五镑的钞票,一捆一捆堆在那儿。在上面那层,我看到了我想要的东西。

那儿有一大一小两盒信件。我把两盒全取出来,那盒小的字迹整洁腼腆,我认出是萨米的笔迹。另一盒大得多。我翻牌一样翻看了一遍。所有的信件都来自安娜。"信写得优美。"雨果这么描述信件。我把这些信抓在手中之际,内疚、胜利、绝望在心里搅成一团。我坐在沙发上,现在我要亲眼看看我无法想象的那些情节。我取出了第一个信封。

正在这时,我听到外面街上一声刺耳的刹车声。我一时懵了,脸发热,手发抖。连忙起身站到椅子上,把头伸出窗外看,手里还攥着信。一辆卡车停在大门外。我看了一会儿,见没人出来,便又安心坐下。我看了眼信封,顿时眼前出现了幽暗的树林和安娜的倩影,光脚走在林间。我用颤抖的手指摸出里面的信。信有好几页。我把信展开。这时我听到一辆轿车的声音,停靠声音渐强,停稳了。我机械地站起来,咒骂了一声,又蹬上了椅子。看见了雨果的黑色阿尔维斯在下面,就停在路边卡车后面。一种既非愉快亦非恐惧但二者兼而有之的混合情感,令我不顾心跳猛烈,一直看着轿车。我浑身发抖。雨果马上要出现了。

有人从车上下来了。但不是雨果。我盯着看了一下,认出了左派那淡黄色的头发和瘦削的身材。我看得不禁张开了嘴巴,手紧紧抓着窗棂。左派站在了人行道上,和两个从卡车上下来的人交谈。烈日把他们长长的身影投在人行道上。然后我看到横贴在阿尔维斯挡风玻璃上的一行字:国家独立社会党。我明白了。我立马从椅子上跳下。我在屋里飞快搜寻了一圈,好像爬山遇上山坡崩裂,搜寻一处蹬脚的地方。我一把抓过写给雨果的条子塞进兜里。六神无主,呆立了一刻。然后从底层传来上楼的脚步声。我扫了一眼屋里的光景:凌乱的书桌,洞开的保险柜门。我看了看手里的信,把打开那封放回盒子里。手里端着盒子停了一秒,有点想塞进我的衣兜。但不可能。好像攥在手里发烫了。我又把它们扔回保险箱里。然后我挑了最大的一捆一镑钞票,揣进外衣兜。

"这是革命得不到的!"我大声说,说罢向门奔去。

我三两步就跨过了走廊,进了雨果的厨房,只听见楼梯里传来左派的声音。我打开厨房窗户,抓住房檐一撑,蹿上了房顶。我稳步走过房顶。隔壁办公楼的天窗大开着,吸收着夏日午后的阳光。我钻下一个天窗,发现自己站在一个废弃的楼梯平台上,接着我便沿楼梯而下。一两分钟之后,我出来到了一条小巷子里。我走回到大街上,穿过马路,从路对面若无其事地走过雨果家,只见他们已经搬出了雷诺阿的画。

二十

火星一见我就高兴得活蹦乱跳。它被关在屋里一整天。我喂它吃过后,把剩余的肉打了包。然后我把衣服装进一个包里。门厅里有我几封信和一个包裹,我看也没看就统统塞进包里。我给戴夫写了个条子,感谢他留宿多日,然后牵着火星出门了。

我们上了八十八路巴士。一见火星,售票员就打开了话匣子。我们坐在顶层前座,不久前我坐过同样的座位,一路想着安娜,直到下车去找她。现在我俯视牛津街的人群,抚摸着火星的脑袋,我不喜不悲,只是感觉不真实,像个关在玻璃罩子里的人。事情一件件从眼前流过,像街上川流不息的行人,每张面孔一闪而过。紧急的事永远不再紧急,过眼烟云而已。所有的工作,所有的爱,追名逐利之心,追求真理之念,生命本身,一如白驹过隙,转眼便成一片虚空。然而在这个空虚的隧道中,我们带着奇迹般的活力推进,创造我们过去和未来的各种生活环境。于是我们得以生存;时间的流逝、意义的消失、错过的时机、遗忘的容颜,这一切之上,有一种精神在酝酿,在徘徊,直到我们的时刻最终停摆,精神也回归它来自其中的虚空。

我一路思索,不情愿下车。到了牛津广场,我才起身牵着火星从顶层下来。正遇上交通高峰。我在人群中穿行,火星跟在我脚下,来到拉斯伯恩街。苏豪区的下午热烘烘的,到处是灰尘,阴郁无聊。人们站在各处,等候酒馆开门的时间。楼上一个房间里,有人在弹钢琴,有人跟着曲调吹口哨,余音飘向远处。我走上夏洛特街。街景在眼前晃动闪烁,也许是因为热气蒸腾,也许是因为我心有恐惧。像一个被追赶的人,我加快了脚步。

廷卡姆太太的声音穿过缭绕的香烟雾团,传入我耳朵。她好像在期待我。不过她总是在期待我。我在那张小桌旁坐下来。

"你好,宝贝,"廷克太太说,"你很久没露面了。"

"是很久了。"我说。

火星谨慎地向近处的一两只猫嗅了嗅。它们似乎对火星早习以为常了,只是把精致的脑袋扭开,再眨一下眼睛。它们列队站在廷克太太背后,透过烟雾,我能看到它们的眼睛,好像大雾天或者终点站的信号灯。火星在我脚边卧下了。

我伸展两腿。"能来杯酒吗?"我对廷卡姆太太说。"快到酒馆开门时间了。"

"威士忌加苏打水?"她说。我听到柜台下面玻璃酒杯碰撞的叮叮声,倒威士忌的咕咚声,苏打水的嘶嘶声。廷卡姆太太把酒递给我,我接过来仰头闭上眼睛,收音机的嗡嗡声那么悠远,宛如来自另一个世界。苏豪区晚会的热闹声响,从门口传来。我能感觉到火星靠在我脚上了。我喝了两大口威士忌,好像金沙流过身体,几乎令我震颤。我睁开眼睛,发现廷卡姆太太在看我。她在柜台上放了件东西,一只手按在上面。我认识它,是装我手稿的纸包。我伸手去拿,她推给我,一句话也没说。

我把包裹放在小桌上,从包里取出从戴夫家拿来的那一摞信。一眼看到其中有萨蒂寄来的一封,我把它挑出来放在一边。

"我看信你不介意吧?"我对廷卡姆太太说。

"想干什么尽管干,亲,"廷克太太说,"我看我的故事,正看到要紧的地方了。"

我不想先拆萨蒂的信,就先打开一个笔迹陌生盖着伦敦邮戳的信封。读了几遍,读得笑了。左派写来的,文风优雅,有点咬文嚼字,还用冒号分号括号。第一段说我们在泰晤士河畔度过的那夜:左派说对他来讲,那不啻是一个仲夏夜之梦;他真希望他没干糊涂事。他好像记得他口若悬河,喋喋不休。接下来他说,他很抱歉听说我病了。他建议我病好了后去看他:如果我感觉能做什么政治工作,他会很高兴,但要我无论如何都去见他;毕竟生活不都是政治,是吧?这信给我的感觉不错;尽管我怀疑左派是不是真怀念我们在一起的时光,但我感觉至少我是在跟一个人交往。

我把左派的信揣兜里,又去看那个包裹。刚才眼角余光已经看到是从法国来的。我把包裹撕开。是让·皮埃尔寄来的,里面是一本《我们胜了》,扉页上有让·皮埃尔流畅的手迹,题词极其法国化,是给我题写的。我看了看这本书,有点动情。随即掏出铅笔刀,裁开前面几页。还没意识到怎么回事,已经看了第五页。印象很震撼。让·皮埃尔讲故事的技巧一直很高。但我感觉这里有更多的东西,不止技巧。风格硬朗了,笔调也自信了,节奏舒而缓。大变样了。开始一部小说,就是打开通向大雾弥漫的风景之门;你自己也看不到什么,但你能闻到泥土的气味,感到清风的吹拂。从《我们胜了》第一页,我就感觉到了风吹,而且是疾风劲吹,嗅到了清新的气息。"到这儿,"我心说,"一直都好。"某些东西变样了,以后有时间去琢磨哪儿变了。我看着封面让·皮埃尔的名字——头一次有了个感觉,也许我们参加的是同一场竞赛。我意识到自己在这么想,便摇了摇头,把书搁一边了。

我挑了另一封信,也是陌生笔迹,邮戳是爱尔兰的。我拆开了信。信短而潦草,几乎认不出来。花了很久才发现信是芬恩写来的。辨认出签名后,我感觉沮丧、震惊。这是个奇怪的事实,我居然以前从没收到过芬恩的信。我们不在一起的时候,一般是通电话,或者发电报;的确,我有些朋友曾经断言,芬恩不会写字。芬恩的来信如下:

亲爱的杰克:

很抱歉我不辞而别。你当时在巴黎。我觉得是时候回来了,因为有钱了。你知道我多想回来。我在都柏林,在珍珠酒吧总能找到我。我想他们也给转信,我还没找到住的地方。你来绿宝石岛①的时候,希望能见面。代我问候戴维②。

你的

彼·奥芬尼

这封信让我十分不安,我大声对廷卡姆太太说:"芬恩回爱尔兰了!"

"我知道。"廷克太太说。

"你知道?"我喊道。"怎么回事?"

"他告诉我的。"廷克太太说。

我才知道,芬恩拿廷卡姆太太当知心朋友,由可能性变成了大概率。"他临走告诉你了?"我问道。

---

① 绿宝石岛,爱尔兰的别称。
② 戴维,即戴夫,戴夫是戴维的昵称。

"是的,"廷卡姆太太说,"之前也说过。但他一定告诉过你他想回去?"

"他告诉过,我要想想看,"我说,"不过我不信他。"但这句话又很耳熟。"我真傻。"我说。廷卡姆太太没反驳这句。

"他回去有什么特别的原因吗?"我问她。关于芬恩的事,竟要问廷卡姆太太,我心里又难受又气愤;但我必须知道。我盯着她苍老平静的脸。见她口吐烟圈,我明白她什么也不会告诉我。

"我看他就是想回家了,"廷卡姆太太说,"我想他要去那儿见什么人。还有宗教什么的。"她语焉不详。

我低头看着小桌,感觉额头上有凝视的轻抚,来自廷卡姆太太和五六只猫。我感觉惭愧,惭愧的是芬恩离去,而我对芬恩几乎一无所知,凡事我总按自己的意愿去想,而不是按事情本身。"好吧,他走了。"我说。

"你可以在都柏林见他。"廷卡姆太太说。

我把这事想象了一下:芬恩在家,我是个访客。我摇了摇头。"我不能。"我说。我知道廷卡姆太太理解。

"到时候你也不知道不想干什么,"廷卡姆太太说得笼统模糊,可以当作一种深沉的忠告,或者毫无意义。我飞快看了她一眼。收音机仍在低语,烟雾似纱帘垂在我俩之间,随门口进来的夏日清风轻柔荡漾。她冲我眨巴了下眼睛,眼珠子里瞳孔似乎缩成一道竖缝。

"好,看吧。"我对她说。

"这么说最好,是不是,亲?"廷卡姆太太说。

我终于拿起了萨蒂的信,心里非常紧张。我感觉十有八九会让我不愉快。火星在我脚下动了动,靠着我的脚抽了抽鼻子。我撕开了信封。里面还装着另外两样东西,我取出放在一边,展开一张带香水的长信纸,中间窄窄一栏,是萨蒂优雅流畅的笔体。她的信全文如下:

亲爱的杰克:

提起那条**可怜的狗**——你一定以为我太可恶,没早点写信给你,但实际情况是,你的信混在那**一大堆粉丝**的信里了。(这可真是个问题! 不知道该不该看。看吧会自我感觉良好,情绪高涨——不过我想,对性格也多少是个损害。即便有时间我也看不过来。我的秘书刚把信分了类:赞成的白痴、反对的白痴、怪人、专业人士、知识分子、宗教人士、求婚者!)我不得不说,你信中的口气让我**有点受伤**——是这样,后来我才发现信不是你写的。(是你写的吗,宝贝?)

好,再说那狗。情况是这样,萨米和我手上的事太多了,眼下真无法应付它。(你不会**知道**动物电影有多麻烦。最想不到一些人穿着花呢衣服来片场晃悠——而且哑友联盟还派奸细来窥探,伪装成女场记员。)萨米觉得最简单的办法就是,你要愿意就先留你那儿吧。意思是说,我们希望你买下来,当然。(很抱歉做起了买卖,但不得不节省,生活成本太高了,税务人员还巧立名目把你变穷。不管怎么说,狗是萨米的,你知道,不是我的。我只是代他写信。)我给个价,七百英镑,彼此两清。(你不知道,这事涉及多少权利! 就是说狗的权利!)当然,这是个优惠价。不过既然萨米买得便宜,我们收回成本就行。

如果你要买,大概你还得跟我的律师联系——要是我记得,我会把他的名片附上。如果你不想买,也许你也要联系,安排归还这狗。很抱歉不能亲自操办;去美国之前我都快忙疯了,顺便说,如果你决定买狗,别忘了登广告。我附了(同律师名片一道)一封狗粮商来信,我忘记了他们的名字。他们想拍照片什么的。不管他们出什么价,你都要两倍。

原谅我写得这么潦草。很高兴见了你。等把这些乱事忙过去,咱们再见面,好吧。只有天知道那会是什么时候。也许一两年吧。甜蜜的记忆,历久弥新。

你永远的
萨蒂

又及:好像手边有你的一份打字稿,有个女人借给他的。我让他放在我的律师那儿,你来洽谈狗交易的时候,可以顺便取回。

这封信绝对把我逗乐了。我说不上最逗的是哪一部分,是礼貌,或是狡猾。我不怀疑萨蒂认为很可能,我会傻到买火星,她大概不能确定我是不是知道它年龄的秘密,她一定认为不可能在她那个见多识广的圈子里,找到更好的买主了,所以她要了个价,数额是我大概能够或者愿意弄到的极限,然后她迫不及待地指出一条财路,好让我获得补偿;最后一段显然是出自内心,或者是出自萨蒂用来替代心脏的不论哪个冷静而敏感的器官。

我看了看那两个附件。一个是萨蒂律师的名片,我顺手插进口袋。另一个是来自狗粮商的信。我扫了一眼,随手撕了。"你的公众事业结束了!"我对火星说。然后我从外衣口袋里取出钱,就是从雨果保险箱里拿的那捆钞票。我开始点数。廷卡姆太太在一旁饶有兴趣地看着,但没发问。一捆整整一百镑。我又把钱捆成原样收起来。

"能卖给我几张信纸几个信封吗?"我问廷卡姆太太。

她递了过来。"免费的,"她说,"我从来不卖这玩意儿。"记事本有些年头了,都发黄了,落了灰尘。翻开封面,我在纸上简单计算了一下。押琴鸟赢的钱是六百镑。这个数再加上雨果的一百,还有我在银行的存款,总共有七百六十镑。我盯着这个数看了一会儿,难过多于犹豫。当然我要买下火星。我用不着停下来问自己要不要,或者为什么。这是天意,如果我不干,就证明自己不过是个凡夫俗子。并不是我一时冲动想压倒萨蒂。这事情冠冕堂皇,弄得我别无选择。我必须支付,不必争辩或评论。这不是跟命运讨价还价的时候。等事情搞定后,我要让自己爽一把,给萨蒂写个短签:不能让她借口说混在粉丝信件中了,没看见。想到这点,我知道萨蒂仍关注我。毫无疑问,我们还会见面。但那是将来的事。将来——此刻铺展在我眼前,一片丘陵起伏的原野,浩瀚无垠;我闭上了眼睛。萨蒂能持久。只有一个条件能让女人持久,那就是智慧。萨蒂有智慧。雨果说得对。

我写了张支票。心里琢磨,办完这事我名下的钱,跟故事开头我离开伯爵宫路的时候,差不多一样了。我不禁轻轻叹了口气,一时间,我差一点就到手的横财,旋涡般在眼前打转,直到五镑面值的钞票暴风雪般亮瞎了我的双眼。但风暴停息了,我知道我不会懊悔。仿佛深水游鱼之沉静,我感觉到自己的生命有着全方位的安全支撑。粗鄙、可耻,显然漫无指归,但这是我自己。我写好了给萨蒂律师的信,要求他把打字稿寄给我,由廷卡姆太太收转。我只要愿意,就可以拿这部稿件换钱。以后再也不翻译了。我动手拆手稿纸包。

我把手稿平摊在桌上,两手摸着稿子颤抖起来,好像占水师的手。我翻看着稿件,为自己写的东西感到惊讶。有一篇长诗,一部长篇小说片段,许多篇离奇故事,仿佛是很久以前写的。我清楚,这些都是平庸之作。但我也明白,通过这些,可以看到有可能做得更好——而这种可能性呈现在我面前,是一种力量,把我压低再拔高,超过以往任何时候。我取出雨果那本《无言》,看见它我为之一振,这本书也只是个开始,是世界的第一日。我浑身充满了力量,其美好超越了幸福,超越了女人在男人身上唤起并腐蚀他肌体的追求幸福的虚弱愿望。这是第一日的黎明。

我伸了个懒腰,打了个哈欠,火星也伸了个懒腰,抖动了下四肢。我伸展双臂,向廷卡姆太太微笑。她也透过烟雾微笑回应,像只柴郡猫。但我欲张开双臂拥抱世界之际,脑袋里却响起了奇怪的低语,仿佛一个熟人对我耳语,仿佛我爱的人要告诉我一个秘密;于是我慢慢僵在那儿,像在倾听。

"收音机里有你的朋友。"廷卡姆太太说。

"谁?"我问道。

"名字叫昆廷。"廷卡姆太太说。她递给我一份《广播时报》,我忙翻看,她突然把收音机音量扭到最大。

如海浪翻卷,安娜的歌声迎面而来。她在唱一支法国老情歌。词句经她之口缓缓吐出,平添色彩。声音在空中慢慢回荡,渐落;略带沙哑的磁性声音,辉煌绽放,溢满报亭,幻化了场景,猫咪个个都成了花豹,廷卡姆太太成了个老巫婆。我静静坐着,看着廷克太太的眼睛,她靠在那儿,手搁在收音机的旋钮上,纹丝不动。我很久没听安娜唱歌了;听其歌声,想见其人,看到了她宛如王冠的秀发中,那一小缕灰白。歌声停了。"关了!"我说,因为再听下去受不了。

店里忽然安静了。廷卡姆太太关掉了收音机,自从我开始来廷卡姆太太的报亭,还是头一次听到了猫的呼吸声。

我手忙脚乱翻看《广播时报》,找到了地方。"安娜·昆廷,"预告说,"转播自巴黎'疯人俱乐部',名为《这是什么歌?》的十集系列广播之一。"我笑了,这一笑有如阳光穿透了我整个生命。

"你看到了吧。"廷卡姆太太说。

"看到了。"我说,心里纳闷她指什么。我们对视了一下。

"廷克太太,"我说,"我告诉你件事。"

"什么?"廷卡姆太太说。

"我要去找工作。"我说。

我不以为她会显出吃惊的样子,她的确没有。"你能做什么?"廷卡姆太太说。

"我要在一家医院找个兼职,"我说,"这事我能做。"我性格上很保守。

"但是我先要找个地方住。"我说。

"你可以瞧一眼外面那张广告版,"廷克太太说,"可能有个房间在出租,我忘了。"

我起身来到外面,火星见状,蹒跚起身尾随,靠着我的腿懒懒地站着,扫视着大街,看走动的猫哪个能追赶。我查看了下广告版,贴满了明信片,文理都不大规范,贴在这儿按星期收费。有一张比别的字迹整齐些,吸引了我的目光,出租的房间在一层,靠近汉普特斯公园,不限宠物。这显然是指女人的小狗,我不知道能不能扩大到别的狗。

"那张是谁贴的?"我问廷克太太。

"一个怪怪的男人,"廷卡姆太太说,"我不认识他。"

"他长什么样?"我问道。

"他个头挺高。"廷卡姆太太说。

我知道我要去汉普特斯公园,看看他到底有多怪。"你没啥看不惯他的?"我说。

"噢,那倒没有,"廷克太太说,"你去看看房间不行吗?"

"我今晚就去。"我说。

"如果你要找张床,可以回来睡这儿。"廷克太太说。

这可是个意外的特许。"多谢,廷卡姆太太,"我说,"但我睡哪儿?"

"我可以在柜台后面给你搭张床,"廷克太太说,"我把玛吉和她的小猫咪挪到屋后。"

"玛吉和她的小猫咪怎么样了?"我礼貌地问。

"过来看看。"她说。

我来到柜台后面,感觉踏进了圣地。在廷卡姆太太脚下的一个角落里,有个装文具的纸箱,玛吉躺在里面,她的四只小猫咪蜷缩在她光光的肚子上。玛吉眨巴着眼睛,哈欠连连,看着别处,小宝宝们拼命往她怀里钻。我盯着看,凑近了盯着看,禁不住惊叹了一声。

"是啊,你瞧。"廷卡姆太太说。我跪下来,一只一只拿起小猫。它们小小的身体圆圆的像皮球,尖叫声几乎听不见。一只身上有花纹,一只黑白相间,两只是纯种暹罗猫。我琢磨着这两只的花斑,弯曲的尾巴和凶恶的蓝色斜眼。它俩的叫声也已经比另外两只粗哑。

"这么说,玛吉终于生了!"我说。火星从我胳膊下面伸进头来,屈尊俯就地闻了闻几个小家伙。我又把小猫咪放回纸箱里。

"我闹不清,"廷卡姆太太说,"为啥那两只是纯种的暹罗猫,可另外两只完全两样,总觉得四个应该都是一半花猫一半暹罗才对呀。"

"哦,不过总是这样的。很简单。"我说。

"那为什么?"廷克太太说。

"哦,"我说,"原因就是……"我一时语塞。原因我也不知道。我笑了,廷卡姆太太也笑了。

"我不知道啥原因,"我说,"真是怪事一桩。"

图书在版编目(CIP)数据

在网下 /(英)艾丽丝·默多克著;贾文浩译.
-北京：北京燕山出版社，2017.11
ISBN 978-7-5402-4730-0

Ⅰ.①在… Ⅱ.①艾… ②贾… Ⅲ.①长篇小说-英国-现代 Ⅳ.①I561.45

中国版本图书馆 CIP 数据核字(2017)第 256276 号

UNDER THE NET By IRIS MURDOCH
Copyright:© 1954 BY IRIS MURDOCH,2002 INTRODUCTION BY KIERNAN RYAN
This edition arranged with ED VICTOR LTD.
through BIG APPLE AGENCY, INC., LABUAN, MALAYSIA.
Simplified Chinese edition copyright：
2018 Beijin Uni-wisdom Media Culture Co. Ltd
All rights reserved.

在网下

[英]艾丽丝·默多克 著
贾文浩 译
丛书策划 / 赵东明
责任编辑 / 尚燕彬　金　东
装帧设计 / 小　贾

北京燕山出版社出版发行
北京市西城区陶然亭路53号　邮编100054
全国新华书店经销
北京市松源印刷有限公司印刷

开本 850×1168　1/32　印张 8.5　字数 196,000
2018年4月第1版　2018年4月第1次印刷

定价:45.00元

版权所有　盗版必究